人文社科
高校学术研究论著丛刊

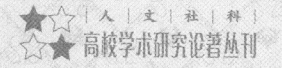

# 文化背景下的中国现当代文学创作探析

王春艳 著

中国书籍出版社
China Book Press

图书在版编目(CIP)数据

文化背景下的中国现当代文学创作探析 / 王春艳著
. -- 北京：中国书籍出版社，2021.8
ISBN 978-7-5068-8680-2

Ⅰ.①文… Ⅱ.①王… Ⅲ.①中国文学 - 现代文学 - 文学创作研究②中国文学 - 当代文学 - 文学创作研究 Ⅳ.①I206.6

中国版本图书馆CIP数据核字（2021）第181444号

## 文化背景下的中国现当代文学创作探析

王春艳　著

| 丛书策划 | 谭　鹏　武　斌 |
|---|---|
| 责任编辑 | 杨　昆　成晓春 |
| 责任印制 | 孙马飞　马　芝 |
| 封面设计 | 东方美迪 |
| 出版发行 | 中国书籍出版社 |
| 地　　址 | 北京市丰台区三路居路97号(邮编：100073) |
| 电　　话 | （010）52257143（总编室）　（010）52257140（发行部） |
| 电子邮箱 | eo@chinabp.com.cn |
| 经　　销 | 全国新华书店 |
| 印　　厂 | 三河市德贤弘印务有限公司 |
| 开　　本 | 710毫米×1000毫米　1/16 |
| 字　　数 | 210千字 |
| 印　　张 | 13.25 |
| 版　　次 | 2023年1月第1版 |
| 印　　次 | 2023年1月第1次印刷 |
| 书　　号 | ISBN 978-7-5068-8680-2 |
| 定　　价 | 72.00元 |

版权所有　翻印必究

# 目 录

## 第一章 文学革命时期的文学创作探析

第一节　文学革命时期的文化背景　　　　　　　　　　1
第二节　现代文学巨匠鲁迅　　　　　　　　　　　　　6
第三节　美文的积极尝试　　　　　　　　　　　　　　17
第四节　白话新诗的开创　　　　　　　　　　　　　　18
第五节　社会问题小说、自叙传抒情小说和乡土小说的创作　25
第六节　现代戏剧的萌芽　　　　　　　　　　　　　　29

## 第二章 革命文学时期的文学创作探析

第一节　革命文学时期的文化背景　　　　　　　　　　35
第二节　犀利的杂文和幽默小品文的创作　　　　　　　48
第三节　戴望舒等人的现代诗创作　　　　　　　　　　53
第四节　左翼小说、京派小说和新感觉派小说的创作　　56
第五节　现代戏剧的振兴　　　　　　　　　　　　　　65

## 第三章 战争时期的文学创作探析

第一节　战争时期的文化背景　　　　　　　　　　　　71
第二节　重视时局的散文创作　　　　　　　　　　　　78
第三节　爱国主义诗歌的兴起　　　　　　　　　　　　79

第四节　政治领域分割下的小说创作　　　　　　　　84
第五节　戏剧的袭旧与革新　　　　　　　　　　　　97

## 第四章　新中国"十七年"时期的文学创作探析

第一节　新中国"十七年"时期的文化背景　　　　　103
第二节　抒情散文和报告文学的创作　　　　　　　　109
第三节　政治抒情诗和生活抒情诗并存　　　　　　　115
第四节　不同题材的小说创作　　　　　　　　　　　117
第五节　现实题材戏剧和历史题材戏剧的创作　　　　126

## 第五章　20世纪80年代的文学创作探析

第一节　20世纪80年代的文化背景　　　　　　　　134
第二节　艺术性散文、西部散文和女性作家散文的创作　143
第三节　诗歌的多元化呈现　　　　　　　　　　　　150
第四节　小说的开放性发展　　　　　　　　　　　　158
第五节　现实主义戏剧的发展　　　　　　　　　　　176

## 第六章　20世纪90年代以来的文学创作探析

第一节　20世纪90年代以来的文化背景　　　　　　179
第二节　散文的多元化发展　　　　　　　　　　　　182
第三节　精英写作与世俗化写作的并立　　　　　　　186
第四节　派别林立的小说创作　　　　　　　　　　　191
第五节　新现实主义戏剧的出现　　　　　　　　　　202

## 参考文献　　　　　　　　　　　　　　　　　　　　204

# 第一章 文学革命时期的文学创作探析

文学革命宣告了拥有几千年历史的中国古典文学的终结与新文学的诞生，促使中国文学从内容到形式的全面革新，对当时正在进行的反帝反封建的民主革命产生了重要的启蒙和鼓动作用。此后，中国文学打破封闭走向世界，世界文学开始走进中国，中国文学开启现代化的新进程。

## 第一节 文学革命时期的文化背景

辛亥革命之后，中国文坛陷入了一股失望加绝望的情绪之中，晚清以来的文学改革失去了方向，通俗类言情小说一时风起云涌，占据了民国文坛的主流。在企图借文学之力促进中国现代化革新的知识分子们看来，这种类型的文学颇有亡国之音的色彩，这注定了日后"五四"文学革命的到来。

### 一、"五四"新文化运动

1915年，袁世凯的称帝野心日益显露，陈独秀等打算从文化上着手推动中国来一场新的革命，于是在上海创办了《青年杂志》（1916年改名为《新青年》)。1917年初，陈独秀受北京大学校长蔡元培聘请，任北京大学文科学长，《新青年》杂志也迁入北京，新文化运动开始进入兴盛期。纵观"五四"新文学革命，其革命主张主要集中在文学的形式改革——白话文运动，与文学的内容改革、思想革命，即反对封建礼教传统与提倡"人的文学"。

胡适认为，纵观世界各国的发展，简单、明晰的白话替代复杂、晦涩的文言，是历史进化的大趋势。他的所谓"八事"，基本上是针对古文的晦涩、多歧义、陈词滥调、无病呻吟而发的。在《中国新文学大系》第一辑导言中，胡适回顾了晚清以来的文学改革，认为古文经过桐城派的廓清变成通顺明白的文体后，还勉强挣扎了几十年。但是，时代变得太快了，新的事物太多了，新的知识太复杂，新的思想太广博了，那种简单的古文体，无论怎样变化，终不能应付这个新时代的要求，失败了。

晚清以来，大量西方科学著作的翻译，用古文是很难适应的。一方面是古文缺少对应的词语；另一方面，古文表意上存在一字多义、一词多义现象，单音字又多，很容易引起歧义，这在讲求精确的科学著作中，是一个大忌。因此，白话文的兴起，确实与时代需求有关。但是，白话文自近代以来得到垂青更主要的是因为启蒙的需要。晚清以来，白话文运动、注音字运动就已经盛行，白话报纸曾一度盛行。但是，"五四"新文学革命并非是晚清白话文运动的简单重复。虽然中国的白话小说自宋元时期就有了，并流传至清代，一直是小说的正宗文体。但是，在宋以后的中国文学传统中，白话与文言是并行的，白话可用于小说，却不用于诗歌创作。周作人曾经指出，以前的人，创作中是抱两种态度的，写给下里巴人看的东西，可以用白话，但写给上层人看的东西，却必须用古文。也就是说，白话在以前只在"通俗文学"中使用。但"五四"新文学革命提出的目标是用白话取代古文，同时将白话的地位提升到精英文学系统当中，作为唯一合法的文学语言可以用于作诗。胡适从事白话文学革命的试验，就是从诗歌开始的。[1]

"五四"时期的白话文学革命是以思想革命为目标的，即用西方的价值

---

[1] 高玉. 中国现当代文学史[M]. 杭州：浙江大学出版社，2013.

观来代替中国传统的价值观,以符合现代化的历史大潮流。为什么要实行文学的语言革命,不仅在于古文的难懂,更重要的是因为,古文背后所包含的中国传统思想和传统价值观被认为是腐朽的。钱玄同从"语言即思想"的角度,对被认为要对中国的民族危亡负主要责任的中国传统思想给予了致命的一击。

1918年12月《新青年》第5卷第6号上刊登了周作人的《人的文学》一文。周作人指出,人的文学"是用这人道主义为本,对于人生诸问题,加以记录研究"的文学,但是这人道主义"并非世间所谓'悲天悯人'或'博施济众'的慈善主义,乃是一种个人主义的人间本位主义"。他认为,对于个人与人类(群体)的关系,应以个人为本,个人与群体的关系,犹如树木与森林的关系,"要森林盛","非靠各树各自茂盛不可";"爱人类,就只为人类中有了我,与我有关的缘故";"讲人道,爱人类,便必须使自己有人的资格,占得人的位置"。

在周作人的《人的文学》中有两条核心要点:"个人"地位的确立,也就是所谓的个性解放;"人道"法则的确立,反对封建礼教的"神道主义"和"普道主义",主张尊重生命的价值,把人当人看,而不是"当人为兽"和"当人为奴"。

1919年,周作人发表的《平民文学》,要求新文学"以普通的文体,写普通的思想和事实","不必记英雄豪杰的事业,才子佳人的幸福,只应记载世间普通男女的悲欢成败",体现"专为下等社会写照"的近代写实主义精神。

## 二、新旧文学的较量

和"文学革命"新思潮相对立的,是复古主义思潮。新文学与复古派的斗争,由1918年钱玄同与刘半农的双簧戏拉开序幕,扩大了文学革命的影响。在1918年3月15日的《新青年》第4卷第3号上,钱玄同和刘半农合演了一出"双簧戏",钱玄同以一副封建文化卫道士的口吻,写了一篇《王敬轩君来信》,刘半农则以"记者"的名义写了一篇《复王敬轩书》。钱玄同与刘半农二人演的"双簧戏",引出了"反对派"林纾的反驳。

林纾(1852—1924)是复古派,反对新文化运动和文学革命,反对白话,维护文言,大肆攻击《新青年》,并发表《荆生》《妖梦》两篇文言小说,影射、攻击新派人物,因此受到李大钊、陈独秀、鲁迅等人的反击。林纾之后,向新文学新文化抨击的复古派主要有两个:一是20年代初期出现的"学衡派";二是20年代中期出现的"甲寅派"。

1922年1月,《学衡》杂志在南京创刊,主要成员有吴宓、胡先骕、梅光迪等。他们都是南京东南大学的教授,都曾留学欧美,自以为"学贯中西""博古通今"。他们以"论究学术,阐求真理,昌明国粹,融化新知"为宗旨,创办《学衡》,鼓吹复古主义。实际上,他们是一群西装革履的封建文人。《学衡》杂志第1期发表了梅光迪的《评提倡新文化者》。这篇文章给提倡新文化者罗织了"诡辩家""模仿家""功名之士""政客"等四大罪名,并攻击马克思主义,污蔑学生参加爱国主义运动是"为政客利用"。胡先骕发表《中国文学改良论(上)》,极力维护文言,反对白话。他说:文言"除少数艰涩之句外,莫不言从字顺","动辄洋洋万言,莫不痛快淋漓、纤细必达,读之者几于心目十行而下,宁有艰涩之感?又何必白话之始能达意,始能明了乎?"吴宓在《论新文化运动》一文中反对宣传社会主义学说,污蔑这种宣传是"专取外国吐弃的余屑","专取一家之邪说"。

1925年7月,北洋军阀政府的司法总长兼教育总长章士钊,将1914年创刊于日本东京而又早已停刊的《甲寅》月刊改为周刊在北京复刊。北洋军阀政府教育部利用《甲寅》刊登公文,规定小学生从四年级就要读经,禁止学生用白话写文章;又发表整顿学风令,禁止学生参加爱国运动。《甲寅》的御用性质是很明显的。它的反动观点虽不值一驳,但由于权势大,有令行禁止之能,必须给予狠狠的打击。

针对《学衡》杂志和《甲寅》周刊为代表的复古思潮,《向导》周报和《中国青年》及时发表文章,号召进步的思想界联合起来,"分头迎击,一致进攻"。鲁迅及许多新文化运动拥护者也先后参加了这场论争。鲁迅在1922年2月9日《晨报副刊》上发表了著名的《估〈学衡〉》一文。在这篇文章中,鲁迅对学衡派投以极大的轻蔑和辛辣的讽刺。在批判《甲寅》和章士钊的斗争中,邓中夏发表了《中国现在的思想界》和《章士钊与段祺瑞》,成

# 第一章　文学革命时期的文学创作探析

仿吾发表了《读章氏〈评新文学运动〉》，郁达夫发表了《咒甲寅十四号评新文学运动》。战斗得最勇敢、最坚决、最持久的是鲁迅。在《十四年"读经"》一文中，鲁迅以不曾"用《论语》感化过德国兵"，不曾"用《易经》咒翻了潜水艇"的实例，证明读经不但不能救国，而且恰恰与亡国相联系。在《再来一次》里，他用"以子之矛攻子之盾"的办法，利用复古派反对白话时所举的例子，讥讽了章士钊之流错用典故的可笑之举。在《答KS君》一文中指出："关于内容的事且不说，即以文章论，就比先前不通得多，连个成语也用不清楚，如'每下愈况'之类。""倘说这是复古运动的代表，那可是只见得复古派的可怜，不过以此当作讣闻，公布文言文的气绝罢了。"鲁迅在这里不仅是批判了一个章士钊，而是批判了复古运动中以章士钊为代表的复古派，并且宣告了他们的失败。这场与复古派的文白之争此起彼伏，持续了四五年之久，虽然不是有组织地集中进行的，却再一次显示了新文化运动和文学革命的威力。在文化思想上，胡适从改良主义回落到"整理国故"，把宣传封建主义的书籍列入青年必读书之中，列出一张将近二百部的《一个最低限度的国学书目》推荐给青年，并多次引诱青年"踱进研究室"，"闭门读书"，不要过问政治。新文化与新文学阵营的革命势力同以胡适为代表的改良势力的分裂，实际上是在要革命还是要改良这个根本问题上的分裂。事物发展到一定阶段，总要在它的内部产生对立物，使原来统一的东西发生分裂，这是历史的必然。正像鲁迅后来总结的那样："因为终极目的的不同，在行进时，也时时有人退伍，有人落荒，有人颓唐，有人叛变，然而只要无碍于进行，则愈到后来，这队伍也就愈成为纯粹、精锐的队伍了。"

乘着白话文学革命全面取得胜利的东风，自1921年起，新文学社团风起云涌，白话新文学刊物如雨后春笋，1922年到1925年间，全国各地成立的文学团体及刊物已不下100余种。其中，文学研究会、创造社、语丝社与新月社等是影响最大、最有代表性的新文学社团。

## 第二节 现代文学巨匠鲁迅

鲁迅（1881—1936），中国现代伟大的文学家、思想家。原名周树人，字豫才，浙江绍兴人。1902年赴日学医，后弃医从文，深受进化论思想的影响。1918年5月，用笔名"鲁迅"在《新青年》杂志发表中国第一部现代白话文小说《狂人日记》。1920年起，先后在北京大学、北京女子师范大学、厦门大学、中山大学任教。1927年以后，在经历了上海"四一二"反革命政变和广州"四一五"反革命大屠杀的事实教育及不懈的自我解剖、自我批判之后，鲁迅终于完成了由进化论向阶级论、由革命民主主义到共产主义的历史性飞跃。1927年10月移居上海，积极参加左联的领导工作和革命文艺运动，与反动文人、反动文学进行不懈的斗争，成为"中国文化革命的伟人"。1936年10月19日病逝。鲁迅一生创作了大量作品，并积极翻译介绍外国文学，整理研究古代文学遗产，为中国文化事业作出了巨大贡献。

### 一、开创现代小说的新形式

鲁迅小说的特点，可以用鲁迅自己的两句话来说明：一是"表现的深切"，二是"格式的特别"。"表现的深切"指鲁迅小说独特的题材与思想内涵。从题材上看，鲁迅的作品开创了"表现农民和知识分子"两大题材。他写小说是为了"改良"人生，因此他始终关注"病态社会"里人的精神"病苦"，注重现实主义的典型人物的塑造。"格式的特别"指鲁迅小说在结构模式和形式手法方面的创造性与先锋性。从小说形式看，鲁迅借鉴了西方小说的形式，加上自己的创造、继承传统又冲破传统，发挥了无限的创造力与想

## 第一章　文学革命时期的文学创作探析

象力，建立了中国现代小说的新形式。

《阿Q正传》是鲁迅揭示农民精神世界和异化的生命状态的经典之作。阿Q是个"上无片瓦，下无寸土"的农民，只靠两手帮工挣碗饭吃："制麦便制麦，春米便春米，撑船便撑船。"他没有家，没有孩子，甚至连姓赵的权利也被赵太爷剥夺了，处于处处受人欺压的地位。这一切固然令人痛心，但更令人痛心的则是这种贫困压抑的生活给予阿Q的巨大精神创伤。

阿Q的主要性格特征就是"精神胜利法"，他的人生就是"精神胜利法"的深刻演绎。在未庄这个环境里，他始终处于底层地位，在与赵太爷、假洋鬼子、王胡的冲突中永远是失败者，受尽欺凌、剥削和压迫，甚至被断绝生机，生活十分悲惨。但他对自己的失败与卑下的地位麻木无感，没有真正的不平和反抗，采取闭起眼睛、视而不见，甚至采取自我辩护和粉饰的态度，根本不承认自己的失败与被奴役。他以妄自尊大、忌讳缺点、自轻自贱、欺凌弱者等方法，自欺自慰，自我陶醉于虚妄的精神胜利之中，阿Q的基本思想特征是缺乏起码的自我意识和平等意识，这也是其"精神胜利法"产生的原因。阿Q的思想不是在自身生活追求和精神追求的基础上形成的，而是简单沿袭既有的儒家伦理道德观念的结果。封建等级身份观念强调纲常礼教、长幼尊卑，规定上有权治下，下要绝对服从上。这是统治者为了压抑个性意志、个人欲望和个性自由，方便自身统治的需要，他却被这种等级观念支配着，在下意识里承认不平等是合理的。在实际生活中，阿Q总是受人欺侮而本能上又不愿承认这种受欺侮的地位。为了摆脱困境，"精神胜利法"便成了他安慰自己的唯一思想武器。"精神胜利法"不是阿Q所独有的现象，也不是奇怪的思想方式和思想表现，凡是不能在平等关系上看待人与人的本质关系，而承认社会的不平等是正常合理的人，都可能以精神胜利的方式来承受在强权者面前所受到的凌辱和损害。当时的中国人普遍存在封建等级观念，因此阿Q的"精神胜利法"正是当时整个中国国民精神弱点的典型概括和形象表现。[1]

鲁迅之所以要把这样一个流浪雇农作为整个国民弱点的集中体现来描

---

[1] 胡建军，郭恋东. 中国现代文学作家作品选读[M]. 上海：上海交通大学出版社，2013.

写，是因为当时受帝国主义列强欺侮的中华民族在国际上的屈辱地位，与受践踏的阿Q在未庄环境中的地位非常相似，阿Q在一定程度上可以象征中华民族在近代的苦难历史。作者在小说的后半部，把对阿Q的形象塑造放在辛亥革命这一重大历史事件中去表现，不但深化了人物的悲剧命运，而且批判了辛亥革命的不彻底性，深刻揭示了辛亥革命的历史教训。

《阿Q正传》在艺术上特色鲜明，是一部现实主义杰作，既刻画出生动的典型形象，又深刻再现了辛亥革命前后的中国社会。阿Q具有典型环境中的典型性格。作者采用"杂取种种人，合成一个"的典型化方法，使人物具有深广的社会历史内涵，有高度的典型性和个性特征。此外，白描手法也是作者塑造人物的主要方法。他用简洁的笔墨勾勒艺术形象，用最能表现人物性格特征的细节和语言，寥寥数笔就使人物栩栩如生，呼之欲出。《阿Q正传》把喜剧与悲剧有机地结合在一起，阿Q的可笑正是其可悲之处，这种艺术处理方式极好地表现了鲁迅对整个民族劣根性的"哀其不幸，怒其不争"的情感态度。

《阿Q正传》不但是鲁迅的代表作，也是最早介绍到世界其他国家的中国现代小说。这是一部代表中国现代文学成就的伟大名著。阿Q这一形象也成为世界名著中的文学典型之一。改造国民性，表现"病态社会的不幸的人们"，"揭出病苦，引起疗救的注意"是鲁迅创作思想的主要特点。在鲁迅看来，创作小说必须是"为人生，而且是改良这人生"。《阿Q正传》正体现了鲁迅的这种创作思想。

鲁迅在关注农民这个被侮辱与被损害者的巨大群体外，还关注其他一些群体。如《药》中的华老栓，他是一个开茶馆的小市民，为了治好儿子的痨病，不惜花钱去买沾了革命者夏瑜鲜血的人血馒头，他的善良和愚昧都令人感叹。鲁迅也非常关注落后的封建知识分子的悲惨命运。《孔乙己》中的孔乙己，深受封建儒家文化和科举制度的毒害而不自知，拥有的只是"回"字的四种写法这样无用的知识，却自视甚高，好逸恶劳，看不起劳动者。他接受了封建教育，可是连秀才也没考上，因此不能像丁举人那样进入封建统治阶层作威作福。封建教育的迂腐无用又使他丧失了最基本的谋生能力。他的"之乎者也"得到的只是人们的嘲笑，终于因偷了丁举人家的东西被打断了腿，在众人的说笑声中死去。《白光》中的陈士成参加科举考试，考了十六

# 第一章　文学革命时期的文学创作探析

回皆名落孙山，终于因打击太大而发疯，朦胧中看见祖宗留下的银子发着白光，在追寻白光的幻觉中溺水身亡。这两篇小说，都是上承《儒林外史》，意在揭露封建科举制度对读书人的毒害。

在中国由古代向现代社会转型过程中，先进知识分子是一个重要的社会群体，在中国社会结构中占有重要地位。他们向西方学习，用西方先进文化知识武装自己。他们又具有强烈的社会责任感，自觉担负起启蒙大众的职责，担负起社会革命的重任。他们既是思想领域的启蒙者，又是政治领域的革命者，是铁屋子里已觉醒了的少数人。他们敢于否定封建专制主义的意识形态，思想性格上具有强烈的叛逆色彩。因此，他们或自视为"狂人"，或被社会视为"狂人"。鲁迅在《狂人日记》和《长明灯》中，就塑造了这样大胆反叛的"狂人"形象。《狂人日记》中的"狂人"，表面上是个患"迫害狂"的病人，但鲁迅用他象征觉醒的"革命者""启蒙者"。他深刻认识到中国封建历史只不过是"吃人"的历史而已："凡事总须研究，才会明白。古来时常吃人，我也还记得，可是不甚清楚。我翻开历史一查，这历史没有年代，歪歪斜斜的每页上都写着'仁义道德'几个字。我横竖睡不着，仔细看了半夜，才从字缝里看出字来，满本都写着两个字是'吃人'！"他不但认识到自己哥哥吃过人，甚至发觉自己也于无意之中吃了人。他高叫："从来如此，便对么？"以充满怀疑的批判精神，对整个封建专制主义"吃人"制度和文化进行分析，坚信"将来是容不得吃人的人"，最后寄希望于下一代，发出了"救救孩子"的呼声。《长明灯》中的青年人也象征着革命者，他要吹灭封建权威和迷信的象征——长明灯，村里人阻拦他，不让他进庙门，他就要放火一并烧了安放长明灯的庙，"他似乎并不留心别的事，只闪烁着狂热的眼光，在地上，在空中，在人身上，迅速地搜查，仿佛想要寻火种"。最后，即使被群众关押了起来，他还是高喊着："我放火！"在这两篇小说中，鲁迅对觉醒者的革命精神给予了毫无保留的歌颂。

鲁迅在歌颂觉醒者革命精神的同时，对他们的悲剧处境也有清醒的认识。鲁迅看到，这些觉醒者的悲怆并不在于他们受到专制主义统治的镇压和杀戮，而在于他们被民众所摒弃的命运。革命者的所作所为无不是为了拯救民众，可是身受封建专制文化毒害的民众却把他们的思想行为看成是"大逆不道"，把他们当作"狂人""疯子""不肖子孙"来看待，视之为"仇寇"，务必除之而后快。在《药》中，把夏瑜的革命行为向当局告密的不是别人，恰恰是他的伯父夏三爷。在狱中，他向狱卒宣传"这大清的天下是我们大家的"，被民众认为不是人话，发了疯。看客们津津有味地看着他被杀，他的血也被沾了馒头当作药品出卖。甚至连他母亲也不能理解他，为有一个这样的儿子而感到羞愧。《狂人日记》中的"狂人"和《长明灯》中的青年人遭遇也是如此，他们都遭受着周围人的迫害。这些人"也有给知县打过枷的，也有给绅士掌过嘴的，也有衙役占了他妻子的，也有老子娘被债主逼死的"，都是被侮辱与被损害者，他们多么需要觉醒者给他们指路，可是他们给予觉醒者的只有迫害，这巨大的反差不能不令人痛心。面对民众的敌意及封建统治者的迫害，觉醒者只能陷入"独战多数"的孤独处境。小说《孤独者》的题目就明确揭示了这一点。在辛亥革命失败后，鲁迅自己也曾长期陷入这样一种无所作为的困境当中，《在酒楼上》中吕纬甫的无奈和混世，也正是特定历史阶段觉醒者悲剧处境的真实写照。

## 二、历史题材小说的改写

《故事新编》（1922年至1935年）收录了鲁迅所作的《补天》《奔月》《理水》《采薇》《铸剑》《出关》《非攻》《起死》八篇历史题材小说。这些作品中的重要人物和事件，基本都有文献依据，但鲁迅并没有受文献的束缚，而是在把握古人古事精神内核的基础上进行大胆的艺术想象和虚构。

《补天》（1922年）是鲁迅选取古代题材写成的第一篇小说，根据女娲"抟黄土造人""炼石补天"的神话写成。《奔月》（1926年）是根据"后羿射日"和"嫦娥奔月"的传说，巧妙地把两个故事连结在一起。《铸剑》（1927年）成功塑造了眉间尺、宴之敖者两个复仇者形象，表现了对暴虐的黑暗势力"血债必须用同物偿还"的反抗复仇思想。

后五篇写于1934年8月至1935年间。《非攻》写墨子为了反抗和制止侵略战争，阻止楚国侵略弱小的宋国，长途跋涉，历尽艰辛，终于用智慧制止了这场不义的战争。《理水》塑造了古代治水英雄大禹的典型形象。其他三篇都写于1935年12月。小说对儒、释、道三大思想流派进行重新评价。《采薇》

批判了伯夷、叔齐不食周粟饿死于首阳山的复古倒退行为;《出关》批判了老子无为主义哲学以及所谓"与世无争"的超现实态度;《起死》批判了庄子的"无生死观"与"无是非观"等诡辩论思想。三篇小说具有深刻的现实意义。

《故事新编》在艺术技巧上有着鲜明的特色,作者将历史题材与现实题材相互交融,将过去时空与现在时空相互转换,把大量现实生活内容自然而巧妙地糅进历史故事,运用批判与讽刺相结合的手法以及漫画似的笔触,对人物和事件进行夸张变形和"随意点染",时而调侃崇高,时而颠覆传统,时而消解意义,虽有"油滑之处",却充满了幽默讽刺意味;在人物形象的塑造方面,多用速写式笔法,没有精雕细刻,线条粗犷但人物都写得个性鲜明、栩栩如生、富有内涵。《故事新编》的问世,为中国历史题材小说的创作提供了宝贵的经验。

## 三、散文诗

1924年9月至1926年4月,鲁迅创作发表了23篇散文诗,1927年结集出版时,又加上了《题辞》,题名为《野草》。这段时间正是鲁迅思想的彷徨期。作品中虽然流露出彷徨、苦闷、寂寞的情绪,但仍潜藏着在黑暗重压下的战斗精神、不懈的追求精神和英勇的牺牲精神,具有复杂深邃的思想底蕴和鲜明独特的文化品格。《野草》是鲁迅在特定的历史时期为中国现代文学艺苑增添的一朵独放异彩的奇葩。

《野草》的思想内容大致可以归纳为以下几个方面。

第一,在黑暗中仍不放弃对美好生活和光明的追求。《秋夜》通过对室内外景物的描写,用象征的手法,寄寓了作者在现实斗争中的爱憎情感。作品里的天空、星星、繁霜、月亮,都是丑恶而狡猾的反动势力的代表。文中特别刻画了枣树的形象,它虽然在寒风中落尽了叶子,但仍然"默默地铁似的直刺着奇怪而高的天空",它知道"秋后要有春",也知道"春后还是秋",然而它坚信春天必然到来;它始终坚守自己的战斗岗位,绝不被各式各样的"蛊惑的眼睛"所迷惑。枣树的形象是作者对现实生活中那些顽强、坚毅的战斗者的热情颂歌，也是鲁迅自己的人格精神和战斗豪情的诗意写照。《好的故事》描写了一个朦胧昏沉的黑夜，"我"在梦中看见了一个美丽、优雅、有趣的"好的故事"，遇到了"许多美的人和美的事"，"错综起来像一天云锦"。正当"我"陶醉在这个美好故事中的时候，忽然仿佛有谁投掷了一块大石头似的，将整片云锦撕成片片了。梦醒来，眼前仍是一片昏暗。"我"不免怅惘和失望，但"我"还是坚信看见了一篇好的故事。表现了鲁迅不屈于军阀迫害，不断追求的精神。《雪》则通过南方与北方不同雪景的对比烘托，表现了鲁迅对美好事物的缅怀和对冷酷环境的抗争。

第二，揭露、讽刺腐朽思想和黑暗势力，表现了顽强不屈的反抗意志和战斗精神。《失掉的好地狱》展现在我们面前的是一个阴森恐怖的地狱世界，这个"地狱"是对当时中国黑暗现实的真实写照。《这样的战士》中的"无物之阵"是中国黑暗文化现实的象征，这样的战士隐喻了鲁迅生命不息、战斗不止的光辉品格。《狗的驳诘》中的连狗都不如的势利小人，《立论》中的"骑墙派"，《聪明人和傻子和奴才》中的"聪明人"和"奴才"，都是对社会上形形色色的腐朽思想和阴暗人物的形象写照。

第三，披露了鲁迅在抗争与探索中孤独、苦闷、彷徨的内心世界和生命体验。《影的告别》写影子既不甘于被黑暗吞没，又不愿在光明中消失；既不愿彷徨于明暗之间，而终于又彷徨于明暗之间，深刻表达了鲁迅内心的矛盾和苦闷。《过客》以诗剧的形式塑造了"过客"这一特立独行的形象，表达了明知前路是"坟"而偏要走的坚持求索的可贵精神。经历坎坷、身心疲惫的过客，毅然拒绝了老翁和小女孩同情、劝留和布施，义无反顾地向似路非路的"坟"的方向走去。他一再向老翁表达前行的决心："有声音常常在前面催促我，叫唤我，使我息不下"，"我只得走"。这种不受牵连、束缚，奋然独往的精神，成为"过客"突出的性格特征。《希望》表现了鲁迅敢于面对"绝望"、绝不放弃希望的精神，"我"手持"希望"的"盾"，"盾"的前后充满了"空虚"和"绝望"，但"我"坚信："绝望之为虚妄，正与希望相同"。此外，《死火》《墓碣文》等篇也都以抒发作者内心深处的感受为主，交织着严肃的自我剖析与不倦的探索，真实地记录了一个前进中矛盾、彷徨、苦闷的战士的坚定步伐和鲁迅式的生命体验。

《野草》采用象征主义的手法，使本来明白的东西变得有些朦胧，指引读者进入深层次思考，同时又使抽象的东西变得形象，更深深地打动读者、感染读者。《野草》构思新颖奇特，多写梦境和幻觉，并把梦幻和现实自然而然地联系起来，把情、景、理有机地融合在一起，达到了一种弦外之音、境外之意的美学境界和艺术效果。《野草》篇章短小精练，意象浓缩，语言富有诗一样的跳跃性和音乐感，给读者留下了无尽的思考和回味空间。

## 四、散文回忆集

《朝花夕拾》是一部回忆性散文集。集中10篇文章创作于1926年2月至11月间。1928年由北京未名出版社出版时，鲁迅写了《小引》和《后记》，因而这部散文集包括《引》和《后记》在内共有12篇作品，描述了鲁迅从童年到壮年时期的某些生活片段，包括：童年的兴趣和爱好，家庭教育和私塾教育，目睹庸医的害人，父亲的死，到南京求学的生活，富国强兵梦的破灭，日本仙台学医和弃医从文，辛亥革命前后的经历，具有明显的自传色彩。

《朝花夕拾》有着独特的文化价值和艺术审美价值，是我们了解鲁迅生平思想的第一手资料。从作品中我们可以看到清末到辛亥革命时期中国的社会风貌，以及近代中国历史的若干重要侧面。在叙述过程中，还有很多民风民俗的描写，细致入微地刻画了一批栩栩如生的人物形象，在这些人物形象身上，寄寓了作者的爱憎、美好的回忆和痛切的批判。虽然是回忆性散文，但《朝花夕拾》也不乏现实的战斗性和深邃的思想性。[1]

《朝花夕拾》融记人、叙事、抒情、议论于一体，寓思想性、战斗性于史料性、知识性之中，在"五四"新文学运动以来的散文创作中别具一格。其中最突出的就是白描手法的运用。他总是抓住最能表现人物性格的肖像特征、动作描写和个性化语言，在叙事过程中经常是淡淡几笔就将人物的优缺点凸现出来，写得有血有肉。《朝花夕拾》中的作品也有很强的抒情性，包含着作者强烈的爱憎。

---

[1] 裴合作. 中国现当代文学[M]. 长春：吉林大学出版社，2009.

## 五、杂文创作

杂文创作是鲁迅毕生的重要事业。从1918年在《新青年》上写《随感录》起到1936年逝世，鲁迅从未间断过杂文的写作。正是博大精深和具有永恒艺术魅力的杂文创作，确立了他在中国现代思想史、文化史和文学史上的崇高地位。鲁迅的杂文，结集的共有14本，包括《坟》《热风》《华盖集》《华盖集续编》《而已集》《三闲集》《二心集》《南腔北调集》《伪自由书》《准风月谈》《花边文学》《且介亭杂文》《且介亭杂文二集》《且介亭杂文末编》。此外，《集外集》《集外集拾遗》《集外集拾遗补编》中也有许多杂文，鲁迅一生写作的杂文，达百余万字。

鲁迅杂文的内容丰富广博，涉及对旧社会、旧文明和复古派的批判，对封建反动统治及其政权的猛烈抨击，对帝国主义侵略的揭露、斗争，对文化、文学战线上错误倾向的批评，对社会病态心理和国民性弱点的暴露、针砭等，是鲁迅杂文的重要内容，形成了与现实密切结合富于批判性、战斗性的思想特点。

由于环境和思想的变化，鲁迅前期（1927年以前）杂文与后期（1927年以后）杂文在内容和思想上既有一贯性，也有差异性。

前期杂文侧重对封建旧道德、旧文明的批判，具体体现在：

首先，对历代统治者宣扬的"以忠诏天下""以孝治天下""以贞节励天下"的封建伦理道德观念，进行了尖锐的批判。在《我之节烈观》《我们现在怎样做父亲》《灯下漫笔》《娜拉走后怎样》等文中，鲁迅深刻揭露了"皇帝要臣子尽忠，男人便愈要女人守节"，"饿死事小，失节事大"，"有了节烈，国便得救"等说教的虚伪性和反动性，号召"除去害人害己的昏迷和强暴"，"除去于人生毫无意义的苦痛"；特别是要把封建制度下受迫害最深的妇女和儿童真正解放出来，"放他们到宽阔光明的地方去；此后幸福的度日，合理的做人"，而要真正做到这一点，根本的方法是"只有改良社会"。

其次，反对封建保守思想，批判复古逆流。新文化运动在其发展过程中，受到过各种封建势力和保守思想的抵制和反对，并出现过"学衡派""甲寅派"等维护封建礼教的派别。鲁迅在《忽然想到（六）》中指出："我们目下的当务之急，是：一要生存，二要温饱，三要发展。苟有阻碍这

# 第一章　文学革命时期的文学创作探析

前进者,无论是古是今,是人是鬼,是《三坟》《五典》,百元千宋,天球河图,金人玉佛,祖传丸散,秘制膏丹,全部踏倒他。"在许多杂文中,鲁迅以犀利的笔锋批驳了复古主义的种种谬论,表现了彻底的不妥协的反封建的革命精神。

第三,抨击迷信观念,提倡科学思想。鲁迅在《论照相之类》一文中,对形形色色的迷信丑闻进行了淋漓尽致的揭露和讽刺。在《随感录》三十三、五十三等文中,对灵学派"鬼魂之说不张,国家之命遂促"的鬼话,以及设坛扶乩等迷信活动,进行了无情的批判。

1925年到1927年,由于革命运动的高涨和鲁迅思想的发展,其杂文在进行社会批评和文明批评的同时,带有了鲜明的政治色彩。在政治斗争中,鲁迅的杂文发挥了"匕首"和"投枪"的战斗作用。围绕"五卅"运动、女师大事件和"三一八"惨案,鲁迅以杂文为武器,同封建军阀及其御用文人进行了坚决的斗争,写出了《无花的蔷薇之二》《纪念刘和珍君》《论"费厄泼赖"应该缓行》等杂文名篇。

鲁迅后期在革命实践中自觉学习马克思主义,并在对敌论战中自觉地加以运用,对旧中国社会的思想、文化进行了更为广泛而深入的批判,对革命文学发表了许多重要意见。由于娴熟地掌握了辩证法,这时期的不少杂文都体现了他对社会人生和文学艺术诸多问题的哲理性思考,成为现代史上一座高耸的理论高峰。主要体现为:

第一,揭露黑暗的政治现实,抨击国民党的法西斯统治和投降卖国的罪行。"四一二"大屠杀以后,蒋介石继续大肆屠杀共产党人,实行白色恐怖。"九一八"事变以后,东北大片国土沦陷,在国难当头之际,蒋介石逆历史潮流而动,提出"攘外必先安内"的反动口号,一方面对共产党革命根据地和左翼作家进行军事、文化"围剿",强化法西斯统治;在对外方面则进行投降卖国的勾当。鲁迅的《铲共大观》《黑暗中国的文艺界的现状》《为了忘却的纪念》《写于深夜里》等文,以血淋淋的事实,揭露蒋介石法西斯统治在政治上、文化上的罪行,字里行间充满了悲愤激越之情。在《战略关系》《以夷制夷》等文中,鲁迅尖锐指出,由英、法帝国主义操纵的"国联"出面调停日本侵华事件,不过是诱使国民党叛卖中国,从而达到与日本勾结起来共同瓜分中国的目的。国民党的"以夷制夷",实质上是"国联""以华制华"的翻版。在《"友邦惊诧"论》中,鲁迅怀着强烈的义愤,彻底揭露了国民党政府卖国投降的可耻嘴脸,指出国民党所谓的"友邦人士"的"莫名惊诧",不过是帝国主义支持蒋介石屠杀爱国学生的一种阴谋。

在《中国人民的生命圈》《文章与题目》《天上地下》等文中,鲁迅深刻地揭示了"攘外必先安内"其实就是"安内而不必攘外""不如迎外以安内""外就是内,本无可攘"的投降主义和反共反人民的本质。

第二,对各种病态的社会现象的批判。《伪自由书》和《准风月谈》两部杂文集尤为明显地表现了这方面的内容。《"吃白相饭"》一文将当时黑暗社会中一些"不务正业,游荡为生"的人们的谋生之道,归结为"欺骗""威压""溜走"三部曲。表面看来,这是批判"吃白相饭"的人,其实是反映了社会的腐朽,勾画了统治者的嘴脸。《揩油》《帮闲法发隐》等文,都是从一个侧面揭露了在那畸形的社会里必然产生的病态现象。

第三,批判封建复古主义逆流。蒋介石在对革命进行军事和文化"围剿"的同时,又打出了"新生活运动"的旗号,大搞祭孔活动,叫嚷礼义廉耻为治国之本,实际上却是要强化法西斯统治。鲁迅在《不知肉味和不知水味》《儒术》《关于中国的两三件事》《在现代中国的孔夫子》等文中,对当时泛起的复古主义逆流,进行了鞭辟入里的分析,指出孔夫子之所以受到历代封建统治阶级的吹捧,就是因为孔夫子在"治民众"方面替统治阶级"曾经计划过出色的治国的方法"。复古主义者并不是要真的把孔夫子当作圣人,其真正用意是要把他当作一块"敲门砖",门敲开了,砖头就被抛掉了。

第四,歌颂人民群众,赞扬中国共产党。在对待人民群众的态度上,与早期"哀其不幸,怒其不争"相比,鲁迅后期的思想有了很大的转变。在《门外文谈》《沙》《中国人失掉了自信力吗?》等文中,强调中国自古就有"脊梁"式的人存在,他们或埋头苦干,或拼命硬干,或为民请命,或舍身求法。至于有人感叹中国人像一盘散沙,实在是冤枉了大部分中国人,因为他们的"像沙",是被统治阶级"治"的结果。在《答托洛斯基派的信》《答徐懋庸并关于抗日统一战线问题》等文中,鲁迅对托派的态度和对中国共产党的热爱,是十分清楚的。

## 第三节　美文的积极尝试

　　抒情散文的出现稍晚于杂文，当时被称为"小品文"或"美文"。1921年5月，周作人发表《美文》一文，提倡多写"记述的""艺术的"美文，"给新文学开辟出一块新土地"。周作人还以自己的创作实践，扩大了散文的取材范围，增多了散文的创作体式。他这个时期的散文大部分收在《自己的园地》和《雨天的书》中。他的抒情散文具有丰富的知识性。浓厚的趣味性和以舒徐的笔调抒发出的冲淡之情。①

　　在文学研究会作家中。朱自清的散文成就最高，影响最大。他的散文诗意浓郁，文情并茂，《背影》《荷塘月色》等是最负盛誉的佳作。冰心的散文比她的小说和诗歌更有成就，《寄小读者》《往事》《山中杂记》等散文都具有抒情诗和风景画的特色。创造社郭沫若、郁达夫的散文，率真坦诚，委婉流畅，带有浓厚的"自叙传"色彩。郭沫若早期写的《小品六章》等，以牧歌情调抒写孤寂的心情，情调是感伤的，但仍透露出时代的信息。郁达夫早期散文《还乡记》《还乡后记》《日记九种》等，诉说了个人的遭遇和不幸。

　　到20世纪30年代，美文创作已经蔚然成风，其中最有成就的两个作家群体，一是形成于北方的"京派"，以何其芳、李广田、师陀、沈从文、萧乾、吴伯箫等为代表，一是形成于上海的"开明派"，以开明书店编辑丰子恺、夏丏尊、叶圣陶等为代表（由于他们此前还与朱自清、朱光潜、刘大白、俞平伯、李叔同等同在浙江白马湖的春晖中学任教，故又有"白马湖作家群"之称）。此外，缪崇群、丽尼、陆蠡等在抒情小品的创作中也各有建树。

　　何其芳出生在一个守旧的地主家庭，闭塞的环境和古板的教育使他从小养成了孤僻的性格。1929年考入上海中国公学预科，1931年进入北京大学哲学系，接受了新文学和西方文学的影响，并开始在京沪两地的《现代》《文

---

① 王自立. 中国现当代文学[M]. 北京：高等教育出版社，1996.

学季刊》等杂志上发表诗歌和散文,先以"汉园三诗人"之一而知名于文坛,1936年因散文集《画梦录》获《大公报》文艺奖而引人瞩目。他的散文作品不多,但在现代散文日益走向"叙事化"和"说理化"之时,较早意识到了散文作为一种独立文体的重要性,是一位具有自觉意识的散文文体家。他的整部《画梦录》都是一个孤独者的内心独语,虽然其中最为典型的两种意象,即以黄昏、黑夜为代表的"时间意象"和以墓地、古宅为代表的"空间意象",都具有一种阴冷的凄凉感和封闭的收缩感,但由于他常常把充满孤寂感伤和迷茫的感觉与富有诗意的意象组合在一起,再经过字斟句酌的精雕细刻,既有晚唐诗风的婉约之美,也具有西方现代主义的感伤之美,表现出了与《野草》不同的如泣如诉、如梦如幻的艺术境界。

夏丏尊、叶圣陶、丰子恺等人的散文大多取材于自己身边的生活,由于他们既有广博的知识和敏锐的头脑,还有丰富阅历和宁静的心态,因此他们的创作充满世俗生活的情趣,在平易的叙述中体现出执著的现实精神,在体味人生的意义中表达自己的人生态度,是叙事散文中的"美文"典范。

## 第四节　白话新诗的开创

"五四"文学革命在创作实践上以新诗为突破口,而新诗运动是从诗体解放的形式上入手的。胡适是第一个"尝试"白话新诗创作的人,1920年他的白话新诗集《尝试集》出版。《尝试集》破除了旧诗格律和形式束缚,灵活地使用白话,创造了新的诗歌形式。李大钊、陈独秀、鲁迅等并不是诗人,他们也写了一些新诗,主要是为了推动新诗改革。在"五四"时代影响最大的白话诗人是郭沫若。

# 第一章 文学革命时期的文学创作探析

## 一、白话新诗的创立发展

白话新诗的创立具有里程碑的重要意义，它标志着中国源远流长的诗歌历史进入了现代社会的新诗时代。1917年2月，《新青年》第二卷第六号发表的陈独秀《文学革命论》明确提出了文学革命的"三大主义"：号召推倒雕琢的阿谀的贵族文学，建设平易的抒情的国民文学；推倒陈腐的铺张的古典文学，建设新鲜的立诚的写实文学；推倒迂晦的艰涩的山林文学，建设明了的通俗的社会文学。

胡适的《尝试集》是中国现代文学史上第一部白话诗集，被誉为"胡适之体"，引起当时许多人效仿。《老鸦》是胡适尝试的白话新诗中一首比较成功的自由体诗。《老鸦》体现了胡适"诗体大解放"和"抽象的题目用具体的写法"的主张。全诗用简单的象征手法，以"寓言诗"的形式，通过老鸦的内心独白暗示了诗的旨意。

在早期白话诗运动中，刘半农大力支持胡适关于"诗体大解放"的主张，并且积极尝试不同的新诗诗体。他注重向歌谣汲取营养，《情歌》（后改为《教我如何不想她》）这首诗便借鉴了歌谣表现技巧。全诗共四节，每节开头都采用歌谣最常用的"比兴"手法，通过对某种景致的渲染与烘托，递进和深化了"教我如何不想她"的意境。整首诗的意境氛围由淡而浓，情感节奏由轻而重，从而使"教我如何不想她"的深切恋情一以贯之。

早期白话诗为中国现代新诗的创立开拓了道路，也为现代诗学作出了理论上的初步探索。与古典诗歌相比，大大拓展了诗歌的表现内容。受"诗界革命"、西方先进思潮和"五四"新文学运动的影响，早期白话新诗大都具有反帝反封建，提倡民主、自由和科学，面向社会人生，诅咒黑暗现实，控诉封建礼教，鼓吹婚姻自由，张扬个性解放，表现自我等新的内容和时代精神，使其作品开始具有一定的现代气质。

早期白话诗的诗歌理论尽管还存在很大的局限性和片面性，但构成了中国现代诗歌史上最早出现的诗歌理论体系，为中国现代诗歌理论奠定了基础。早期白话诗人在创作中重白话而忽视诗意和诗艺，偏重叙述与说理，艺术上存在着严重的"非诗化"倾向。尤其是他们对中国古典诗歌传统的否定，在一定程度上改变了中国现代诗歌与古典诗歌的联系，为中国新诗的发展留下了较多的隐患。

## 二、郭沫若的《女神》及其他诗歌

郭沫若（1892—1978），现代著名诗人、文学家。原名郭开贞，四川乐山沙湾人，1913年至1923年留学日本，1921年6月与郁达夫、成仿吾等人在日本成立创造社，积极参与新文学运动。他一生中写下了大量的文学作品，为中国现代文学作出了杰出的贡献。病逝于1978年6月12日。生前主要的诗作有:《女神》(1921)、《星空》(1923)、《瓶》(1927)、《前茅》(1928)、《恢复》(1928)、《战声集》(1938)、《蜩螗集》(1948)、《新华颂》(1953)、《百花齐放》(1958)、《长春集》(1959)等。郭沫若是早期白话诗运动中独树一帜的诗人，他的《女神》在新诗发展史上有着重要的影响和地位。特别是1919下半年至1920上半年，是郭沫若新诗创作的爆发期。

1921年8月出版的《女神》以其彻底反叛旧世界的精神，强烈的浪漫主义审美意识和独特的诗歌创造才能，狂飙突进的姿态开一代诗风。

《女神》的主要艺术风格是浪漫主义特色。浪漫主义重主观抒情，强调自我表现。《女神》中的凤凰、天狗等都是诗人自我形象的集中塑造，体现出强烈的反抗侵略、追求光明的理想主义精神。诗人以奇特想象、极度夸张、直抒胸臆与恣意喷发为主要表达方式，《凤凰涅槃》等诗最典型地体现了这些表达特点。在白话新诗运动中，《女神》对自由体诗的大胆创造，语言热烈奔放，具有雄奇的风格，完全冲破了旧诗格律的束缚，诗节、诗行长短无定，韵律也无固定格式。这也不可避免的造成诗歌形式的自由强调到绝端的地步，感情缺乏必要的节制，任其直抒胸臆，造成一些作品的诗意直白浅露。

郭沫若写出《女神》后，还在1923年至1928年期间出版了《星空》《瓶》《前茅》《恢复》。《星空》是一本诗歌、散文、戏曲集。这部合集里的诗是作者面对"五四"退潮期的现实吟诵，反映了他在历史彷徨期世界观产生矛盾的苦闷，缺乏《女神》中反抗现实的斗争精神和冲天豪情，但艺术性却高于《女神》，其语言凝练含蓄，结构更为严谨，感情也更深沉。《瓶》是作者在追求爱情中消解苦闷的自我心灵抚慰。在《前茅》与《恢复》里，诗人宣称

# 第一章　文学革命时期的文学创作探析

面临"革命时代的前茅",要复活消沉的自我,"做革命家的榜样"。这两本诗集中的大多作品都具有鼓动革命的强烈精神,但明显表现出忽略艺术。这种情况与郭沫若的世界观、艺术观的变化及其极端性有密切关系。郭沫若在《前茅》《恢复》里充分展现了内容的革命性,而放弃了诗歌应有的艺术个性。直至新中国成立后,他诗歌中的大量作品都是以政治代替艺术,完全失去了《女神》时代的诗人形象。郭沫若在诗歌创作上的起伏变化为现代诗歌留下了典型的经验与教训,值得我们深刻思考。[1]

## 三、前期新月派诗歌

在现代文学史众多的文学流派中,"新月诗派"是一个产生过重大影响的流派。闻一多、徐志摩是新月诗人中具有鲜明个人艺术风格的代表诗人,他们自觉进行新诗试验的经验和创作的成果,为现代新诗作出了积极的贡献。

早期新月诗派在现代诗歌的创作风格上不仅有自己的理论主张,还有大量的创作实践。但是,我们也要看到新月派提出的"三美"原则仅仅是对新诗创格的一个大体要求,并没有像古典诗词那样有明确和具体的规定。要成为一个民族的现代诗歌格律定式,还有许多有待解决的问题。从前期新月派所做的实践来看,过分地强调诗歌形式的对称匀齐以及外在的音乐节奏,会限制诗情诗意的表达。这在后期新月派的创作中得到了一定的纠正。值得思考的是,从早期新月派的创作风格格律提出至今,中国新诗体制的主流依然是自由体诗。各个时期都有人主张新格律的建设,但响应者并不多,其大多作品在内容上并无多少影响,也没有固定的、堪称范式并得到公认的体制。这种情况是因为中国现代新诗不适宜于格律的限制,还是形成现代格律诗的历史条件不成熟,都值得我们进一步思考和实践。[2]

---

[1] 李怡,干天全. 中国现当代文学[M]. 重庆:重庆大学出版社,2010.
[2] 周国耀,甘佩钦,陈彦文. 20世纪中国文学主题演变研究[M]. 长春:吉林大学出版社,2011.

## 四、早期象征主义诗歌

中国早期象征主义诗人有李金发、王独清、穆木天、冯乃超、梁宗岱、邵洵美、蓬子、胡也频等，他们受法国象征主义诗歌和理论的一定影响，在诗歌创作理论上作出了新的追求，对初期白话诗缺乏想象、直白浅露与新月派过分偏重外在形式的流弊进行了修正和超越。1926年穆木天在《谭诗——寄沫若的一封信》中宣称，"我们的要求是'纯粹诗歌'，我们的要求是诗与散文的纯粹的分界"，"诗的世界是潜在意识的世界"，诗是"内生命的反射"，"是内生活真实的象征"，"诗是要暗示的，最忌说明的"。"纯诗"的概念是对内心感觉世界、内生命中潜意识的自我观照，在艺术上以明白外向为大忌，强调象征暗示与朦胧新奇，刻意破坏习惯的语言规范，追求含蓄内敛、耐人寻味的效果，而不是从根本上拒斥读者。

在早期象征主义诗人中，李金发是最有代表性的一位诗人，他所写的诗歌内容及艺术手法也最具象征主义诗歌的特点。

在"五四"以后白话诗迅速发展的二十年代中期，人们已经习惯了明白晓畅、易于为人把握的白话新诗，李金发诗集《微雨》的突然出现，引起了人们广泛的注意和强烈的褒贬。《弃妇》即是《微雨》中的代表作。

在表现方法上，《弃妇》是完全区别于以往国内白话新诗的一首诗。这首诗意图表现人生的命运像一个被遗弃的妇女，充满着哀伤与悲苦。诗人写的是"弃妇"的苦恼与悲哀，实则象征的是世界的丑恶、冷漠与无情。《弃妇》这首诗虽然读起来有些晦涩拗口，但作为现代新诗却更能体现意在言外的美感。

除李金发在创作中的积极探索外，穆木天、王独清、冯乃超等都运用过象征主义的表现方式并获得了不同的成效。穆木天的《旅心》做了废除诗的标点的试验，明显地增加了诗歌语言的弹性与张力，让读者有了更大的想象空间。

早期象征主义诗歌对中国现代诗歌产生了深远的影响，即使是20世纪80年代的"朦胧诗潮"也明显有着早期象征主义诗歌表现手法的痕迹。早期象征主义诗人的创作也是中国新诗发展里程中的一种尝试，其局限也是在所难免的，他们诗歌中的一些颓废消极的内容和艺术表现上艰深晦涩的现象也是应该否定的。

## 五、其他诗人的创作

在白话新诗发展的过程中,湖畔诗人的创作、小诗的兴起以及蒋光慈、冯至等诗人在新诗的内容与形式上都进行了不同的尝试,为推动新诗发展作出了各自的贡献。

成立于1922年4月的湖畔诗社,主要成员有应修人、潘漠华、冯雪峰和汪静之。他们开始创作时都还不到二十岁,在三年多的时间里出版了合集《湖畔》(1922)、《春的歌集》(1923)、《蕙的风》(1922)和《寂寞的国》(1927)四部诗集,在"五四"新诗坛上形成了颇有影响的诗歌现象。湖畔诗人的作品中除吟咏自然和少量反映社会现实生活的诗篇外,大多是抒发爱情的。他们的诗歌显示出抒情自然率真、语言稚朴清新、诗形短小活泼的创作特色。但由于湖畔诗人都很年轻,生活阅历较浅,诗的格局都较小,较多作品存在直抒胸臆与为赋新词强说愁的弊病。

1921至1923年,小诗成为风靡一时的诗歌体裁,当时被称作"小诗流行的时代",代表诗集有冰心的《繁星》《春水》(1923),宗白华的《流云》(1923),梁宗岱的《晚祷》(1924)等。其中以冰心、宗白华影响最大,时人模仿者众多。小诗的出现受到了日本俳句和泰戈尔哲理诗的影响。1921年周作人的《日本的短歌》《论小诗》与1922年郑振铎翻译的泰戈尔的《飞鸟集》,促进了小诗的兴起。从当时的大多数小诗来看,它是一种即兴式的短诗,其特点是:形制短小,多以三五行为一首,表现刹那间的情绪和感触,寄予人生的哲理和思想,具有言简意赅的效果。小诗为中国现代新诗的诗体建设增加了新的形式。但不少小诗也存在内容贫乏、纤弱空泛的弊端。

蒋光慈(1901—1931)1925年出版诗集《新梦》。他是开创无产阶级革命诗歌、最早颂扬俄国十月革命,把共产主义理想带进诗歌领域的诗人。他和同样立场的诗人把"五四"新诗"平民化"的趋向发展到极致,强调直接从现时代的人民革命斗争中吸取诗情,主张革命文学"它的主人,应当是群众，而不是个人"。他们把自我消融于大众，将个性置变为共性，热烈地歌颂革命与理想，这对以后左翼诗歌的发展有深远的影响。由于无产阶级诗歌注重于理想的灌输，虽感情真挚热烈，但想象平实，用意直露，制约了诗艺的追求与发挥。①

冯至（1905—1993）的第一部诗集《昨日之歌》（1927）出版后在诗坛引起很大反响，被鲁迅誉为"中国最为杰出的抒情诗人"。他生前出版诗集《昨日之歌》（1927）、《北游及其他》（1929）、《十四行集》（1941），翻译了里尔克、歌德、诺瓦·利斯等许多德国诗人的作品。冯至的叙事诗融抒情与叙事为一体，注重艺术表现形式，把现代叙事诗的创作提高到了新的水平，被朱自清评价为"堪称独步"。《蛇》是冯至早期优秀代表作之一。在这首诗中，诗人将普通人心中的冷血动物——蛇创造为蕴含热情爱恋的意象，婉约地抒发着怯懦而寂寞的爱情。作者把热恋中的"我"的寂寞比作"一条长蛇"，把蛇的"相思"化为人的"相思"，浓重的感情色彩和奇丽幻想展现出《蛇》的独特魅力。冯至的《蛇》以带着羞怯、柔情与热烈融合的语气，通过蛇、月光、草原、花朵、梦境这些意象的动静组合，含蓄美妙地表达了热恋时难以入眠、辗转反侧时的感情冲动，使平凡的梦境具有了雅致神秘的审美品位。

冯至后期的诗歌实践，取得了更为成熟的成果，在诗的形式与内容上展现出新的面貌。1941年出版的《十四行诗》反映出他走向现实，对人生的体验上升到一个更为真实的层面。对目睹战争涂炭生命的灵魂悸动，对现实中人生的虚无与不定，生与死的迷惘和意义的思考，使他的作品具有厚实的现代性。由27首诗组成的《十四行集》是中国新诗史上"最集中、最充分地表现生命主题的一部诗集，它是一部生命沉思者的歌"，它使中国现代诗歌第一次具有了"形而上的品格"。这本诗集所展示的丰富内容与相对完美的艺术，使得它在20世纪40年代文学以至现代文学中都具有独特的意义。

---

① 钱理群. 中国现代文学三十年（修订本）[M]. 北京：北京大学出版社，1998.

# 第五节 社会问题小说、自叙传抒情小说和乡土小说的创作

清末民初,梁启超发起小说界革命,提出小说是文学之最上乘,这一观点促进了中国小说地位的变化。1917年,鲁迅的《狂人日记》开启了中国现代小说的先河。20世纪20年代,中国作家进一步探索现代小说的各种可能。现代小说被用来寻找人生、社会意义及精神出路,由此发展出两个重要方向:一是"社会问题小说"以及描写农村落后文化的乡土小说。此类小说立足于反映社会现实问题,用现实主义创作方法,关注民生疾苦,针砭社会痼弊。这一派作家多为文学研究会成员。二是浪漫抒情小说,尤其以"自叙传抒情小说"最为代表。此类小说和"社会问题小说"相反,它们不注重描写客观现实,而强调主人公"内心的要求",重视自我情绪的抒发和表现,作品有浓郁的浪漫抒情色彩。这一派作家主要是前期创造社成员,以及与之宗旨相近的其他社团的一些小说家。

## 一、社会问题小说

社会问题小说是"五四"时期兴起的一种小说类型。这类小说多以知识青年生活为题材,探索各种社会人生问题,涉及婚姻家庭、妇女地位、教育、劳工、青年出路、社会习俗与礼教、下层人民生活、战争与军人、国民性等。它的繁荣既是"五四"思想启蒙运动的需要和结果,也深受外来文化思潮,特别是易卜生密切关心社会现实问题的进步倾向的影响。[1]

社会问题小说分前后两个时期。前期在1919年上半年《新潮》作家的作品中已露端倪,例如罗家伦的《是爱情还是苦痛》,叶圣陶的《这也是一个

---

[1] 吴述桥,程露. 中国文学名著深度悦读[M]. 北京:中国纺织出版社,2008.

人》，胡适的《一个问题》等。1919年下半年冰心的《两个家庭》《斯人独憔悴》等小说的发表后，社会问题小说正式开始形成风气。1921年文学研究会的成立将这种小说的创作推向高潮。

社会问题小说的代表作家有冰心、叶绍钧、王统照、庐隐、许地山等。

叶绍钧的《潘先生在难中》是其早期社会问题小说的代表作。这篇小说塑造了一个带有浓郁小市民习气的卑琐的底层知识分子形象。

王统照的《沉思》是其早期社会问题小说的代表作品。小说描写女优琼逸抱着为艺术而献身的磊落胸怀，去当画家的模特，却为社会所不容。作品体现了作者对"美"和"爱"的追求，写出了作者遇到顽固社会现实时不得不陷入的沉思。[1]

庐隐最早创作的也是社会问题小说，她的《灵魂可以卖吗》《一封信》《两个小学生》等作品展现了一幅幅充满血泪的社会悲剧，有强烈的社会意义。她的代表作《海滨故人》反映的也是社会问题，但在创作风格上更接近浪漫主义抒情小说。

许地山的社会问题小说有比较浓郁的宗教思辨和浪漫异域色彩。《命命鸟》写仰光一对青年男女爱情因受父母反对，而双双牵手走入湖中自尽的悲剧。这篇小说强烈地控诉了封建门第观念和婚姻制度对青年的迫害。

社会问题小说作家从多种角度触及了社会各方面的问题。尽管表现手法各有所侧重，但在强调文学"为人生"的目的，以及现实主义的创作方法上，他们基本一致。

冰心的第一篇社会问题小说是《两个家庭》，最早刊载在北京《晨报》上，刊发这篇小说时，作者第一次使用"冰心"这个笔名。然而，她真正产生影响的社会问题小说，是从本书选登的这篇《斯人独憔悴》开始的。小说写于1919年10月，写到了此前不久爆发的震撼人心的"五四运动"，所以主人公颖铭兄弟的遭遇很快引起了当时众多青年学生的共鸣。小说发表三个月，很快就被改编成话剧上演。

"只问病源，不开药方"是这个时期大多数社会问题小说最鲜明的特点，

---

[1] 曹万生. 中国现代汉语文学史[M]. 北京：中国人民大学出版社，2010.

实际上也是这类小说的力量所在，它及时地反映了社会现实，并启发读者去积极思考，自己寻找解答。但也有一些作家，在小说中为社会问题寻找答案，像冰心和许地山的某些作品中都表现出对"美"与"爱"这样较为哲学和抽象的思想追求。

## 二、自叙传抒情小说

自叙传抒情小说是中国现代抒情小说的一种体式，它深受西方浪漫主义文学和日本"私小说"的影响，所以又称"浪漫主义抒情小说""自我写真小说""身边小说""情绪小说"或"情调小说"。以创造社为中心的自叙传抒情小说是浪漫主义小说的一个分支，这股创作潮流从郁达夫1921年上海泰东书局出版的小说集《沉沦》开始。《沉沦》也是中国现代文学史上第一部白话短篇小说集。

《沉沦》讲述一个留学日本青年在异国他乡感到的精神和性的双重苦闷，以至于最后走向大海的沉沦经过。小说采取了散文化的叙事结构，自叙传性质与抒情倾向非常明显。小说的每一节都充满了抒情、感伤的意味。在最后一节写主人公走向大海前的种种神秘幻觉，抒情中融入了某种象征意味。

作家多把小说作为自己的"自叙传"来写，带有作者个人生活的投影。现实中的郁达夫在日本留过学，《沉沦》中主人公的思想和情感，是他身为当时的弱国子民在异国他乡真实的情感体验。自叙传抒情小说强调一种写真式的自我。很多作品中的主人公都会带上作者自己的精神气质。

比如，在郁达夫的其他作品中，《银灰色的死》中的Y君，《茫茫夜》和《秋柳》中的于质夫，《茑萝行》《迷羊》《春风沉醉的晚上》中的"我"等，在生活经历和精神气质上都和作者本人有着相似之处。张资平和庐隐的小说都有自己的心灵写照。这一倾向在当时曾受到诸多道德批评，作品中如何表现情欲问题至今都是一个值得探讨的话题。

自叙传抒情小说通常不以构筑情节为重点，着重表现情绪、心理感受，有明显的散文或诗化倾向。"情节小说"向"情绪小说"转变，突破了以事件情节为结构中心的传统小说模式。自叙传抒情小说作家都本着表现"内心的要求"而不注重对客观现实的摹写，在创作风格上表现出浪漫主义色彩。这种浪漫主义的潮流具体到每部作品，每个作家又表现出自己的风格。比如，李欧梵曾评论郁达夫的小说集《沉沦》是"引来的浪漫主义作品"。他认为，小说《沉沦》《南迁》《银灰色的死》包含大量的对德国和英国浪漫主义作家作品的引用，并说"他的这种史无前例的西方文学的文本引用"，而不是"把西方文学的文本放进他的小说后做进一步的创造性转化，从而为中国现代文学开出另一个现代主义写作传统"。

庐隐是"五四"时期与冰心齐名的女作家，代表作《海滨故人》写露莎和几位同窗女友的聚首言欢到风流云散的过程，表现出新旧文化更新时代，青年女性既渴望个性自由，又无法摆脱因袭道德束缚的精神焦虑。其中主人公露莎内心的矛盾与孤独，基本上是作者的自我写照。作品的抒情笔调与郁达夫的风格相近。

冯沅君的《卷葹》，由鲁迅编入"乌合丛书"，包括四个短篇：《旅行》《隔绝》《隔绝之后》《慈母》。虽然每篇的主人公名字各异，但故事却互相衔接。小说讲述的是一位在京城读书的女主人公，不愿服从家庭包办婚姻，与一位男同学自由恋爱，一起出行，并试图出逃，但最终在慈母亲情和包办婚姻的压力下，双双殉情的故事。小说文笔优美，在强调表现"内心要求"上和郁达夫的风格相近。张资平的处女作《约檀河之水》描写了"他"与日本房东女儿的恋爱悲剧，带有自传性质。1922年，他的长篇小说《冲积期化石》，也是以自传笔调抒写了对往事和故人的缅怀。

## 三、乡土小说

乡土文学题裁与主题最早由鲁迅开创，但"乡土文学"这个概念直到1935年鲁迅在《中国新文学大系小说二集》中才提出。鲁迅用这个术语来命名这批作家回忆故乡、抒写乡愁的小说，称他们把"乡间的生死，泥土的气息，移在纸上"。这一批乡土小说作家大多直接受鲁迅影响并有意识地模仿鲁迅的创作，他们大都师承了鲁迅小说的批判国民性特点，用批判的眼光、写实的技巧、笔含乡愁的情调，透彻地描绘了中国落后的乡村文化的真实面貌。

乡土小说佳作甚多。台静农的小说集《地之子》（结集于1928年）多取材于乡间贫苦农民的生活。其中的《拜堂》写汪二与其寡嫂见不得人的成亲，笔调低沉灰暗，充满寒气。《新坟》写四太太家破人亡后发疯，最终在儿子的棺材边自焚而死，小说承继了鲁迅的"安德莱夫式的阴冷"。

许钦文的《鼻涕阿二》《疯妇》，许杰的《惨雾》《赌徒吉顺》，蹇先艾的《水葬》，徐玉诺《一只破鞋》以及彭家煌的《怂恿》等，这些作品从不同的角度写出了农民的困苦及乡间文化的蒙昧。

20世纪20年代乡土小说向我们展示了现代乡村的各种鄙习陋俗。比如，台静农《烛焰》中的"冲喜"，王鲁彦《菊英的出嫁》中的"冥婚"，许杰《赌徒吉顺》的"典妻"等。这些乡村习俗，是中国进入现代后，农民们依然保留的落后愚昧的生存方式。

## 第六节　现代戏剧的萌芽

中国的传统戏剧均是以唱为主的"歌剧"类型，而中国现代戏剧则是舶来的话剧。在"五四"新文化运动期间新文学派猛烈抨击中国传统旧戏之后，现代戏剧——话剧在中国文坛迅猛发展。现代话剧是西方的舶来品，但它在中国出现也有深刻的社会根源。鸦片战争后，中国传统戏曲在题材和表现形式上都难以满足观众的要求，一些表现新题材或融入艺术新元素的"文明新戏"应运而生。文明新戏是中国传统戏曲向现代话剧过渡的中间产物，它具有现代话剧的某些特征，但或多或少没有走出传统戏曲的窠臼。1907年，春柳社编演《黑奴吁天录》，标志着中国现代话剧的诞生，此后这种新型的艺术形式在中国不断发展壮大。"五四"运动的爆发给予中国现代话剧发展的机遇。这一时期的话剧，在题材上以"社会问题剧"为主,在风格上出现了写实与抒情的两种走向,在形式上出现了喜剧、诗剧、历史剧等多方面的探索。"五四"时期的话剧探索为现代话剧的发展奠定了坚实的基础。

## 一、社会问题剧与早期写实戏剧

中国现代话剧的起源最早可以追溯到19世纪末出现的"文明新戏"。文明新戏以宣传新的思想、反映新的生活与人物为主要任务,以冲破戏曲程式束缚的写实性语言与动作为主要手段,是与传统戏曲有明显区别的一种戏剧形式。根据文明新戏的发展程度,文学史一般认为1907年春柳社编演《黑奴吁天录》是中国现代话剧的开端。"五四"运动的爆发给予中国现代话剧发展的机遇,受易卜生社会剧的影响,结合中国社会变革期的种种问题,社会问题剧在"五四"时期大量涌现。社会问题剧一般偏于写实,所反映的社会问题都有深厚的现实基础,演员表演也要求符合角色身份,这固然是现代话剧的文体要求,但也开创了中国现代写实话剧的先河。

创作方面较有影响的大多是取材于现实生活的社会问题剧,如丁西林的《一只马蜂》《压迫》、洪深的《赵阎王》、田汉的《获虎之夜》、欧阳予倩的《泼妇》《回家以后》等,这些剧作多面向社会人生,较为广泛地涉及恋爱、婚姻、家庭、妇女解放、道德伦理标准等社会问题,都具有一定的现实意义。

从"戏"的角度来说,《泼妇》是一个可以让观众看完的戏。戏剧从慎之密谋娶妾的事情写起,用以礼和吴氏的谈话、姑母和芷祥的到来烘托秘密紧张的气氛,让观众期待这场密谋的娶妻会不会成功?素心会不会接受这个事实?素心到底是个什么样的人?素心的突然到来是全剧的一个转折点,它让铺垫已久的高潮终于可以到来。《泼妇》是一部有强烈写实特征的戏剧,但在一些具体细节上也存在不切实际的问题。譬如素心为理想"杀子"的举动,它可能会在西方现实生活中存在,但在中国文化土壤中是否会出现却是个问题。再譬如,慎之怎样从一个新青年变回一个庸俗乡绅,戏剧也没有交代清楚。这些问题,正是现代话剧在当时的中国还没有走向成熟的表现。

《压迫》名为"压迫",却是一出喜剧。这反映出丁西林对待生活的态度——从容豁达,也反映出丁西林喜剧的特色——自然智慧。房东太太忙于打牌又担心女儿与单身男房客自由恋爱,女儿出于叛逆偏偏不把房子租给有家眷的人,这本身就充满了喜剧性,是一个腐朽、专制社会荒诞性的具体表现。作为这种荒诞租房制度的直接受害者,单身男客吴先生企图与房东太太进行理论,当两人在荒诞不经的逻辑中进行争执时,戏剧的"笑"果和讽刺性同时实现了。但有国家机器维持的荒诞并不因不合情理而在争执中落于下风,它反而借助国家机器直接对受害人进行压迫,在巡警即将参与的困境下,吴先生只能选择退让。好在女客的突然到来给了吴先生反败为胜的机会,他利用女客急于租房的心理,巧妙地让女客自己提出假扮成自己的家眷,从而满足了房东太太的要求,也化解了自己的危机。当社会中正常的要求被迫以荒诞的形式得到满足时,戏剧的喜剧性再一次呈现了出来。

社会问题剧的"写实"是相对传统戏曲的抒情性而言,它强调戏剧所反映社会问题的现实性,也强调表演者的言行符合角色身份,从而使戏剧不仅具有娱乐性,同时也成为改造社会的工具。早期写实话剧的"写实"具有鲜明的倾向性,它受到"五四"新文化的影响很大,这既是社会问题剧蓬勃发展的动力,也决定了它们在艺术上的限度。

## 二、创造社话剧与中国现代话剧的抒情传统

"创造社话剧"是个含混的概念,因田汉、郭沫若等早期剧作家与创造社联系紧密,且他们的话剧与创造社的艺术主张有相通和相似的地方,强化了剧作家自我情感的张扬,因此为了方便了解这一段历史,故有此称谓。

在话剧史上,田汉是20世纪20年代影响最大的戏剧团体——南国社的创办者。南国社的产生要追溯到1924年田汉与其妻子易漱瑜创办的《南国》半

月刊同人刊物。①1926年，他又创办南国电影剧社。1927年，田汉主持私人上海艺术大学文科，不久任校长，南国电影剧社改组，其活动范围扩及文学、戏剧、电影、美术、音乐诸方面，正式定名为南国社，以"团结能与时代共痛痒之有为的青年作为艺术上之革命运动"为宗旨。②

田汉自幼喜爱民间曲艺，在长沙师范学校读书时就创作过《汉阳泪》《新桃花扇》等小剧本。1914年留学日本，后参加中国少年学会，在《少年中国》发表文艺论文和短剧。在其第一个剧本《梵峨嶙与蔷薇》中（1920，即《环娥琳与蔷薇》），"梵峨嶙"（即小提琴）象征艺术，"蔷薇"象征爱情。追求真正的艺术和理想的爱情，是他早期剧作的总主题。

田汉经宗白华介绍与郭沫若结识，三人的通信结集为《三叶集》，成为文学青年心中的偶像。20世纪20年代，他在创造社的刊物上发表了《咖啡店之一夜》《获虎之夜》和《名优之死》等名剧，是创造社话剧的代表；同时，积极投身戏剧运动，先后与欧阳予倩、洪深、唐槐秋等创办过南国剧社、南国艺术学院、南国电影剧社、南国社等，先后主编过《南国半月刊》《醒狮周报》《南国特刊》《南国月刊》等杂志，史称"南国戏剧运动"，成为中国话剧的奠基人之一。

田汉的《咖啡店之一夜》（1922）被自视为"出世之作"。主人公林泽奇和白秋英都是具有"五四"反叛精神的青年学生，同时又因婚姻悲剧而染上了颓废的"世纪末"情绪。《获虎之夜》（1924）第一次涉及"婚姻与阶级这一社会问题"，表现的是黄大傻与莲姑的幻灭，人物的反抗意识得到了加强，但仍未能走出"感伤的殉道者"的窠臼。《获虎之夜》是中国话剧诞生期难得的佳作。剧本注重了"戏"的提炼和选择，具有强烈的戏剧性。戏剧冲突安排在"获虎之夜"这个特定的时间段上，这是莲姑出嫁的前夜，也是父女冲突最可能激化的时段。《获虎之夜》对剧中人物的塑造也比较成功。具有浪漫主义气质的田汉在此前的剧本创作中比较强调情感的宣泄，往往忽略了抒情性和现实性的统一。此外，《获虎之夜》的浓郁的乡土气息，给予都市

---

① 陈白尘，董健. 中国现代戏剧史稿：1899—1949[M]. 北京：中国戏剧出版社，2008.
② 李万钧. 中国古今戏剧史[M]. 广州：广东高等教育出版社，1997.

# 第一章　文学革命时期的文学创作探析

观众一种异域的体验，譬如魏福生讲述易四聋子打虎的故事，具有强烈的传奇色彩，增强了戏剧的可观赏性。[①]

最能代表田汉早期剧作成就的作品是《名优之死》，该剧以浪漫主义的精神，将刘振声塑造成了一个既忠于艺术又为人正直，在人格上闪耀着理想主义光辉的硬汉形象，显示出了一种宁死不屈的悲壮色彩，预示着作家美学风格的变化趋势。

郭沫若的历史剧之所以受人瞩目，原因就在于具有鲜明的时代性。他的《三个叛逆的女性》，包括之后在抗战期间创作的《屈原》《虎符》等剧作，都给予历史人物现代思想和现代行为，让他们在历史事件中体现现代精神，从而符合现代人的审美需求。在表现历史人物的现代精神上，郭沫若的诗人气质不断体现在剧情和戏剧人物的身上，剧烈的矛盾冲突、鲜明的人物性格和痛快淋漓的戏剧语言，会不断触发观众的热情和共鸣，从而成为时代不可磨灭的经典。

欧阳予倩是中国话剧运动的创始人和主要奠基人之一。他于1907年加入春柳社并参与演出了中国第一部完整话剧《黑奴吁天录》。《潘金莲》是欧阳予倩在《泼妇》基础上对女性解放进行进一步探讨的结果。自施耐庵在《水浒传》中创造出潘金莲的艺术形象后，再经过《金瓶梅》的渲染，潘金莲就成了"淫妇"的代名词。但欧阳予倩却从中国女性在历史上的地位出发，重新考察了封建礼教对潘金莲这类妇女的影响，大胆为已经被历史定案的人物鸣冤叫屈，表现出敢为天下先的勇气。作品发表后也曾引起争议。然而，半个世纪后，"巴山鬼才"魏明伦再一次把潘金莲的故事搬上了舞台。

丁西林早年在上海读书，是一位科学救国主义者。在留学英国期间，攻读物理，回国后曾在西南建造过仪器工厂，是一位物理学家，却以剧作家而知名于世。他从小爱好文学，阅读过大量中外文学作品，还擅长书法、绘画和音乐，30岁才开始戏剧创作，真正属于半路出家。但又与"弃医从文"的鲁迅、郭沫若等不同，一直没有放弃自己的专业，写剧本只是业余爱好。

---

[①] 李平. 中国现当代文学基础[M]. 北京：北京大学出版社，2006.

1923年，话剧还处于模仿阶段，丁西林的处女作《一只马蜂》一发表就令人耳目一新，无论是在戏剧的构思、结构，还是在人物、语言和风格上，都表现出了艺术上的成熟，让人看到了话剧艺术中国化的希望，当时就有人赞叹为戏剧界的"凤毛麟角"。丁西林一开始就形成了自己的特点：在戏剧结构上，通常采用"三元结构"的模式；在戏剧冲突的安排上，又都是"几乎无事的喜剧"，其风格特点主要通过机智幽默的语言来体现。虽然《压迫》(1925)被看作是其代表，但最能体现丁西林独幕剧特点的还是《酒后》(1925)。[①]

---

① 李平. 中国现当代文学基础[M]. 北京：北京大学出版社，2006.

# 第二章　革命文学时期的文学创作探析

无产阶级革命文学运动是本时期文坛上占据主导地位的文学力量。它以中国左翼作家联盟为核心，将马克思主义作为民族文化重建的指导方针，将大众化作为新文学建设的主要途径。民主主义作家及其文学是作为无产阶级文学运动的同盟者活跃在本时期文坛上的一支主要的文学创作力量。这种文学力量继承了"五四"新文学运动的个性解放精神与思想自由原则，在政治上既与执政当局保持距离，又对方兴未艾的无产阶级革命运动心怀疑虑，希望在中国建立起一种以民主自由、个性主义为核心的资产阶级文化范本，因此，这支文学力量是20世纪第二个10年中国现代文学反封建主题传统的主要体现者。

## 第一节　革命文学时期的文化背景

### 一、无产阶级革命文学运动

无产阶级革命文学运动是20世纪20年代末左翼文艺界倡导和发动的一场重要的影响深远的文学运动。它的出现有着广泛而深刻的原因。一是随着马克思主义传播的不断深入，许多作家逐渐接受了马克思主义，认识到了无产阶级的历史作用。1925年前后,早期共产党人邓中夏、恽代英、瞿秋白、沈泽民、萧楚女等人就曾倡导革命文学,主张革命文学家必须从事实际革命活动,创作出反映社会生活、表现民族精神,为民族民主革命服务的革命文学。二是1927年4月国共两党第一次合作破裂,中国社会政治形势也随之发生急剧变化,中国革命进入了由中国共产党单独领导的历史时期,需要与革命步调相一致的文学创作。三是曾经参加过大革命的前期创造社成员和刚从日本回国的后期创造社成员以及太阳社成员,相继来到上海。他们受苏联"拉普"(俄罗斯无产阶级作家联盟)、日本"纳普"(日本无产者艺术联盟)以及西欧各国蓬勃兴起的无产阶级文学运动的影响和推动,认为国内的文学发展不能适应现实斗争的需要,开始有意识地接触并创作革命文学作品。于是,从1928年1月起,以后期创造社和太阳社为主,在他们创办的《创造月刊》《文化批判》《太阳月刊》等杂志上,开始倡导和发动无产阶级革命文学运动。[①]

无产阶级革命文学的倡导立即得到了许多文艺青年的欢迎和响应,这使新文学运动从文学革命进到了革命文学的新阶段。革命文学论争首先是由冯乃超发起的。他在1928年1月《文化批判》创刊号发表的《艺术与社会生活》一文中,错误地把鲁迅、茅盾、叶圣陶、郁达夫等"五四"以来卓有成就的作家,一起称为"社会变革中的落伍者"而加以批判、否定。冯乃超指责鲁迅"追怀过去的昔日,追悼没落的情绪",采取的是"隐遁主义";批判叶圣陶为"中华民国的一个最典型的厌世家,他的笔尖只涂抹灰色的'幻灭的悲哀'";称郁达夫本人对社会的态度与《沉沦》的主人公一样陷入了应该受指责的悲哀。[②]

此后,1928年4月第4号《文化批判》出版了批判鲁迅专辑;1929年3月第8卷第1号《文化周报》出版了批判茅盾专辑;1928年3月《太阳月刊》发表了钱杏邨的《死去了的阿Q时代》。

---

[①] 王德宽.《中国文学答问总汇》编委会.中国文学答问总汇[M].北京:北京十月文艺出版社,1994.
[②] 朱栋霖.中国现代文学史精编1917—2012[M].北京:高等教育出版社,2014.

## 第二章　革命文学时期的文学创作探析

在这些批判文章里，他们称鲁迅是"资产阶级最良的代言人""封建余孽""不得志的法西斯蒂""二重的反革命"，认为"阿Q的时代已经死去，《阿Q正传》的技巧已经死去了"；称茅盾的作品"对于无产阶级是根本反对的"，认为茅盾是小资产阶级颓废悲观主义的发言人。这种言辞激烈的批判与否定自然引起了有关作家的反击，于是鲁迅、茅盾等人与创造社、太阳社成员产生了关于无产阶级革命文学的论争。

其实，鲁迅和茅盾等人并不是无产阶级革命文学的反对者，他们只是对革命文学倡导者们的某些具体观点抱有不同的看法。

鲁迅在论争中先后发表了《文艺与革命》《"醉眼"中的朦胧》《文学的阶级性》《铲共大观》《上海文艺之一瞥》《我的态度气量和年纪》等文章，批评创造社、太阳社的错误，对革命文学的发展阐明了自己的观点。"世界上时时有革命，自然会有革命文学"，"我是不相信文艺有旋转乾坤的力量的"，"倘以为文艺可以改变环境，那是'唯心'之谈"。认为把文学"用于革命，作为工具的一种，自然也可以的"，"一切文艺固然是宣传，而一切宣传却并非全是文艺"，"当先求内容的充实和技巧的上达"。同时，他还认为"根本问题是在作者可是一个'革命人'，倘是的，则无论写的是什么事件，用的是什么材料，即都是'革命文学'，从喷泉里出来的都是水，从血管里出来的都是血"。

茅盾写了《从牯岭到东京》《读〈倪焕之〉》等文章，指出革命文艺不能只是一种狭义的宣传工具，而应注意体现出"文艺的本质"。

革命文学论争是左翼文学内部的一场论争，这场论争持续了将近一年的时间。随着革命形势的发展和阶级斗争的需要，迫切地要求革命作家团结起来。中国共产党对论争的双方都做了细致的思想工作，到1929年上半年这场论争基本结束。无产阶级革命文学的倡导和论争，为新文学的题材、主题、人物等方面开拓了新的领域，扩大了无产阶级革命文学的影响，论争促使了双方积极从事马克思主义文艺理论的学习，纠正了某些倡导者们的错误理论，并为左联的成立作了思想和理论上的准备。

## 二、中国左翼作家联盟的成立

随着革命文学运动的发展和对敌斗争的需要，为了"清算过去，确定目前文学运动的任务"，促进革命文学的发展，加强左翼作家队伍的团结，以适应新的斗争形势，1929年秋，中国共产党指示创造社、太阳社的共产党员作家和鲁迅携手联合，成立一个革命作家的统一组织。中国共产党指定创造社的冯乃超、与太阳社关系较好的沈端先（夏衍）、与鲁迅友谊较深的冯雪峰等进行筹备。

经过比较充分的酝酿，1930年3月2日，中国左翼作家联盟（简称"左联"）在上海举行了成立大会。成立大会通过了理论纲领和行动纲领，成立了马克思主义文艺理论研究会、国际文化研究会、文艺大众化研究会等机构，讨论了出版《拓荒者》《北斗》《十字街头》《世界文化》等期刊，培养年轻作家、工农作者等事宜。鲁迅在成立大会上作了题为《对于左翼作家联盟的意见》的重要演讲，选举了沈端先、冯乃超、钱杏邨、鲁迅、田汉、郑伯奇、洪灵菲为常务委员。

《对于左翼作家联盟的意见》总结了革命文学倡导过程中的经验教训，是马克思主义文艺理论与中国文艺运动实践相结合的第一个理论上的收获，也是左翼文学运动一份重要的指导性文献。讲话分为两个部分，第一部分要求左翼作家要克服脱离实际斗争和作家高于群众的错误，针对某些革命作家盲目乐观的心态，批评了那种"不明白革命的实际情形"、"不明白革命是痛苦，其中也必然混有污秽和血"的"浪漫"。鲁迅指出，如果不正视现实，只抱着"浪漫蒂克的幻想"，"无论怎样的激烈，'左'都是容易办到的；然而一碰到实际，即刻要撞碎"，"左翼作家是很容易成为右翼作家的"。讲话第二部分提出了"左联"今后工作的意见，强调要有韧性的战斗精神，要确立为工农大众服务的共同目标，号召左联成员在为工农大众服务的共同目标下扩大联合统一战线，以便造就大批"新的战士"。

"左联"是中国共产党领导下成立的革命作家的统一组织，它的成立是中国现代文学史上的一件大事，标志着无产阶级文学运动已进入新的建设时期。它推进了革命文学运动和文艺大众化运动的发展，促进了马克思主义文艺理论的翻译介绍，文坛上从此掀起了左翼文艺运动的高潮。①

## 三、复杂的文艺思想斗争和论争

复杂众多的文艺思想斗争和论争是中国现代文学第二个十年的突出现象。随着左翼文艺运动的兴起、发展、壮大，文艺思想领域的斗争、论争也愈演愈烈。其中，既有左翼文艺阵营与国民党当局支持的"民族主义文学派"的斗争，又有无产阶级革命文学与自由主义文学之间的论争，还有左翼文学阵营内部的论争。

（一）左翼文艺阵营与"民族主义文学派"的斗争

"民族主义文学派"，是国民党上海市党部为了与左翼文艺运动相抗衡而直接筹划组织的文学派别，1930年6月成立于上海，成员大多是上海市党部委员以及国民党文人、军官，主要成员有潘公展、王平陵、黄震遐、朱应鹏、范争波、傅彦长等。出版有《前锋周报》《前锋月刊》等刊物，发动"民族主义文艺运动"，发表《民族主义文艺运动宣言》，针对无产阶级文艺运动，主张建立"文艺的中心意识"，鼓吹以"民族意识代替阶级意识"，强调"文艺的最高意义，就是民族主义"，否定、攻击左翼文艺是"虚伪投机，欺世盗名"，其代表作品有黄震遐的小说《陇海线上》、诗剧《黄人之血》等。"民族主义文学"以理论与实践质疑和攻击左翼文坛，在当时产生了一定的影响。对此，左翼作家纷纷撰文进行批判。

鲁迅的《"民族主义文学"的任务和运命》、茅盾的《"民族主义文学"的现形》、瞿秋白的《屠夫文学》《狗样的英雄》等文章揭露其"屠夫文学""杀人放火的文学""宠犬派文学"的实质及其表现。1931年底，《前锋月刊》出版到第7期而终刊，"民族主义文学"也随之从文坛上销声匿迹。

---

① 谭伟平，龙长吟. 现代中国文学教程[M]. 北京：高等教育出版社，2011.

(二)无产阶级革命文学与自由主义文学的论争

20世纪30年代影响巨大的论争是无产阶级革命文学与自由主义文学之间的论争。这期间，出现了后期新月派、自由人、第三种人、京派、论语派等比较重要的自由主义文学派别，他们大多强调文学的独立品格，要求文艺与政治保持距离，因此在文艺思想上与无产阶级革命文学思潮产生了对立。

1.与"新月派"的论争

无产阶级革命文学与后期新月派的论争从1928年开始，持续了大约两年时间，主要发生在左翼作家和新月派理论家梁实秋之间。1928年3月，徐志摩主编的《新月》月刊在上海创刊，在创刊号上发表的徐志摩执笔的《〈新月〉的态度》一文，揭示了该刊同仁的政治立场和对无产阶级革命文学的态度，可以说是后期新月派的文艺宣言。该文从正面提出了"健康"与"尊严"两大原则，把当时的文坛状况概括为"荒歉"与"混乱"，把当时的文学归纳成感伤、颓废、唯美、功利、训世、攻击、偏颇、纤巧、淫秽、热狂、稗贩、标语、主义等13个派别，然后一一加以剖析与批判，希望用"健康"与"尊严"两大原则来消除文坛的混杂。拯救文艺的病态，认为无产阶级革命文学是思想市场上的"不正当行业"，应加以"扫除"。

梁实秋（1902—1987），是新月派在文艺理论与批评上的代表人物。在美国哈佛大学留学期间，曾选修美国新古典主义大师白璧德的《十六世纪以后之文艺批评》课程，在文艺思想上深受白璧德的影响。针对左翼作家提倡的无产阶级革命文学，梁实秋出版《浪漫的与古典的》《文学的纪律》等文艺批评专著；在《新月》月刊上连续发表《文学是有阶级性的吗？》《文学与革命》《论鲁迅先生的硬译》等文艺专论，较为系统地阐明了自己的文艺思想。①

首先，梁实秋认为"文学基于普遍的人性"，"文学是没有阶级性的"。他指出"文学的国土是最宽泛的，在根本上和在理论上没有国界，更没有阶

---

① 凌宇，颜雄，罗成琰. 中国现代文学史[M]. 长沙：湖南师范大学出版社，1999.

## 第二章 革命文学时期的文学创作探析

级的界限"。一个资本家和一个无产者,"他们的人性并没有两样,他们都感到生老病死的无常,他们都有爱的要求,他们都有怜悯的与恐怖的情绪,表现都有伦常的观念,他们都企求身心的愉快。文学就是表现这最基本的人性的艺术","伟大的文学乃是基于固定的普遍的人性,从人心深处流出来的情思才是好的文学"。

其次,梁实秋主张"天才"创造文学,文学家必须保持自由的人格。他认为"一切的文明,都是极少数的天才的创造","大多数就没有文学,文学就不是大多数的"。因此,"文学家的创造并不受着什么外在的约束,文学家的心目当中并不含有固定的阶级观念,更不含有为某一阶级谋利益的成见",文学家除了他自己内心的"命令"和"对于真善美的要求的使命","不接受任谁的命令","没有任何使命","文学家永远不失掉他的独立"。

再次,梁实秋倡导文学的节制与理性,用理性与节制作为衡量文学作品优劣的一种标准。他认为"文学的力量,不在于开扩,而在于集中;不在于放纵,而在于节制","以理性驾驭情感,以理性节制想象"。

根据人性论、天才论等原则,梁实秋既否认"革命文学"的存在,也否认无产阶级文学的存在。他认为"在文学上,只有革命时期中的文学",并无所谓革命的文学,倡导无产阶级革命文学是在把阶级的束缚强加于文学,是在否认文学本身的价值,而把文学当做阶级斗争的工具。

对于新月派既有体系又富有论战意味的文艺思想,左翼文艺阵营给予了严肃的反击。针对梁实秋的文艺思想,鲁迅撰写了《文学与出汗》《新月社批评家的任务》《"硬译"与"文学的阶级性"》《"丧家的""资本家的乏走狗"》等文章,坚持反对"左倾"和右倾的思想立场,抓住"文学是否有阶级性"这一焦点问题对梁实秋进行了批驳。针对梁实秋文学应表现固定的普遍的人性这一观点,鲁迅用浅显而生动的事例证明在阶级社会中,这种固定的、普遍的人性是不存在的,每个人的思想感情都不可避免地带着阶级烙印。他说:"文学不借人,也无以表示'性',一用人,而且还在阶级社会里,即断不能免掉所属的阶级性,无需加以'束缚',实乃出于必然。自然,'喜怒哀乐,人之情也',然而穷人决无开交易所折本的懊恼,煤油大王哪会知道北京捡煤渣老婆子身受的酸辛,饥区的灾民,大约总不去种兰花,像阔人的老太爷一样,贾府的焦大,也不爱林妹妹的。……倘说,因为我们是人，所以以表现人性为限，那么，无产者就因为是无产阶级，所以要做无产文学。"

鲁迅的批判击中了梁实秋等人文艺观的要害，从一定程度上显示了马克思主义文艺理论在当时文坛的地位和力量，促进了无产阶级文学的发展。此外，彭康发表的《什么是"健康"与"尊严"》，冯乃超发表的《冷静的头脑》等文章也对新月派作了有力的批判。经过左翼作家的批判，1933年6月新月派《新月》停刊，有关论争也随之告一段落。

2.与"自由人""第三种人"的论争

在"民族主义文学"和"新月派"受到彻底批判之后，1931年至1933年间，左翼作家还与"自由人""第三种人"之间发生了激烈的论争。这场论争以"文艺自由"为中心，涉及作家的阶级性、文艺与政治的关系以及文艺大众化等问题。

1931年12月至1932年4月，胡秋原在《文化评论》上先后发表《阿狗文艺论》《文化运动问题》《勿侵略文艺》等文章，自称"自由人"，"我并不想站在政治立场赞否民族文艺与普罗文艺，因为我是一个于政治外行的人"，认为文学与艺术"至死也是自由的，民主的""超阶级"的"超时代"的。因此，他一方面反对国民党民族主义文学的"极端反动主义者"，尖锐地指出："中国文艺界一个最可耻的现象，就是所谓'民族文艺运动'"，"他们所标榜的理论与得意的作品，实际是最陈腐可笑的造调与极其低能的呓语。毫无学理之价值，毫无艺术之价值"；一方面又反对左翼文坛的"急进的社会主义者"，认为"将艺术堕落到一种政治的留声机，那是艺术的叛徒。艺术家虽然不是神圣，然而决不是叭儿狗。以不三不四的理论，来强奸文学，是对于艺术尊严不可恕的冒渎。"

1932年，苏汶（杜衡）先后在《现代》杂志上发表《关于〈文新〉与胡秋原的文艺论辩》《"第三种人"的出路》《论文学上的干涉主义》等文章，自称是处在"自由人"和左翼文坛之外的"第三种人"，声援胡秋原，指责左联垄断了文坛，左翼文坛不要真理，不要文艺，"文学不再是文学了，变为连环图画之类，而作者也不再是作者了，变为煽动家之类"，反对政治干

## 第二章 革命文学时期的文学创作探析

涉文学，强调文学真实性的独立地位。[①]

对于胡秋原的"文艺自由论"和苏汶的"第三种人"的立场，瞿秋白、周起应（周扬）、鲁迅、冯雪峰等人先后写文章予以批驳。瞿秋白写了《文艺的自由和文学家的不自由》一文，从新兴阶级的历史使命的角度，指出胡秋原的理论"其实是反对阶级文学的理论"，"是一种虚伪的客观主义"，"在阶级的社会里，没有真正的实在的自由。当无产阶级公开的要求文艺的斗争工具的时候，谁要出来大叫勿侵略文艺，谁就无意之中做了伪善的资产阶级的艺术至上派的留声机"。周扬发表了《到底是谁不要真理，不要文艺?》一文，强调无产阶级是站在历史最前线的阶级，它的主观利益是与历史发展一致的，"革命不但不妨碍文学，而且提高了文学。只有革命的阶级才能推进今后世界的文学，把文学提高到空前的水准"。鲁迅连续写了《论"第三种人"》《"连环图画"辩护》《又论"第三种人"》等文章，认为"生在有阶级的社会里而要做超阶级的作家，生在战斗的时代而要离开战斗而独立"。实在是"心造的幻影"，"要做这样的人，恰如用自己的手拔着头发，要离开地球一样"是不可能的；针对苏汶对左联"霸占文坛"的指责，鲁迅很诚恳地表示："左翼作家并不是从天上掉下来的神兵，或国外杀进来的仇敌，他不但要那同走几步的'同路人'，还要招致那站在路旁看看的看客也一同前进。"冯雪峰发表《并非浪费的论争》《关于"第三种人"的倾向与理论》的长文，比较全面地综述了这场论争的性质和意义，在严肃地批评了胡秋原、苏汶的一些理论观点的同时，详尽而系统地分析了"苏汶先生倾向的本质。第三种文学的理论错误.第三种人的出路等问题"，表达了团结的愿望。冯雪峰的批评对于争取和教育中间状态的作家，对打破国民党当局企图独霸文坛建立一统天下的文化专制主义具有积极作用。[②]

左翼作家与"自由人""第三种人"的有关"文艺自由"论辩是左联时期历时最久、规模最大、水平最高的一次文艺论战。客观地说，胡秋原，苏汶都具有较高的理论水平素养，他们敏锐地触及了无产阶级革命文学中一些

---

① 李明军，姑丽娜尔·吾甫力. 中国现当代文学[M]. 西安：陕西师范大学出版社，2010.
② 凌宇，颜雄，罗成琰. 中国现代文学史[M]. 长沙：湖南师范大学出版社，1999.

教条主义的错误和关门主义的倾向。但是，在意识形态尖锐对立的时代背景下，论争是不可能局限于纯学术范围内冷静地深入下去的。因此，论争双方都表现出了理论情绪的偏激化。通过这次论辩，左翼文坛系统整理了自己的理论思想，纠正了一些唯我独尊的态度。

3. 与"京派"的论争

京派，又称"北方作家群"，是指20世纪20年代末到30年代，居住或求学于以北京为中心的北方城市，坚守自由主义立场的作家群体。它的成员基本是大学教师和大学生，其主要成员有周作人、废名、沈从文、李健吾、朱光潜、萧乾等，其中，朱光潜、沈从文是他们在理论上的主要代表人物。他们主要以《骆驼草》《文学杂志》《水星》《大公报·文艺副刊》为阵地，强调文学与时代政治的距离，反对文学的功利主义，追求人性的、永久的文学价值。

1935年12月，朱光潜在《中学生》杂志上发表《说"曲终人不见，江上数峰青"》一文，提出"和平静穆"的美是"诗的极境"，美的"最高境界"，同时也是人生哲理的"最高理想"。这是一种"超脱"现实、"泯化"一切利害、是非、善恶、恩仇，以达到个人内心"无矛盾、无冲突"的美学观。1936年10月和1937年6月，沈从文在《大公报·文艺副刊》上分别发表《作家间需要一种新运动》《一封信》，指责文学创作中题材、内容、风格"差不多"现象，其原因在于"记着'时代'忘了'艺术'"，号召"作家需要有一种觉悟，明白如果希望作品成为经典，就不宜将它媚悦流俗"。

京派的理论与强调文学艺术与无产阶级事业密切联系、主张文艺和历史的进行取同样步伐的无产阶级文学运动形成尖锐的对立，因此引起了众多左翼作家的批评。鲁迅针对朱光潜的主张，撰写了《题未定草·七》《白莽作〈孩儿塔〉序》等文章，认为一切伟大作家都必然是时代的前驱，是不可能对现实生活的矛盾斗争采取超然态度的。茅盾则针对沈从文的主张发表《关于"差不多"》一文，指出沈从文将文学的时代性与艺术的永久性对立起来，根本否定新文艺"作家应客观的社会需要而写他们的作品"的正确传统。

这场讨论并未深入下去。因为当时左翼文坛主要是在政治层面上对朱光潜、沈从文等人进行批评的,所以既没有能够从文学创作与鉴赏的心理学层面深入探讨"距离说"等命题,也没有能够从朱光潜、沈从文等人的论说中分离出某些合理的成分。但讨论所提出的问题却具有很大的理论与实践意义。

4.与"论语派"的论争

"论语派"是20世纪30年代的一个现代散文流派,因《论语》半月刊而得名,主要代表人物是林语堂、周作人。从1932年9月至1935年9月,林语堂相继创办《论语》半月刊、《人间世》半月刊和《宇宙风》半月刊,以这三个刊物为阵地,形成了一个标榜"性灵文学"的文学流派。他们强调人的性灵(自然本性)的自然流露,要求文艺摆脱社会(首先是阶级斗争的实践)的"约束",回到"自然"中去,作个人生命的本能的、非意识的表现;提倡以"自我为中心,以闲适为格调"的小品文,提倡"幽默文学"。

关于"幽默"的论争和关于小品文的论争,鲁迅写了《"论语"一年》《小品文的危机》《帮闲派发隐》等文章对"论语派"的文艺倾向进行了批评。鲁迅与左翼文坛对"论语派"的批评显示了处在动乱时代中左翼文坛对文学抗争精神的追求,在防止小品文向着趣味文学的过度偏执方面起到了有力的抑制作用。[①]

(三)左翼文艺阵营内部的论争

在20世纪30年代,左翼文艺阵营除了与民族主义文学派、自由主义文学派展开积极的思想斗争、论争之外,在左翼文艺阵营内部也展开了多次讨论和论争。影响和规模较大的,除前述关于革命文学的论争,还有关于"文艺大众化"的讨论和"两个口号"的论争。[②]

---

① 凌宇,王攸欣.中国现代文学史[M].海口:南海出版公司,2006.
② 王宇平.《现代》之后——施蛰存1935—1949年创作与思想初探[D].华东师范大学,2005.

1. 关于"文艺大众化"的讨论

文艺大众化是左翼作家为了促进文学与人民大众相结合所展开的活动，又称文艺大众化讨论、文艺大众化运动。文艺大众化问题是中国现代文学建设中的一个根本问题。"五四"时期提出了"国民文学""平民文学""为人生"的文学主张，但显得抽象、空泛；"五四"之后，新文学界就如何使文艺和人民大众相结合进行过一些讨论，但没有大的进展。无产阶级革命文学运动兴起之后，确立了文艺为无产阶级政治服务、为工农大众服务的目标，因此使文艺大众化，进而走进工农大众的生活就变成了革命文学创作的应有课题。左联从成立之初就重视"文艺大众化"工作，专门成立了"文艺大众化研究会"，并于1931年11月在题为《中国无产阶级革命文学的新任务》的左联执委会决议中，明确规定"文学的大众化"是建设无产阶级革命文学的"第一个重大的问题"。此后，左翼文艺阵营进行了三次关于文艺大众化问题的讨论，大众化问题成为左翼文学理论的焦点之一。正是从这里出发，瞿秋白认为"文艺大众化的问题，就成了无产文艺运动的中心问题"。从总体上看，瞿秋白关于革命文艺大众化的思想在中国现代文学思潮与文学运动发展史上是具有重要意义的，特别是他提出的革命作家应该向群众学习，应该去"观察、了解、体验那工人和贫民的生活和斗争"的主张，以及鲁迅同时提出的革命作家要以"为工农大众"为目的去"和实际的革命斗争接触"的观点，构成了当时的左翼革命文艺运动的重要指导思想，教育与培养了一大批年轻的革命文艺工作者，并且为20世纪40年代初期"文艺为工农兵服务"思想的提出准备了历史的资料。[①]

第三次讨论是在1934年夏秋间。这次讨论主要围绕着文言文、白话文、大众语及汉字拉丁化进行了讨论。这场讨论引起了社会各界的广泛重视，扩大了文艺大众化运动的影响。这次讨论总结了"五四""文白之争"以后文学语言发展的经验教训，纠正了左联一些作家在白话、语言问题上存在的"左"的错误，对此后的现代文学语言的发展起到了较深远的影响。

总之，20世纪30年代开展的三次关于"文艺大众化"的讨论是对"五四"

---

① 李明军，姑丽娜尔·吾甫力. 中国现当代文学[M]. 西安：陕西师范大学出版社，2010.

## 第二章 革命文学时期的文学创作探析

文学革命以来，语言欧化倾向及革命文学创作中存在的某些"左"的倾向的纠偏，目的在于缩短文学与群众的距离。这本来也是无产阶级革命文学题中应有之义，但由于历史条件的限制，大众化的理论探讨仍然比较肤浅，创作中也没有能够得到成功的贯彻。

2.关于"两个口号"的论争

所谓"两个口号"的论争，是指1936年以鲁迅和周扬为代表的左翼作家围绕"国防文学"和"民族革命战争的大众文学"两个口号进行的激烈论争，时间长达近半年。上海进步报刊几乎都卷入论争，北平以及东京等地的革命作家也纷纷表态，参与了论争。

鲁迅在论争中，先后发表了《答托洛斯基派的信》《论现在我们的文学运动》《答徐懋庸并关于抗日统一战线问题》等文章，正确阐述了两个口号的含义，提出了两个口号可以并存，以便互相补充的指导思想，并批评了主张"国防文学"的一些左翼领导人的关门主义、宗派主义错误。他认为，"在抗日战线上是任何抗日力量都应当欢迎的，同时在文学上也应当容许各人提出新的意见来讨论"，"民族革命战争的大众文学"比"国防文学""意义更明确、更深刻、更有内容"。它是一个总口号，各派都适用，"国防文学"可作为我们目前文学运动的具体口号之一，因为它"颇通俗，已经有很多人听惯，它能扩大我们政治的和文学的影响"。

"两个口号"的论争，是左翼文艺阵营内部关于文艺界如何更好地建立抗日民族统一战线问题的论争，是革命文艺队伍内部的一场论争。通过"两个口号"的论争，扩大了党的抗日民族统一战线政策的影响，同时也提高了左翼作家对这一政策的认识，克服了"左"的思想束缚，增强了文艺界的团结。1936年10月，鲁迅、郭沫若、茅盾等21人联合发表了《文艺界同人为团结御侮与言论自由宣言》，初步形成了文艺界抗日民族统一战线。

## 第二节 犀利的杂文和幽默小品文的创作

### 一、鲁迅与20世纪30年代的杂文

杂文是新文学重要的一个门类,是现代知识分子对他所处时代的社会、思想和文化现实进行及时回应的有效载体。现代杂文的发展与刊物几乎可以说是相依为命的。"五四"时期《新青年》《语丝》和《晨报副刊》等报刊上杂文对激烈的社会现实的回应形成五四新文化与传统交锋的文化前线。1924年《语丝》周刊的诞生是中国现代杂文发展史上的重大事件,是现代文坛上第一家主要发表作家创作的小品文学的定期刊物。聚集在《语丝》周围的一批作家形成了杂文发展史第一个重要的流派"语丝派"。周作人和鲁迅作为"语丝派"的首领,领导和代表着《语丝》的风格和方向,是流派创作的主力。以周作人为例,他在"五四"时期的杂文创作成就令人瞩目。他在1921年发表《美文》的同时,还创作了《碰伤》《三天》《天足》《思想界的倾向》《"重来"》等一批富于批判性、战斗性的作品,又避开了前几年"随感录式"艺术手段单调、文学味不浓的作品,形成了自己独特的创作特色,在实践上为杂文文学化做出了示范。

30年代还有一种以"文学性"来质疑杂文的声音。在"为什么没有伟大作品产生"的讨论中,曾有人认为杂文没有太大的文学价值,是没有伟大作品出现的一个原因,而"第三种人"林希隽则以文学性来公开否定杂文作家。作为现代文学史上最伟大的杂文家,鲁迅的说法是,"在风沙扑面,狼虎成群的时候,谁还有着许多闲工夫,来赏玩琥珀扇坠,翡翠戒指呢。他们即使要悦目,所要的也是耸立于风沙中的大建筑,要坚固而伟大,不必怎样精;即使要满意,所要的也是匕首和投枪,要锋利而切实,用不着什么雅"。在鲁迅这里,杂文是一种战斗的诗学。鲁迅的杂文无疑是30年代文艺最杰出的成就之一。鲁迅的杂文以其独特的诗学,难以衡量的思考深度和所激起的社会影响成为无法克服也无法超越的独特存在。鲁迅认为杂文是克服诸多文学门类局限,用文字表情达意的最好工具,没有什么文体能够限制鲁迅杂文

## 第二章 革命文学时期的文学创作探析

的自由创造性。在生命最后的十年里，鲁迅将大部分的心血都倾注在杂文的创作上。他的杂文对中国社会思想文化和生活的回应让其成为一部活的中国人的"人史"。鲁迅的杂文正以其"刻毒"让许多中国人感觉到如芒在背。而瞿秋白初步运用阶级性的观点对鲁迅杂文的价值给予了高度赞扬，称之为"战斗的'阜利通'"。瞿秋白自己也写作了大量尖锐的时事性和政论性的杂文。在鲁迅和瞿秋白的影响下，左联涌现出一批杂文家，如唐强、徐懋庸、聂绀弩等。

30年代的杂文记录下一段极度矛盾复杂年代的历史，尤其是鲁迅的杂文，是鲁迅将个人的心血和灵魂与时代交融在一起而形成的时代诗学。抗战爆发后，左翼作家分流到全国各个地区，在上海孤岛时期创办了以《鲁迅风》和《杂文丛刊》为代表的杂文刊物。在国统区，也出现了以冯雪峰、胡风、聂绀弩为代表，以《野草》杂志为阵地的"野草派"。在解放区也出现了以《解放日报》《谷雨》《抗战文艺》为中心的杂文作家群，代表作家有谢觉哉、丁玲、罗峰、严秀等，形成了杂文的"鲁迅风"。这些杂文作家们继承了鲁迅杂文的现实精神和斗争传统，创作出了大量优秀的作品，丰富了杂文文学史。

瞿秋白是中国共产党的早期领导人，"五四"时期开始杂文和报告文学的创作，1920年在《晨报》上连载的赴俄考察记（后结集为《新俄国游记》，即《饿乡纪程》），是新文学最早的报告文学作品。

瞿秋白1923年从莫斯科回国后，在《晨报副刊》《文学周报》《新青年》上发表杂文。1925年他主编了中国共产党历史上的第一份日报《热血日报》，每期都有他撰写的具有政论色彩的社论，并辟有《小言》专栏，他也是主要撰稿人。1930年被排挤出中共中央领导岗位后，到上海从事文艺活动，陆续在左联刊物《北斗》等杂志上发表了《一种云》《狗道主义》《鹦哥儿》等深得鲁迅笔法和风格的杂文，后集为《乱弹及其他》。

1931年下半年始，瞿秋白与鲁迅由通信而交往，结为终身挚友。他同鲁迅合作或自己撰写的《王道诗话》等12篇杂文，用鲁迅的笔名在《自由谈》上发表，既有鲁迅的文风，又有瞿秋白的创造，是典型的"鲁迅风"杂文。而他撰写的《鲁迅杂感选集序言》，则是鲁迅生前最有影响的一篇全面评价鲁迅杂文的长文。瞿秋自牺牲后，鲁迅为他编辑了两卷文集，取名《海上述林》，并以"诸夏怀霜社"（"夏"即中国，"霜"即秋白）的名义出版。

唐强是在鲁迅的直接影响下成长起来的青年杂文家。1933年，唐强在愤恨而找不到出路时，读到了鲁迅的杂文，开始了与鲁迅的通信交往，其杂文笔调酷似鲁迅，文笔犀利而富有文采。他这时期的主要作品是1936年连续出版的《推背集》《海天集》两本杂文集。他在《自由谈》上发表的《新脸谱》，人们都以为出自鲁迅之手，在《自由谈》主编黎烈文宴请作者时，鲁迅以赞赏的口吻对唐强说："你做文章，我挨骂！"

徐懋庸从小读鲁迅杂文长大，1933年加入左联后，迅速成长为一位多产杂文家，在抗战前就已经出版了《不惊人集》《打杂集》《街头文谈》等杂文集和十多种著译作，与唐弢并称"双璧"。徐懋庸的杂文内容广泛，形式多样，极富针对性和战斗性，在写法上也善于从大处着眼，小处落笔，表现出知识渊博、长于思辨的特点，自认为具有"浮躁凌厉"之风。鲁迅对他的杂文也十分赞赏，《打杂集》出版时曾为之作序。因此，他在"两个口号"论争中与鲁迅关系的破裂，也就成为了他的终生憾事。

## 二、幽默小品散文

小品是散文品种之一。"小品"一词在中国始于晋代，佛经译本中的简本称为"小品"，详本为"大品"。现代汉语中则以"小品"统称那些抒写自由、篇幅简短的杂记随笔文字，它是借鉴西方Easay、日本随笔和中国古代小品、笔记基础上整合构建的新型散文文体。小品不同于随笔，随笔涵盖面较大，而小品文集中于一事一物一观念；小品不同于美文，美文强调文字的秀丽，而小品强调落意的巧妙；小品不同于杂文，杂文比较锋利，而小品崇尚淡雅。

中国现代小品文萌生于20世纪20年代，在30年代盛极一时。当时出现了多种以刊登小品文为主的刊物，以至人们称1934年为"小品文年"或"小品文杂志年"。

1932年，林语堂等人在其创办的《论语》《人间世》《宇宙风》上，发表了大量的小品文，提倡"以自我为中心，以闲适为格调"，以幽默为特色，

## 第二章 革命文学时期的文学创作探析

抒发性灵，不拘格套的幽默闲适散文。以《论语》刊物为主要阵地，以林语堂为核心，一批从事小品文创作的作家陶亢德、徐訏、章克标、邵洵美、老向（王向辰）、姚颖等人，被归在"论语派"名下。

林语堂认为小品不是一种文体，只是一种笔调，故小品笔调也是"个人笔调"，是"闲谈体""娓语体"。这种继承了晚明小品、20世纪20年代美文特点并整合西方随笔而得的"幽默闲适"风格对现代小品文产生的影响很大。

林语堂不仅是幽默文风的倡导者，还是推介者。1924年，林语堂在《晨报》副刊上连续撰文讨论"幽默"（humor），汉语"幽默"一词，由他从西文译入。

林语堂一生写了六十多种书，其中三十多种在海外用英文写成。1935年在美国出版了英文著作《吾国吾民》，四个月时间印行七版。美国女作家赛珍珠在其书的序言中称"写得骄傲，写得幽默，写得美妙，既严肃又欢快，……是迄今为止最真实，最深刻，最完备，最重要的一部关于中国的著作"。其后，作者将其中的一章《生活的艺术》扩展为一本同名著作，于1937年出版，反响更热烈，被美国的"每月读书会"列为1937年12月"特别推荐书"，1938年在美国畅销书排行榜上位居第一，此书被翻译成多国文字，影响极大。1989年，美国前总统乔治·布什在出访东南亚之前，把《生活的艺术》作为出访准备的阅读书籍之一。他说："林语堂讲的是数十年前中国的情形，但他的话今天对我们每个美国人都仍然有用。"

林语堂的小品文取材无挂碍，"宇宙之大，苍蝇之微"，皆可以作为写作对象。《脸与法治》一文正是从中国人的"脸"谈起，娓娓道出"脸与法治"的关系这个重大命题。"脸"本指一个人的面部，但在中国人心目中，随着词义的引伸和转借，"脸"还有"面子""情面"等意义，甚至还可以组合成更多的涵义。正如林语堂嘲笑的那样，"中国人的脸，不但可以洗，可以刮，并且可以丢，可以赏，可以争，可以留"，"丢脸""赏脸""争脸""留脸"这些词汇的背后都深藏着中国人的文化心理。"脸"也有两面性，一方面"脸"会带来"平等精神"，另一面"脸"却"太不平等"，"可以超脱法律，特蒙优待"。于是作者一语双关、幽默地写道："中国若要真正平等法治，不如大家丢脸。脸一丢，法治自会实现，中国自会富强。"接着这篇小品文通过两则信手拈来的小故事，把某些中国贵人如何滥用一张"脸"，以至于"脸"大于法的丑陋展现出来。"局长亲来诣府道歉，这时贵人的脸，真大的不可形容了。"这些轻松的语句，不失深刻的智慧，这篇小品文体现了林语堂"闲适幽默"的风格。

丰子恺自20年中期起，创作了很多优秀小品散文。丰子恺善用漫画的风趣笔法来写小品，以小见大，以简写繁，以形传神。他吸收了日本明治时代的小说家尾崎红叶清新隽永的文风和博爱思想，同时借鉴了夏目漱石的明快和幽默，在质朴、琐碎的日常生活中寻味人生。其有《儿女》《艺术三味》《沙坪小屋的鹅》等代表作品，散文集有《缘缘堂随笔》《缘缘堂再笔》《车厢社会》等。《吃瓜子》很好地体现了作者在质朴、琐碎的日常生活中寻味人生这一风格，通过种种生动的细节描写，惟妙惟肖地展现了各种人"吃瓜子"形态：其中有"闲散的少爷们"的闲适，有"小姐、太太们"的精致，甚至还有不熟悉吃瓜子的"日本人"的笨拙。比如，写到"闲散的少爷们"时，"一只手指间夹着一支香烟，一只手握着一把瓜子，且吸且咬，且咬且吃，且吃且谈，且谈且笑。"八个"且"字，加上"'格'地一咬，'呸'地一吐"，"不绝地'格'，'呸'，'格'，'呸'"象声词的模拟，生动、诙谐地写出了"闲散的少爷们"的"生活情趣"。通过这些细微、逼真而传神的描写，我们可以看到作者率性、质朴、轻松、幽默的文风。

20世纪30年代的小品文，以其鲜明的闲适幽默笔调在中国现代小品文中独树一帜。30年代小品文不同于中国古代小品文的寄情山水，讲究精雕细琢，不同于鲁迅的出语犀利尖刻，也不同于20世纪20年代周作人恬淡中的隐约苦涩，而有一种从容不迫、幽默、随意的个人性情，显示出为人为文的率真和任性。

幽默让现代小品文摆脱了文学的公式，扩大了小品文的范围，拉开文学的审美距离，从而使作家重在性灵、旨趣地率性书写。林语堂强调，幽默是一种人生观，"幽默的人生观是真实的，宽容的，同情的人生观"，"提倡幽默，必先提倡性灵，盖性灵之解脱，由道理之参透，而求得幽默也"。

## 第三节 戴望舒等人的现代诗创作

在新月诗派和象征诗派的共同影响下，从20世纪20年代末到30年代中期，形成了一个规模庞大的现代诗派。象征诗派的新星戴望舒成为这一潮流中引人注目的人物。

### 一、戴望舒

现代诗派中最重要的诗人是戴望舒（1905—1950）。戴望舒一度"左"倾，曾加入过左联，抗战期间宣传抗日被捕，曾写下《我用残损的手掌》和《狱中题壁》等著名的爱国诗篇，1950年病逝。戴望舒1925年于震旦大学法文班学习法文，能够直接阅读魏尔伦、果尔蒙和耶麦等象征主义诗作，并受到他们的深刻影响。戴望舒20世纪20年代中期开始创作新诗，前期主要是一些感伤的浪漫主义抒情诗，但也注重从古典诗歌传统中吸取营养。大革命失败之后，戴望舒的诗歌转向象征主义。

戴望舒1922年开始写诗，先后出版了《我的记忆》（1929）、《望舒草》（1933）和《灾难的岁月》（1948）三部诗集。1937年出版的《望舒诗稿》是以前两部诗集为主的选集，流传较广。1928年8月，他的《雨巷》在《小说月报》上发表时，编辑叶圣陶称此诗"替新诗底音节开了一个新的纪元"，不仅使戴望舒一举成名，而且更得到了"雨巷诗人"的美誉。但现代诗派的真正崛起，却是在1929年戴望舒诗集《我的记忆》出版之后。

诗集《我的记忆》中《旧锦囊》是诗人1923年至1924年间的12首试笔，记录了一个孤独青年的愁苦、一个多情男儿的感伤，反映出当时青年学生普遍存在的苦闷心境。

戴望舒的成名作《雨巷》，通过雨巷和代表诗人理想的梦一般迷茫的姑娘，反映了一个失意的知识分子对现实的不满和苦闷的情绪，其意境从晚唐温李诗派李璟的"青鸟不传云外信，丁香空结雨中愁"演化而来，形成了善于通过形象来"暗示"感觉的特点,为现代派诗歌增添了中国色彩。

后来,戴望舒受到了法国后期象征主义诗人果尔蒙、耶麦、福尔等人影响,倾心于更自由朴素的诗风,告别了诗的音画技巧,代表作《我的记忆》便是这一转变的标志。《我的记忆》与《雨巷》并没有本质的区别,表现的仍然是一个知识分子在当时无处可躲的幻灭感和失落感,但在艺术手法上,却有意识地排斥了音乐和绘画的成分,在追求散文化方面取得了成功,显示出诗人所心仪的自由和洒脱,是诗人自己最喜爱的作品。这种写法对诗歌写作产生了较大影响,在艾青的《大堰河——我的保姆》中仍清晰可见。[①]

## 二、卞之琳

在现代诗派中具有重要文学史地位的还有"汉园三诗人",即卞之琳、李广田和何其芳,因1936年三人出版合集《汉园集》而得名。何其芳除《汉园集》内所收诗之外,20世纪40年代还出版过《预言》和《夜歌》两部重要诗集。他们的诗歌与中国传统诗歌建立起了深刻的联系,同时广泛学习西方现代诗歌,尝试中西诗学的结合。何其芳说:"这时我读着晚唐五代时期的那些精致的冶艳的诗词,蛊惑于那种憔悴的红颜上的妩媚。又在几位班纳斯派以后的法兰西诗人的篇什中找到了一种同样的迷醉。"何其芳收在《预言》里的早期诗歌中的冷艳的色彩、青春的感伤、精致的艺术,是同时受到东西方诗歌的影响的。

"汉园三诗人"中数卞之琳在诗坛最为引人注目。卞之琳(1910—2000),江苏海门人,1929年考入北京大学英文系,在徐志摩、沈从文等人的鼓励下发表诗作。他以《数行集》与何其芳的《燕泥集》、李广田的《行云集》合出《汉园集》之前,已经出版了诗集《三秋草》《鱼目集》。大学时代的诗作,如《西长安街》《酸梅汤》《叫卖》《一个闲人》《一个和尚》《墙头草》等,内容多描写北平"街景"和下层社会的凡人小事,在玩笑和辛酸

---

① 桂化德. 中国现代文学作品赏析[M]. 延吉:延边大学出版社,2017.

中感触着北国的荒凉境界,呈现着对人生命运难以把捉的迷惘。这些诗作大多采用洗练的口语、戏剧化的手法,讲究"音组"和"顿",形式较为整饬,诗风受到新月派格律体影响。

## 三、何其芳

何其芳(1912—1977),四川万县人。他在30年代发表诗歌近80首,其中一部分先后收录在与卞之琳、李广田合出的《汉园集》中的《燕泥集》(1936),另有小说、散文、诗歌合集的《刻意集》(1938),以及诗集《预言》(1945)。他早年的诗歌受到西方19世纪浪漫主义诗歌和徐志摩、戴望舒等诗人的影响,1931年秋《预言》的发表开始显现他自我的风格。他在西方象征主义和晚唐五代诗词之间发现了相通之处,以华美精致的文字和忧郁缠绵的格调,抒写着青春、爱情、梦幻和对美的追求的"独语",创造出一种新的柔和、新的美丽,呈现出鲜明的唯美主义色彩。

## 四、废名和林庚

20世纪30年代现代派诗人中比较重要的还有废名和林庚等。废名诗歌的内在精神有中国的禅诗传统。他的诗往往从佛学典籍中精心摄取意象,却省略意象联结的中介,超越常规逻辑做大跨度的跳跃,依赖的是直觉与顿悟。如他的诗《街头》看似意识流动,但更类似禅语,"行到街头乃有汽车驰过,乃有邮筒寂寞。/邮筒,/乃记不起汽车的号码,/乃有阿拉伯数字寂寞,/汽车寂寞,/大街寂寞,/人类寂寞"。林庚则试图结合现代语言和传统诗歌形式,寻求诗歌的新格律,他的诗集《北平情歌》是这方面的代表作。

# 第四节　左翼小说、京派小说和新感觉派小说的创作

## 一、左翼作家小说

在1930年代，左翼文学代表着时代的主流，其中左翼小说更是蔚为大观、引领风骚，不仅现实主义大师茅盾推出了他的长篇巨著《子夜》，蒋光慈、柔石、丁玲、张天翼、叶紫、吴组缃、沙汀、艾芜等新进作家也给文坛贡献了他们的小说力作。

（一）蒋光慈

蒋光慈的小说带有很强的纪实性，常常与其生活经历和革命进程同步。第一篇小说《少年漂泊者》以书信体形式，记录了少年汪中流浪和革命的经历，反映了从"五四"到"五卅"的社会动荡。后出版有短篇小说集《鸭绿江上》。1927年4月，上海工人武装起义后不到半个月完成的《短裤党》，表现了从总罢工到起义的全过程，与同期的《野祭》《菊芬》《最后的微笑》等都表现出强烈的个人复仇主义倾向。《丽莎的哀怨》企图纠正过于简单化的描写，以一个白俄贵妇自述的方式，表现人物内心的复杂性，受到左翼批评家的严厉批评。而《冲出云围的月亮》塑造了时代新女性曼英的形象，是"革命的浪漫谛克"的典型。他于1929年从日本回国后，在贫病交加的环境中完成了《一个女性的自杀》《胜利的微笑》。[①]

蒋光慈的最后一部小说《田野的风》（原名《咆哮了的土地》）反映了湖南某地的农民武装运动，克服了概念化的弊病，是其代表作。蒋光慈是最早提倡并创作革命文学的作家之一，作品最多，受到的批评最多，对当时青年读者的影响也最大，是初期左翼文学的代表作家。与蒋光慈风格相近，洪

---

[①] 桂化德. 中国现代文学作品赏析[M]. 延吉：延边大学出版社，2017.

灵菲的《流亡三部曲》(《流亡》《前线》《转变》)、华汉(阳翰笙)的《地泉三部曲》(《深入》《转换》《复兴》),以及胡也频的《到莫斯科去》和《光明在我们前面》等,普遍存在着"革命的浪漫谛克"倾向和"革命加恋爱"的写作模式。

(二)柔石

柔石曾参加过《语丝》和《萌芽》的编辑工作,是与鲁迅接触最早也最多的左翼作家之一。他早期的《旧时代之死》和《三姊妹》等可以看到郁达夫小说的影响。《二月》通过萧涧秋、陶岚等个性鲜明的人物,客观地反映了大革命时期人们思想的混乱和迷茫,风格优美,笔触细腻,具有很强的艺术感染力。《为奴隶的母亲》文字简练、风格朴素、人物生动、内容深刻,是作者最为优秀的小说,它继承和发扬了乡土文学的传统,将典妻与封建宗嗣文化和伦理道德观结合起来,再现了典妻的全过程,揭示了典妻的社会根源。在同类题材中,它比以前的《赌徒吉顺》(许杰)和以后的《生人妻》(罗淑)都更深刻,也更具影响。

(三)丁玲

丁玲1923年开始小说创作,1927年发表处女作《梦珂》,写一个单纯热情的女性在冲出没落的封建家庭进入社会后的幻灭感。成名作《莎菲女士的日记》(1928)以"郁达夫式"的大胆和坦率,表现了一个时代新女性对理想爱情的追求。《小火轮上》《自杀日记》《阿毛姑娘》《庆云里的一间小房里》等多以大革命失败后女性的精神苦闷为题材,表现出虚无主义的感伤色彩。

《韦护》和《1930年春在上海(之一)(之二)》为革命知识分子题材,标志着丁玲小说的一次重要转变,但仍有"革命加恋爱"的特点。《水》以1931年发生在全国16省的大水灾为背景,表现了农民的觉醒和反抗,再次震动文坛,也标志着丁玲小说向工农题材的转变。《某夜》《消息》《夜会》等小说以上海工人生活为题材创作。《母亲》写于1933年被捕前,以母亲为原型,创作了自传体长篇小说,塑造了辛亥革命时期第一代放开小脚的新型女性形象。①

（四）张天翼

张天翼、沙汀、艾芜等"左翼新秀"都受到鲁迅的较大影响，注意吸取初期左翼创作的经验，努力克服公式化和概念化毛病，现实主义创作得到了加强，表现出另一种风貌。②

张天翼1929年在鲁迅郁达夫主编的《奔流》上发表短篇《三天半的梦》。1931年发表《二十一个》后引起文坛关注，同年加入左联，是20世纪30年代与沈从文齐名的多产作家，也是当时优秀的讽刺小说家和文体家。代表作《包氏父子》逼真地描绘了可悲的父亲和可笑的儿子，并通过这对父子的矛盾，表现了社会的变化。张天翼小说的题材十分广泛，农村中的地主，城市里的官僚，都是他讽刺的对象，加上他又善于运用江浙及湖南一带的各类方言可与老舍媲美。与张天翼创作题材和风格相近的还有蒋牧良。

（五）沙汀

1926年，沙汀为追随鲁迅专程赴京投考北京大学，1929年转赴上海与同乡组织辛垦书店，1932年加入左联，成为左翼文学创作的新生力量。《法律外的航线》是沙汀的成名作，采用"印象式的写法"，记录了在一艘外国商船上的见闻。后期，在鲁迅和茅盾的影响下，写出了一系列表现四川农村社会黑暗的"揭露小说"，如《代理县长》《兽道》《在祠堂里》《凶手》等。其中《兽道》是沙汀这时期最具特色的作品，集中描写了地方军阀令人发指的罪行。沙汀小说最突出的特点是"不露声色"，即在客观冷静的叙述中，刻画人物和展示人物的性格，营造气氛和表现当地的世态人情，显示出深厚的

---

① 桂化德. 中国现代文学作品赏析[M]. 延吉：延边大学出版社，2017.
② 李平. 中国现当代文学基础[M]. 北京：北京大学出版社，2006.

## 第二章 革命文学时期的文学创作探析

艺术功力。[①]

### （六）艾芜

艾芜，1931年夏到上海，与沙汀相遇并开始小说创作。第一部小说集《南行记》通过自己的所见所闻，从一个知识分子的视角，表现了中缅边境上的偷马贼、烟贩子、强盗等各种流民形象，并与散文集《漂泊杂记》一起，开拓了中国文学的题材范围。代表作《山峡中》充满浪漫的神秘色彩，是《南行记》八篇作品中最吸引人也最有特色的一篇。艾芜小说以浓郁的异域风情和具有传奇性的流浪汉故事在20世纪30年代文坛上独树一帜。

### （七）茅盾

左翼小说的最高成就是以茅盾为代表的"社会剖析小说"。茅盾于1920年在著名的《小说月报》上主持《小说新潮》栏目，正式介入文学圈成为最早提倡"文学为人生"的作家之一。从1921年起，茅盾同时在文学和政治两个舞台上崭露头角，并显示出领袖的风范。

《幻灭》（1927）发表后，引起普遍注意，既是茅盾创作的小说处女作，也是成名作。后与另外两个中篇《动摇》和《追求》结集为《蚀》。《蚀》三部曲首开"革命加恋爱"创作模式的先河，真实地描写了一批时代新女性在大革命中从"幻灭""动摇"到"追求"的曲折过程，体现了作者直面现实的勇气和对中国革命复杂性的独特认识，初步显示出作者的艺术才华和个性，是茅盾写得最率真自然的小说。

《虹》《路》和《三人行》在茅盾的创作生涯中具有过渡的性质。《虹》希望通过一位知识女性的追求过程来表现中国革命的历程，以改变《蚀》的暗淡基调，是茅盾小说"史诗化"的最初尝试，但未能完成原来的创作设想，也开了茅盾小说"残篇"的先例，成为茅盾史诗性小说的一个标记。

---

[①] 李平. 中国现当代文学基础[M]. 北京：北京大学出版社，2006.

《路》急于想为迷茫中的青年指明一条正确的道路，表现出明显的概念化痕迹。《三人行》写了三个中学生在"九一八"前后的故事，这种表现同龄人不同人生道路的对比方法，后来成为革命小说流行的"三人行"创作模式，在20世纪50年代的《小城春秋》等作品中仍有表现。

《林家铺子》是茅盾的得意之作，作品描述的是"一·二八事变"前后上海附近小市镇上林家的小百货店从兴隆到倒闭的全过程，表现了作者对社会的深刻认识和清晰分析。1933年创作完成的《子夜》，题材上大规模地描写中国社会，显现出"史诗性"的特色；结构上，有张有弛，舒展自如，使一部原本很理性的作品变得十分引人入胜。作者希望通过吴荪甫雄心勃勃地企图发展民族工业，而又在现实中迅速地失败，不得不把自己的产业卖给帝国主义，走向买办化的过程，来揭示中国民族资产阶级在当时不可避免的命运，说明当时的中国根本就没有实现资本主义的可能性。《春蚕》是茅盾第一篇真正以"乡土农村"为题材的作品，也是茅盾"农村三部曲"（《春蚕》《秋收》《残冬》）中最好的一篇，是当时"丰收成灾"作品的代表，在茅盾小说中独具一格。①

（八）吴组缃

吴组缃中虽然不是左联成员，但坚持用科学社会理论来分析农村的"人心大变"，作品不多，但每篇都很有分量。其中，表现宋氏宗族围绕着一千八百担"义谷"勾心斗角的《一千八百担》，表现敬老抚幼、秉性善良的王小福最终被逼上偷窃道路的《天下太平》，表现线子嫂为救丈夫杀死只顾放高利贷的母亲的《樊家铺》，都可以归入精品之列。

（九）叶紫

叶紫是20世纪30年代重要的农村题材作家。他的父亲和姐姐都死于1927

---

① 李平. 中国现当代文学基础[M]. 北京：北京大学出版社，2006.

## 第二章 革命文学时期的文学创作探析

年的反革命政变,因而他的作品以表现农村斗争的尖锐性著称。《丰收》将农民与地主的对立写得栩栩如生,这种"二元对立"的故事模式和思维方式完全不同于茅盾的《春蚕》、叶圣陶的《多收了三五斗》、丁玲的《水》、夏征农的《禾场上》等"丰收成灾"小说,以及洪深的《香稻米》等话剧,也对以后的文学创作产生了深远的影响。

### 二、京派小说

在上海之外的北方京津地区,还活跃着一股强大的文学势力——京派文学。他们以文学的自由化为特点,既反对左翼文学的政治化,也反对海派文学的商业化,努力追求文学的独立性和理想化,在现代小说的抒情手法和田园风格方面做出了自己独特的贡献。

#### (一)沈从文

沈从文1924年底开始用该笔名在《晨报副刊》和《语丝》《现代评论》《小说月报》等刊物上发表作品,并与胡也频编辑《京报》副刊和《民众文艺》周刊。[1]1926年出版第一部作品集《鸭子》(包括散文、小说、戏剧和诗歌)后,在文坛上开始崭露头角,每年都有多部作品出版。1933年5月丁玲被捕后失踪,两个月后沈从文发表了《记丁玲女士》一文,引起文坛瞩目。

《边城》和散文代表作《湘行散记》《湘西》中的许多篇章,以及他的第一部自传《从文自传》写于1934年,这一年是沈从文一生中最为辉煌的一年。在随后的两年里,沈从文对自己的创作做了初步的总结,出版了一系列小说选集,成为"京派"的领袖人物。[2]

沈从文的小说大体上可以分为"都市"和"湘西"两大题材。

---

[1] 李平. 中国现当代文学基础[M]. 北京:北京大学出版社,2006.
[2] 桂化德. 中国现代文学作品赏析[M]. 延吉:延边大学出版社,2017.

都市题材重点是道德批判，较多地看到了现代文明背后的道德沦丧和人的自私贪婪，偏重于知识分子精神上的庸俗卑劣。《八骏图》写的是八位教授的丑态，而《绅士的太太》则主要写绅士和淑女们的丑行。

湘西题材是他在成为都市人之后对过去的缅怀，重点是理想化的歌颂，生动地表现出极具地域特色的湘西及沅水流域的民风、民俗。《柏子》是沈从文小说从幼稚走向成熟的标志。作者不是要描写一个劳动者的性格，也不是要粉饰愚昧的人生，而是通过对人性的富于诗意的发现，表现人的生存状态、自然欲望和生命活力。《萧萧》是沈从文最为写实的作品之一，作品的自由结构和风俗描写、爱情歌谣，使小说融入了散文和诗的因素。他的《龙朱》《媚金、豹子和那羊》《月下小景》等作品，更是从民间故事、苗族传说和佛经故事中汲取营养，充满浪漫主义色彩和地方文化特色。《边城》（1934）是沈从文小说最有代表性的作品。"湘西世界"是沈从文理想人生的缩影，而《边城》则是沈从文供奉着理想的"希腊小庙"。在这座小庙里，不仅有他向往的代表着自然人性的理想人物和理想生活，还有他追求的代表着自然天性的理想文体。这些人物身上闪耀着一种神性的光辉，体现着人性中原本就存在的、未被现代文明侵蚀和扭曲的庄严、健康、美丽和虔诚。沈从文由此创造出了自己的理想文体——诗化抒情小说。[①]

（二）废名

其他来自乡村的作家，也可视为"乡土文学"传统的继承者，他们对儿时乡土生活的怀念，是形成田园牧歌风格的主要原因，而田园牧歌风格的形成，又将他们与"乡土文学"区别开来。京派作家虽然没有共同的纲领和宣言，却在创作上形成了共同的特征。在题材上，他们大多倾向于对"乡土中国"和"平民现实"的描写。在风格上，他们大多倾向于从容节制的古典式审美趋向。在文体上，他们大多创造出了比较成熟的小说样式。废名作为"乡土文学"的新秀，后被称作京派小说的"鼻祖"。废名受古典诗词

---

① 李平. 中国现当代文学基础[M]. 北京：北京大学出版社，2006.

第二章　革命文学时期的文学创作探析

和《红楼梦》等小说的影响，一直把小说当作散文和诗来写。《竹林的故事》（1925）、《桃园》（1928）和《枣》（1932）等短篇小说集，专写农村乡镇宁静生活里的人事，很注重意境的传达，清新素朴，并将古典诗歌的象征手法与西方现代派技巧引入，追求朦胧的散文意境。《桥》（1932）是他的第一部长篇，写程小林与史琴子两人青梅竹马的爱情故事，通篇散发着泥土气息的清香。《莫须有先生传》和《莫须有先生坐飞机以后》，从创作内容到艺术风格都发生了很大的变化，前者作于1927年卜居北京西山期间，后者作于1947年在家乡黄梅躲避战火时，不但是他生活的写实，而且还是他思想的记录，表现出浓烈的佛禅思想。废名是在鲁迅影响下成长起来的一名语丝派的"乡土文学"作家，虽未能得到鲁迅的赏识，却得到了周作人的偏爱，并对沈从文产生过很大影响。[1]

## 三、新感觉派小说

20世纪30年代的上海，中国现代都市消费文化环境逐渐形成和发展，围绕着读者与市场，雅俗文学间展开了新一轮的争夺战，并由此推动了文坛的繁荣。其中，新感觉派的形成开始于1928年9月《无轨列车》的出版。1932年5月，由施蛰存主编的《现代》创刊，表现出明显的流派意识。因此，新感觉派又称为"现代派"，这是中国第一个现代主义小说流派。

### （一）穆时英

穆时英是新感觉派的后起之秀，有"鬼才"之称。第一部小说集《南北极》（1932）中的五篇小说，主要受到当时普罗文学的影响，还没有新感觉派的味道。《公墓》被《现代》创刊号以"头版头条"隆重推出，从此他完全进入了新感觉主义的创作轨道，接连发表了《夜总会里的五个》《上海的狐

---

[1] 李平. 中国现当代文学基础[M]. 北京：北京大学出版社，2006.

步舞》等重要作品,从题材到风格都发生了根本性的变化。出版有《公墓》(1933)、《白金的女体雕像》(1934)和《圣处女的感情》(1935)三部小说集,在数量上和质量上都超过了刘呐鸥,成为新感觉派的最具代表性的作家。

### (二)施蛰存

施蛰存虽是新感觉派重要的组织者之一,但并不是新感觉派小说家。他的第一部短篇集《上元灯》(1929)在淡淡的感伤中蕴含着浪漫的诗意,但《周夫人》和《宏智法师底出家》却已经表现出弗洛伊德学说的影响。

小说集《将军底头》里的四个中篇除《阿鉴公主》稍有不同外,另外三篇都是用精神分析学说来重写中国古代人物,特别是他们的"二重人格":《鸠摩罗什》写道与爱的冲突,《将军底头》写种族与爱的冲突,《石秀》写理智与爱的冲突。

更能代表施蛰存心理分析小说成就的,是《梅雨之夕》(1932)和《善女人行品》(1933)两部以现实生活为题材的作品。特别是《梅雨之夕》和《春阳》等小说,将西方现代的性欲理论与中国传统的中庸之道几乎完美地结合在一起,很好地表现了当时在现代文明冲击下都市男女微妙的性心理和潜意识,达到了作者所向往的传统美学的理想境界。施蛰存的最后一部小说集《小珍集》(1936),虽然也保留着心理分析的一些特点,但明显地又回到了现实主义的创作道路。施蛰存的小说以心理分析为特点,与新感觉派既有联系也有区别,他们都可以称作"现代派"。

### (三)刘呐鸥

刘呐鸥从小在日本长大,先在东京青山学院学文学,后毕业于庆应大学,回国后在上海震旦大学学习法文。他的水沫书店是当时左翼文学的一个大本营,施蛰存、戴望舒、杜衡等都曾在书店里当过经理和编辑。刘呐鸥最早将日本的新感觉派引入中国,许多读者都是通过他翻译出版的日本新感觉派小说集《色情文化》才知道横光利一、片冈铁兵、池谷信三郎的名字的。他的《两个时间的不感症者》《游戏》《风景》等小说,用新闻报道的方式和电影蒙太奇手法，表现舞女和都市摩登男女的风流生活，从内容到形式都体现出新感觉派小说突出表现现代都市生活的特点。《都市风景线》（1930）是刘呐鸥唯一的一部小说集，也是中国第一部用现代主义手法表现现代都市生活的小说作品。

新感觉派的作家还有叶灵凤、徐霞村，以及以描写都市摩登女郎著称的黑婴和"具有十足的穆时英风"禾金等。

## 第五节 现代戏剧的振兴

中国话剧在革命文学时代走向了成熟，标志便是曹禺话剧的出现。曹禺不仅有着深厚的文学修养，还有着丰富的舞台经验，这使得他的话剧创作更能够贴近这种文体的艺术规律，《雷雨》《日出》《原野》等剧作，既有深邃的内涵又有圆通的技巧，是中国话剧的巅峰之作。在艺术思潮上，左翼话剧是这一时期最值得关注的话剧潮流。左翼话剧有极强的政治性，强调艺术服从政治，艺术为政治服务，使话剧成为当前政治斗争的一个武器；此外，左翼话剧坚持话剧和群众结合，号召话剧跳出"市民层"的圈子，组织流动演剧队，到工厂去，到农村去，即使在剧场演出的时候，也要降低票价，尽可能地满足工人、学生观众。由于左翼话剧的演出形式不拘泥于剧场，因此也展开了广场话剧的探索。

### 一、曹禺的戏剧创作

曹禺（1910—1996），原名万家宝，祖籍湖北潜江，生于天津一个没落官僚家庭，其父万德尊曾任黎元洪秘书。童年的曹禺常随家人出入剧院，家庭环境培养了他对文学艺术的浓厚兴趣。1925年，加入南开中学新剧团。

1927年，参加丁西林、田汉和易卜生剧作的排演，曾扮演《玩偶之家》女主角娜拉。1928年，担任《南开双周》戏剧编辑，同时开始了《雷雨》的构思。两次投考协和医学院都未被录取，但免试升入南开大学政治系。1930年暑假专程去北京报考清华大学，并在清华完成了处女作《雷雨》。

《雷雨》（1934）是他的第一部话剧，也是标志着中国话剧艺术真正成熟的第一出悲剧。作品以20世纪20年代的中国社会为背景，通过周鲁两家八个成员错综复杂的亲情和血缘关系，表现了家庭的悲剧和人的命运，成功地表现了20年代中国带有浓厚封建性色彩的资产阶级家庭中各种人物的生活、思想和性格，从而使话剧这种外来的艺术形式完全中国化，成为我国新文学中一种独特的艺术样式。曹禺的第二部话剧《日出》（1936）以20世纪30年代半封建半殖民地都市上海为背景，以陈白露的华丽客厅和三等妓院"宝和下处"为具体地点，展示了"有余"和"不足"两个社会阶层的生存状态。

《雷雨》之后，中国话剧正式步入了"剧场戏剧"时期，从业余化走向了专业化，从幼稚期走向了成熟期。"剧场时期"叱咤风云的剧作家，除曹禺外，主要还有李健吾、阳翰笙、袁牧之、于伶、陈白尘、宋之的等。

曹禺的第三部话剧《原野》（1937）将视点转向了农村。故事在一连串血海深仇的背景下展开。《原野》并不是要表现农村中的阶级斗争，而是借一个具有传奇性的复仇故事，挖掘人在强烈的爱与恨的夹击下丰富而脆弱的内心世界，表现复仇者的心理变化和原始生命力。

如果说《雷雨》主要体现了作者对中国封建家庭的认识，《日出》主要体现了作者对中国现代都市社会的认识，那么《原野》则主要体现了作者对人的精神承受力的理性探讨。但长期以来，《原野》都被看作是曹禺的败笔。现在，这部具有表现主义特征的作品越来越受重视，与曹禺的"三大杰作"《雷雨》《日出》《北京人》一起，被并称为曹禺的"四大杰作"。

## 二、左翼戏剧和广场戏剧

左翼话剧随左翼文学运动兴起而兴起。大革命失败后，进步戏剧家积极

## 第二章　革命文学时期的文学创作探析

从事戏剧工作，扩大社会影响。到1929年，比较著名的左翼话剧团体有田汉领导的南国社，洪深领导的复旦剧社，应云卫领导的上海戏剧协社，朱襄丞、朱端钧领导的辛酉剧社，以及陈白尘、左明、郑君里组织的摩登剧社等。1929年冬，在筹备中国左翼作家联盟的同时，中共党组织就决定组织一个剧团来推进革命戏剧运动，由夏衍负责，联合冯乃超、郑伯奇、陶晶孙、钱杏邨、孟超、叶沉（沈西苓）、许幸之、朱光、石凌鹤、陈波儿、刘卯（刘保罗）和王莹等，组织"艺术剧社"。1930年，中国左翼作家联盟成立后，艺术剧社的领导人都参加了这个革命文学组织，夏衍、冯乃超和郑伯奇被选为常务委员。左翼话剧有极强的政治性，强调艺术服从政治，艺术为政治服务，使话剧成为当前政治斗争的一个武器；坚持话剧和群众结合，号召话剧跳出"市民层"的圈子，组织流动演剧队，到工厂去，到农村去。《五奎桥》创作于当时。

《五奎桥》中的矛盾双方——周乡绅和李全生，既没有血缘关系，也没有伦理关系，他们之间只有社会关系；他们的矛盾也不是两个人物之间的冲突，而是一个利益集团和另一个利益集团的冲突；他们矛盾的内容，不是"个性解放""恋爱自由"，而是现实的生存问题。这种特征正是"文学革命"向"革命文学"转变在戏剧中的具体表现，在传统社会向现代社会的转变过程中，人的解放不仅在文化上，更包括具体的生存问题。

与诞生期的话剧相比，《五奎桥》在戏剧艺术上明显成熟了许多。戏剧以时间为序展示戏剧冲突，随着"旱情"的发展，戏剧矛盾不断激化，剧情逐渐推向高潮。

人物性格在尖锐的戏剧矛盾冲突中步步揭示，集中而简练地反映了农民与地主阶级对立的时代主题。戏剧的语言质朴自然、富有地方色彩。这些因素都说明，话剧经过数十年的发展，剧作家已经逐渐能够熟练地掌握这种文体，可以根据社会现实自由地进行艺术创造。

不过，《五奎桥》描写的农村现实，反映出洪深对农村生活不够熟悉、对农民理解较为浮泛等诸多问题，这也是左翼文学普遍存在的问题。

《放下你的鞭子》是在不断的演出中逐渐成熟的街头剧经典。戏剧的结构颇有中国传统"苦肉计"的味道，首先是卖艺父女街头献艺，技艺不精引起公愤——这既为之后情节铺垫，也为激发观众情绪铺垫；之后，父亲以女儿不卖力表演为由，用鞭子抽打女儿，残暴的行为再次引起公愤；再下来，女儿出面平抚公愤。在这个过程中，戏剧冲突不断发生变化，观众情绪也不停受到引导，而每引导一次，观众情绪的爆发力在逐渐增强。这也正是街头剧需要达到的目的。

街头剧是戏剧从剧场走向广场后的产物。在广场上，演员与观众没有明显的界限，戏剧也就不再仅仅是剧人的专利，剧本中出现"甲""乙"等角色，并不是传统意义上的群众演员或过场情节，而是街头剧追求观众参与演出的艺术效果。街头剧的这种艺术探索，为之后戏剧结构的多元化发展积累了宝贵经验。

左翼话剧和广场话剧都是"革命文学"的产物，强调了对社会阶级矛盾的反映和表达，《五奎桥》里的戏剧矛盾是农民和地主之间的矛盾，《放下你的鞭子》则是由阶级矛盾引申到民族矛盾的视野。戏剧从剧场走向广场的过程中，戏剧的现实性要求更加强烈，《五奎桥》和《放下你的鞭子》都有着极强的鼓动性，它们引导群众自觉走向政治反抗的道路，特别是后者，是广场戏剧的经典之作。左翼话剧的创新不仅在思想上，也表现在艺术上，《放下你的鞭子》通过舞台改革，也极大地丰富了话剧艺术表达的手段和方式。

## 三、田汉、夏衍与左翼戏剧

1930年，田汉以长文《我们的自己批判》清算了以前的感伤主义后，投入革命运动，参加了上海自由大同盟和左联，组织并领导左翼戏剧家联盟，成为左翼戏剧运动的主力，同时也屡遭迫害。先是南国社因上演由他改编的法国作家梅里美的《卡门》而被解散，转入地下；后是因他的《回春之曲》在上海公演而与杜国庠、阳翰笙一起遭逮捕，五个月后经徐悲鸿、宗白华保释出狱，却仍被软禁到抗战爆发。这时期的主要作品有表现工人生活和斗争的《年夜饭》《梅雨》《顾正红之死》等和表现抗日救亡运动的《乱钟》《扫射》《暴风雨中的七个女性》《回春之曲》《洪水》等。其中，《梅雨》表现了被开除的工人潘顺华一家，或被迫自杀，或报复被捕，或参加工人运动而胜利，结构严谨，剧情紧张，是当时最好的工人题材剧作。《回春之曲》写南

## 第二章 革命文学时期的文学创作探析

洋华侨青年高维汉回国参加抗战,他的恋人梅娘也拒绝了富商之子陈三水的追求,回国照料负伤的高维汉,情节奇特,情感深厚,保持了作者原有的浪漫主义抒情风格和艺术个性,是田汉抗日救亡题材的代表。

洪深与欧阳予倩、田汉是"中国话剧的三个奠基人"。洪深自幼爱好文艺,学生时代开始戏剧演出。在清华读书时创作有《卖梨人》《贫民惨剧》等作品,毕业后赴美学习,先入俄亥俄州立大学烧瓷专业,后考入哈佛大学,师从贝克教授,学习编剧,是中国话剧史上到国外专攻戏剧的第一人。1922年回国后,加入戏剧协社,参加并领导过复旦剧社和南国社,除《赵阎王》外,还有根据王尔德名剧《温德米尔夫人的扇子》改编的《少奶奶的扇子》,通过排演实践,建立起了正规的表演和导演体制。参加"剧联"后,受左翼剧运的影响,在1930年至1932年间创作了《农村三部曲》(《五奎桥》《香稻米》《青龙潭》)等反映农民苦难生活和农民与封建势力作斗争的作品。在随后的"国防戏剧"运动中,洪深既是理论上的倡导者,又创作出了反响强烈的独幕剧《走私》《咸鱼主义》(与沈起予等合作)等剧作。他与夏衍创办的《光明》半月刊,也成为宣传抗战的重要刊物。

真正代表左翼戏剧成就的剧作家是左翼戏剧运动的主要领导者夏衍。1929年秋,夏衍参与组织艺术剧社,主编《艺术》《沙仑》等,翻译高尔基的《母亲》,后参与左联和"剧联"的筹建。1932年任明星电影公司编剧、顾问后,写有《狂流》《春蚕》《上海24小时》等电影剧本。1935年,发表话剧处女作《都市的一角》(独幕剧),抗战爆发前又连续创作了《赛金花》《秋瑾传》和《上海屋檐下》,在剧坛上几乎是一鸣惊人。[1]《赛金花》以义和团事件为背景,通过清末一个妓女赛金花的故事,采用漫画式手法,辛辣地讽刺了国民党当局媚外求荣的不抵抗政策,演出时轰动一时,是"国防戏剧"运动的重要收获,从而带动了"历史讽喻剧"的创作热潮。《秋瑾传》(原名《自由魂》)以清末女革命家秋瑾为主角,歌颂了她为革命事业的献身精神,但又存在着将剧中人物作为时代传声筒的"席勒化"倾向。《上海屋檐下》(1937)采用"复调"的手法,以林志成、匡复和杨彩玉之间的关

---

[1] 李平. 中国现当代文学基础[M]. 2版. 北京:北京大学出版社,2014.

系变化为中心情节，同时描写了一座石库门房屋内的五家人。五家人在舞台上此起彼落，多线索并进，组成一曲上海市民生活的交响曲。作品虽然具有鲜明的政治倾向性，但这种倾向是通过作者提供的普通人和普通生活场景自然而然地流露出来的。该剧是夏衍戏剧的代表作，也是20世纪30年代左翼戏剧中最具现实主义特征的作品。[①]

## 二、李健吾与话剧的中国化

李健吾是"京派"戏剧家评论家和文学翻译家。1919年父亲被北洋军阀杀害后，随母亲和姐姐居住北京，小学时参加学生话剧运动。1924年创作表现铁路工人痛苦生活的独幕剧《工人》，被中共中央的刊物《向导》转载。1925年由北京师范大学附属中学毕业后，考入清华大学中文系，在朱自清的建议下转入西洋文学系学习法语，毕业后留校任教，1931年赴法国专攻福楼拜，1933年回国。他以"刘西渭"为笔名写作的文学批评，比话剧影响更大。他的剧作的时代感不强，几乎每个人物都具有"善恶并存"的特点，但又具有较高的艺术价值，特别是在结构的严谨、语言的机趣等方面，形成了独特的风格，与夏衍、洪深等左翼作家有很大区别，不重反映现实生活的深刻性，而重人物的内心矛盾和戏剧的艺术探索；也不同于主要受西方戏剧影响的曹禺话剧，而更多地具有传统戏曲的特点；以前曾写过"乡土文学"作品，比较注意地方色彩的表现。

《这不过是春天》（1934）被看作李健吾的代表作，而《梁允达》（1934）更能代表"京派"戏剧的特点。剧中虽有杀人情节，但重点却是杀人者内心的矛盾和冲突，并将农民口语运用到相当娴熟的程度，三幕42场，在一天的时间里讲述20年的故事，做到了外来话剧表演空间的有限性与传统戏曲表演空间的无限性的完美结合。喜剧《以身作则》（1936）从故事情节和人物设置上都可看出传统戏曲的影子。

---

① 李平. 中国现当代文学基础[M]. 2版. 北京：北京大学出版社，2014.

# 第三章 战争时期的文学创作探析

1937年7月抗日战争的全面爆发,是影响20世纪中国现代文学的重大事件。抗战时期的中国文学版图受到了战时区域分化的直接影响,尽管每一个区域文学生态存在着差异,但空间分立之中却内蕴着文化融通的基础和特质。在中国新文学的发展历程中,20世纪40年代中国文学起到了承前启后的作用,以40年代文学为切入点,对掌握和了解中国新文学起到"拎起中间,带动两头"的作用。自"五四"开创中国新文学传统到20世纪40年代,新文学在彰显"人"的主体精神、对于现代民族国家的思考等方面有了深化和新变;同时,20世纪40年代文学所建构的文学形态也预示着文学的某种流变和走向,到新中国文学中可以找到相应的印证和显现。

# 第一节 战争时期的文化背景

## 一、文学格局的形成

1937年7月7日,日本帝国主义发动了侵略中国的卢沟桥事变,企图以武力吞并全中国。卢沟桥事变的爆发,改变了中国的历史进程,全民族开始转向争取民族独立解放的斗争,文学也自觉地担负起了民族救亡的使命,战争与救亡成为这个时期文学的主要特色。1938年10月武汉失守以后,抗日战争进入相持阶段。由于受军事、政治形势和不同区域的社会状况与政治文化背景的直接影响和制约,全国实际上分为了以重庆为中心的国民党统治区,以延安为中心的共产党领导的解放区(抗日战争时期称为抗日民主根据地、解放战争期间称为解放区),上海的外国租界区,日寇占领下的沦陷区。此后的新文学运动实际上是在四个区域中同时展开的,四个区域中的新文学由于各自所处的政治环境、所面临的任务要求的不同,呈现出不同的特点,因此也形成了解放区文学、国统区文学和孤岛文学、沦陷区文学同时并存的文学格局。

(一)解放区的文艺运动

解放区文艺运动基本上是以1942年5月毛泽东《在延安文艺座谈会上的讲话》的发表作为标志划分为前后两个阶段。

伴随着民族解放战争的炮火,中国共产党领导下的八路军、新四军挺进敌后,建立了陕甘宁、晋察冀、晋绥、晋冀鲁豫、山东、华中、华南等大批抗日民主根据地。中国共产党高度重视文艺工作,以极大的热情关怀抗战文艺的发展,想方设法为作家们创造接近工农兵、深入第一线的各种有利条件,并从理论上指导文艺运动健康发展。

1936年11月,中国共产党在陕北保安成立了中国文艺协会,选举丁玲为协会主任,毛泽东出席成立大会并讲话,他号召文艺工作者要从文的方面去宣传教育全国民众团结抗日。1938年前后,大批文艺工作者从国统区来到根据地,延安又成立了陕甘宁边区协会,开展各项抗战文艺活动。1938年4月中国共产党在延安创办鲁迅艺术学院等机构,培训大批文艺工作干部,深入农村和部队,从事实际工作和文艺工作。1942年5月,延安文艺座谈会后,经过文艺整风运动,鲁艺在教学改革及创作实践方面都出现了新气象,创作了秧歌剧《兄妹开荒》、大型新歌剧《白毛女》等体现文艺新方向的优秀作品。1938年9月11日,陕甘宁边区文艺界抗战联合会(简称"文抗")成立。文抗隶属边区,文协所有的文艺团体都接受它的直接领导,《文艺战线》月刊为其机关刊物。1940年1月4日至12日,召开了陕甘宁边区文化协会第一次

## 第三章 战争时期的文学创作探析

代表大会。大会发表《宣言》，号召文艺工作者为创造民族的、科学的、大众的、中华民族的新文化而斗争。

1942年5月2日至23日，针对当时延安地区文艺工作的状况，中共中央在党内整风的基础上，召开了延安文艺工作座谈会，进行文艺整风。座谈会当天毛泽东首先作了"引言"讲话，经过作家们3次全体会议的讨论，毛泽东作了"结论"讲话。"引言"与"结论"合称，就是著名的《在延安文艺座谈会上的讲话》（以下简称《讲话》）。在《讲话》精神指导下，解放区的文艺创作有了很大发展，戏剧、小说、诗歌创作都取得了突出的成绩。戏剧方面首先取得了最为突出的成绩。解放区先后掀起了新秧歌运动、新歌剧运动和旧剧改革运动。新秧歌运动是指延安文艺座谈会后，各抗日民主根据地的文艺工作者和广大群众共同创作的大批新型秧歌及其演出盛况。他们改革秧歌戏的音乐、表演、装扮，将流行于边区的旧秧歌形式和民歌曲调创造性地结合起来，编演融戏剧、音乐、舞蹈于一体的小型广场歌舞剧，用以表现群众参加生产学习及对敌斗争的场面，如《兄妹开荒》《红布条》《牛水贵挂彩》《惯匪周子山》等。这种新秧歌既有鲜明的政治色彩又受到老百姓的热烈欢迎，因而促进了文艺与工农兵的结合，为文艺大众化开拓了新路。

### （二）国统区的文艺运动

国统区的文艺运动的一个重要特征是具有鲜明的时段性：从抗战初期的亢奋热烈，到抗战相持阶段的凝重反思，再到解放战争时期的喜剧性嘲讽，文学情绪的变化影响着文学风貌的转化。

从1937年7月7日至1938年10月武汉失守为抗战初期。国共合作共同抗日，使统区抗战初期的文艺运动一度出现十分火热而又异常一致的局面。文学必须充当时代的号角，必须直接反映现实，必须为普通民众所接受，成为众多作家的共识。1938年10月，在武汉召开的鲁迅逝世2周年纪念会掀起朗诵诗运动。朗诵诗运动由武汉的街头、集会、电台逐步传播到各地。冯乃超、锡金、高兰、光未然、徐迟等人都是朗诵诗的著名作者和朗诵诗运动的积极推动者。高兰的《我的家在黑龙江》《哭亡女苏菲》都是情绪饱满的作品，光未然的《黄河大合唱》经冼星海谱曲后传遍全国。1938年10月武汉沦陷，抗日战争进入相持阶段，特别是1941年1月发生的皖南事变，标志时局进一步发生逆转。文学创作在表达人民坚持抗敌、反对分裂的呼声之外，显著地加强了对现实的批判和历史的沉思。有的在漫长的民族历史中寻找民族的脊梁，发掘民族的美德，总结民族的经验教训，作为现实的借鉴，形成了以郭沫若为代表的历史剧创作热潮，如，郭沫若从1941年12月至1943年4月陆续整理、修改和创作了《棠棣之花》《屈原》《虎符》《高渐离》《孔雀胆》《南冠草》6部大型历史剧；有的思索民族文化传统与民族性格的优劣得失，如萧红的长篇小说《呼兰河传》、老舍的长篇小说《四世同堂》、曹禺的话剧《北京人》《家》等；有的探讨战争环境中知识分子的苦难历程与发展道路，出现了现代文学史上知识分子创作的又一热潮，如路翎的长篇小说《财主底儿女们》，沙汀的长篇小说《困兽记》，夏衍的五幕剧《法西斯细菌》、宋之的的五幕剧《雾重庆》、陈白尘的四幕剧《岁寒图》、艾青的长诗《火把》等。这个阶段的重要文学形式是长篇小说、多幕剧、长篇叙事诗和抒情诗，文学在审美风格上呈现出沉郁、凝重、博大的史诗风采。1944年9月，中国共产党提出"废止一党专政，成立民主联合政府"的主张，国统区掀起民主运动的热潮。进步文艺运动和群众性的民主运动的结合，构成本阶段国统区文艺运动最突出的特点，文学再一次承续了与民族命运的血肉联系。在期待、愤懑、焦躁、不安等各种情感和情绪中，讽刺与暴露成为文学的主要手法，现代文学的喜剧品格得到了长足的发展，如巴金的长篇小说《寒夜》、钱锺书的长篇讽刺小说《围城》、张恨水的长篇小说《八十一梦》、丁西林的独幕剧《三块钱国币》、陈白尘的多幕讽刺剧《升官图》、宋之的的独幕讽刺喜剧《群猴》，吴祖光的讽刺喜剧《捉鬼传》、袁水拍的政治讽刺诗集《马凡陀的山歌》、臧克家的讽刺诗集《宝贝儿》等，均显示出浓厚的讽刺和喜剧色彩。

（三）孤岛文学活动

所谓"孤岛"是指1937年11月至1941年12月被沦陷区包围的上海英法租界。1937年11月上海四周被日军占领后，留在如同"孤岛"般的英、法租界里的一批作家，继续利用各种文艺形式开展公开和隐蔽的抗日文艺活动，直

## 第三章　战争时期的文学创作探析

到1941年12月珍珠港事变日军侵入英法租界为止，历时4年零1个月，此期间的文学史称"孤岛文学"。在这4年零1个月里，上海孤岛的抗战文学活动相当活跃，使孤岛文学成为整个抗战文艺运动中的一个特殊组成部分。

孤岛戏剧运动的兴盛带来戏剧创作的丰收，其中，影响较大的作品有于伶的《夜上海》《长夜行》，阿英的《碧血花》（又名《明末遗恨》《葛嫩娘》）、《海国英雄》《杨娥传》，李健吾根据法国萨尔都《杜司克》改编的《金小玉》和翻译法国罗曼·罗兰的剧作《爱与死之搏斗》等。孤岛的戏剧运动对中国话剧职业化地位的确立，对整个抗战戏剧运动的发展起到了很大的推动作用。

孤岛期间出版了《鲁迅全集》《鲁迅三十年集》，斯诺的《西行漫记》，黄镇的《西行漫画》以及方志敏、瞿秋白的文学遗著，马克思、恩格斯、列宁的著作，苏联高尔基等人的文学作品，还编辑出版了《大时代文艺丛书》和每集十本共出五集的《剧本丛刊》。同时，1939年创刊的《文艺新闻》经常报道国统区的抗日文艺运动情况，《文艺新潮》《文艺》等刊物也经常发表或转载陕北、苏北等抗日根据地的作品。出于斗争需要，"孤岛"上的文艺工作者，还占领了几乎所有报纸的副刊，如《大晚报》副刊《街头》、《申报》副刊《自由谈》、《文汇报》副刊《世纪风》、《大美报》副刊《浅草》等，它们都或长或短，从不同侧面、不同程度发表了相当数量的抗战文艺作品，对孤岛文学运动起到了一定的推动作用。

专门的杂文刊物《鲁迅风》《东南风》《杂文丛刊》，以及《文汇报》副刊《世纪风》、《每日译报》副刊《大家谈》、《大美报》副刊《浅草》、《正言报》副刊《草原》均发表杂文，涌现出一批比较优秀的杂文作家与作品，如巴人、孔另境、周木斋、唐强、文载道、柯灵等活跃的杂文作家。出版的杂文集，如巴人与唐强的合集《边鼓集》《横眉集》，巴人的《扪虱集》《战斗与生活》，柯灵的《晦明》，周木商的《消长集》，阿英的《月剑腥集》，孔另境的《秋窗集》等都是上海孤岛杂文创作的重要代表作品。这些杂文创作由于可以迅速地反映现实，将大众的愤怒、欢喜和苦闷，及时地诉诸读者，因而在孤岛时代里起到了重要的战斗作用。

（四）沦陷区文学活动

沦陷区文学是抗战文学的重要组成部分之一。从大的范围划分，它包括1931年"九一八事变"以后的东北沦陷区文学，1937年"七七事变"以后的华北沦陷区文学，1941年12月太平洋战争爆发上海孤岛文学结束后的华东、华南沦陷区文学。从整体看，它由汉奸文学、消闲文学、进步文学和抗战文学等成分构成。日本侵略者在沦陷区不仅从政治上扶持汪伪傀儡政权，在文学上也扶持豢养一批汉奸文人，大肆鼓吹所谓"大东亚文学"与"和平文学"，但这些汉奸文学虽然充斥在各种报刊上，却受到广大读者的冷落与鄙视。汉奸文人在政治文化之外，还利用"色情文艺"来麻痹读者。1942年，公孙嬿一篇《流线型的嘴》在伪北平文艺界引起色情大风潮，《国民》杂志还以《关于色情的文学》为题向各文艺家征答。但这种"色情文学"也在文艺界遭到一些正直文艺家的抵制。

1937年"七七事变"后，在种种禁锢之下，东北沦陷区文学陷于困境，一些作家在夹缝中进行艰苦的挣扎，坚守着文学的阵地，他们在沈阳、旅顺等地开展新的文学活动，突出的现象是"乡土文学"的倡导。东北沦陷区的"乡土文学"揭示沦陷区人民真实的生存困境与不屈不挠的民族生存意志，反思民族危难的内在根源，葆有浓重的乡思乡愁。

## 二、"文协"的成立

1938年3月27日，中华全国文艺界抗敌协会（简称"文协"）在武汉成立，发起人包括全国文艺界各方面的代表97人，大会推举老舍、郭沫若、茅盾、丁玲、郁达夫、田汉、巴金、胡风、张道藩、沈从文、曹禺、朱自清、朱光潜、许地山、夏衍、张恨水、施蛰存、冯玉祥等45人为理事。理事会推举老舍为总务部主任，主持文协的日常工作。文协提出了"文章下乡，文章入伍"的口号，出版全国性的《抗战文艺》作为会刊。文协是抗日战争期间全国规模的文艺界抗日民族统一战线组织，它的成立标志着20世纪30年代无产阶级革命文艺、民主主义文艺、自由主义文艺以及国民党民族主义文艺等

## 第三章　战争时期的文学创作探析

几种成分的文艺运动的汇流，组成了文艺界的抗日民族统一战线，是中国现代文学史上第一次，也是唯一的一次包括国共两党作家在内的大联合。

文协成立之后，抗战文艺运动蓬勃兴起。文协先后组织建立了戏剧电影、美术、木刻等抗敌协会组织，并且在广州、上海、昆明、成都、桂林、香港、贵阳、延安等地成立了分会；在国内健全了作家通讯网后，又设立了国际宣传委员会，从而保障了在战时分割的情况下，作家之间联络感情、沟通信息和相互勉励，在极其困难的条件下为创建服务于抗战的新文艺而努力。同时，中国抗日战争是世界反法西斯战争的重要组成部分，中国文学加强了和世界文学的联系和交流，使"五四"以来的中国新文学在现代化的途程中更趋成熟和发展，并成为国际反法西斯文学的重要组成部分。

文协提出了"文章下乡，文章入伍"的口号，许多作家深入到群众中，投笔从戎，用文学作为时代的号角。爱国主义的主题和共同的思想追求，英雄主义的调子，成为这个时期文学统一、鲜明而单纯的色彩。文学体裁出现小型化、轻型化、速写化、及时化倾向。文体上，报告文学和通讯成为热门的体裁；诗歌、戏剧朝广场艺术发展，追求通俗、鲜明、昂扬的色彩，全国各地出现了朗诵诗、街头诗、传单诗、枪杆诗、活报剧、街头剧等便于宣传鼓动的形式；出现了大众化、小型轻便的文艺形式，以便有力配合抗战的宣传工作。

文协的会刊《抗战文艺》自1938年5月4日创刊到1946年5月终刊，坚持了8年之久，先后出版了71期，是唯一贯通整个抗日战争时期的文艺刊物。在每期《抗战文艺》上，"各方面作家的作品，都有他们的一定篇幅"，既发表了大量的国内作家的优秀作品，又刊载了相当数量的外国作家的作品和文章，促进了中外文学的交流，对于推进抗战文艺运动促进抗战文艺创作的繁荣，发挥了突出的作用。

另外，在文协成立同时，郭沫若主持的国民政府军事委员会政治部第三厅（简称"第三厅"）在武汉建立。第三厅是以进步文艺工作者为主的文艺机构，对于推动以武汉为中心的抗战文艺运动发挥了骨干作用，其中影响较大的是第三厅组织的演剧队，足迹遍及全国和东南亚一带，在抗日文艺宣传中发挥了积极的作用。

## 第二节 重视时局的散文创作

中国救亡运动以来、抗战军兴时代的散文，主要表现在唤起民众、抒发同仇敌忾、一致抵御外侮的重大主题方面。此时的作家都搁置争议与世界观方面的思想分歧，统一到抗日救亡这一关系到国家民族生死存亡的最紧迫的要害问题上。故而创作方面，绝大多数作品都反映这一重大主题，即便是抒情的散文，也多借景喻情、喻义，渲抒爱国情怀与志士的高尚精神，充分反映出中华民族临危不惧、不可战胜的伟大民族品格与众志成城、必然取得胜利的团结意志、坚强信念。当然，在此时期内也有看似与时代主题不大相关甚至是反动的散文，但都是极个别、极少数，不是主流，更不占据醒目地位。真正有代表性、迄今仍为读者所诵读赞美的，无不深刻反映了伟大的抗日救国民族运动与军民一致、前赴后继的坚贞情操、爱国胸怀。这是这一时期的主弦律与思想分量、艺术核心价值所在。[1]所以在此期间的散文，多表现出慷慨激昂、义愤填膺、众志成城的特征。散文也多系大散文，即以报告文学与特写、通讯体裁为多，直接传达与抒发国家民族利益受到践踏后的悲剧情怀与奋起反击的义愤。看起来散文的风格不像"五四"时期那么丰富多彩了，但激扬文采与振奋人心的内容，使散文更加坚实有力，"愤怒出诗人"，也出散文，此时散文更加贴近广大人民群众的心声与切身利益，表现出波澜壮阔、百折不挠的中华民族的钢铁意志与凛然风范。行文特别见风骨见风采。

---

[1] 邢兆良. 是"误译"、"误读"，还是主动选择——近代科学文化的传播与近代中国社会思潮的变迁[J]. 上海交通大学学报：哲学社会科学版，2006（04）：39-44.

# 第三章 战争时期的文学创作探析

《白杨礼赞》写于1941年3月,是茅盾根据自己1940年从新疆归来赴延安途中的见闻和感受所写的一篇散文,有着明显而深刻的寓意。这篇散文显然带有励志的用意,作者以昂扬奋发的战斗激情,通过对白杨树的礼赞,象征与赞扬了坚强的北方军民,以及中华民族顽强、崇高的牺牲精神,寄寓了坚持抗战到底最终争取胜利的决心。行文激情澎湃,一气呵成,以白杨的意象,成功地、形象地突出与表现了人格精神与战斗意志,是一篇成功的咏物寄志的好作品。

也有以女性特有的纤细与诗情,表现抗战中的手足之情与同心同德、同仇敌忾的民族精神气节的作品。如萧红这篇《"九一八"致弟弟书》堪为抗战时期散文的典范之作,文章以书信体第一人称口吻,直抒其事,"在场"的效果十分突出。

## 第三节 爱国主义诗歌的兴起

### 一、艾青、田间与七月诗派

战争时期的中国诗坛,现实主义诗学风格成为主流。伴随着时局的动荡和战争状态的转变,艾青、田间及其影响下的七月诗派成为现实主义诗歌写作潮流中最为亮丽的风景。七月诗派因胡风创办的《七月》周刊(1937年9月)而得名,以理论家兼诗人胡风为中心,以《七月》《希望》以及《泥土》《呼吸》等为阵地。其主要成员有胡风、艾青、田间、绿原、阿垅(亦名亦门、S.M)、鲁藜、冀汸、曾卓、杜谷、牛汉、郑思、彭燕郊等。他们的作品除在《七月》等刊物上发表外,还辑成专集,收入《七月诗丛》《七月文丛》《七月新丛》。七月诗人一方面继承了20世纪30年代中国诗歌会的革命现实主义传统;另一方面,他们反对抗战初期那种在诗歌中空洞呼喊的写法,强调诗人以强烈的主观精神,"突入"现实生活,发现客观对象的主观精神与个性，使主观与客观、历史与个人统一在作品中。①

（一）艾青的诗歌创作

艾青（1910—1996），原名蒋正涵，字养源，号海澄，笔名还有莪加、克阿、林壁等。1928年夏考入杭州西湖艺术院绘画系，翌年春赴法国巴黎勤工俭学。1932年春回到上海后即加入"中国左翼美术家联盟"，创办"春地画会"。1932年7月因参加左翼文艺活动被捕入狱，1935年10月始出狱。1936年出版了第一本诗集《大堰河》。抗战期间是艾青创作的高潮期，出版了《北方》（1939年）、《他死在第二次》（1939年）、《向太阳》（1940年）、《旷野》（1940年）、《黎明的通知》（1943年）、《吴满有》（1943年）、《雪里钻》（1944年）、《献给乡村的诗》（1945年）等多部诗集。另外，他还出版有《诗论》《论诗》《新诗论》等著作。

《雪落在中国的土地上》是诗人最痛彻心扉的呼喊，而在这个反复的呼号中，由意象"雪"与"寒冷"奠定的情感色调铺染至全诗，并与随后点染的悲哀的风、赶马车的农夫、草原上的人们、抒情主人公"我"等形象所构成的第一幅速写，以及破烂的乌篷船、蓬发垢面的少妇、年老的母亲所构成的第二幅速写一起，共同刻绘了在严寒压迫下，中国人民无尽的苦难与悲哀。艾青是土地与太阳的歌者，尤其是抗日战争时期，"土地"与"太阳"及其相关意象频频出现于艾青的诗作中。

（二）田间的诗歌创作

田间（1916—1985），原名童天鉴，安徽无为县人。他的诗洋溢着火一样的战斗激情，充满着高昂的乐观主义精神，富有鼓舞人心的战斗力量。闻一多先生曾高度赞誉他为"擂鼓诗人"和"时代的鼓手"。他早年的诗歌

---

① 周国耀，甘佩钦，陈彦文. 20世纪中国文学主题演变研究[M]. 长春：吉林大学出版社，2011.

第三章 战争时期的文学创作探析

主要收录于《未明集》（1935）、《中国牧歌》（1936）、《中国农村的故事》（1936）、《呈在大风砂里奔走的岗卫们》（1938）、《给战斗者》（1947）中，另外他进入延安后还创作过影响颇大的街头诗和小叙事诗。《假使我们不去打仗》《中国底春天在鼓舞着全人类》《自由，向我们来了》《给战斗者》等，曾经鼓舞无数热血青年奔赴战场。"我是一个新人，/挑上一担新诗，在革命锣鼓中，走进我的大家庭。"（田间《预言》，1949年10月写于北京）田间是这么说的，更是这么做的，他真诚的诗歌创作，正是听从革命锣鼓召唤的时代的结晶。

（三）鲁藜的诗歌创作

鲁藜（1914—1999），福建同安人，原名许图地。他在3岁时跟随父母侨居越南，直到1932年才回国。1933年，他参加了反帝大同盟，后加入了左联，从事革命文学活动。1938年，他进入延安抗大学习，并发表了组诗《延河散歌》，在诗坛引起了极大的反响。抗日战争胜利后，他在晋冀鲁豫边区文联北方大学中文系任教。中华人民共和国成立后，他曾任天津市文联主席、中国作协天津分会副主席等职。但在1955年时，因受到"胡风集团"事件的牵连被捕入狱，还被剥夺了写作权利，直到1979年被平反后，才得以重返文坛。1999年1月20日于天津去世，终年86岁。

鲁藜是七月诗派的重要代表，在中华人民共和国成立前发表了《醒来的时候》《星星的歌》《锻炼》《鹅毛集》等诗集。这些诗集中的诗作都充满了爱国主义的激情，如《风雪的晚上》发出了"我爱北方的雪／我爱这没有穷人痛苦的北方的雪"的呼唤，《延河散歌·河》中通过描写山里的泉水"一滴一滴流到延河"，表现了革命力量从四面八方汇聚到延安的盛况，进而表明了革命终将取得胜利的决心。

鲁藜的诗秀丽而清新，善于捕捉日常生活中的瞬间感悟来引发诗情，并在抒情中阐发一定的哲理。例如《泥土》这首诗篇幅虽然很短，却蕴藏了十分丰富的内涵，因而具有隽永的意味，也经得起读者的仔细推敲与思量，更经得起时间的打磨，至今这首诗仍能给人以深刻的启迪。在这首诗中，诗人鲁藜在作哲理的思索时注意了审美的把握，注意了将自己的主观感受具体化，致力于在刹那间所表现出来的理性和情感之间寻找一种"情结"。"珍珠"，因为它光泽诱人、价值昂贵，所以"就时时怕被埋没的痛苦"。诗人嘲讽那些"老是把自己当作珍珠"的人，实际上是无情地鞭挞在民族危亡、国难日蹙时刻，竟置民族、阶级利益于不顾的市侩主义者和自私、高傲的个人主义者。与之形成鲜明对比的是诗人所高度赞美的"把自己当作泥土""让众人把你踩成一条道路"的自我献身精神。此外，这首诗也是对小诗创作的突破。

总之，鲁藜以七月诗人特有的风格，运用象征的手法对现实的生活场景进行描写，写出了战斗烈火中他对于生活与斗争抱着思索和寻求的态度。

## 二、穆旦与中国新诗派

战争时代中国新诗最大的收获是"中国新诗派"的出现及诗人穆旦的诗歌创作。穆旦（1918—1977），本名查良铮，浙江海宁人，生于天津。在1934年秋季出版的《南开高中生》第4—5合期上，查良铮发表散文诗《梦》时，第一次署名"穆旦"。1935年，穆旦考入清华大学外文系，1940年8月毕业留校任助教。1942年2月参加中国远征军入缅抗战。1949年8月赴美留学，1953年以英美文学硕士身份回到了新中国，任教于天津南开大学。1958年12月，被宣布为"历史反革命"，1977年2月不幸病逝。

穆旦生前出版的诗集有《探险队》（1945）、《穆旦诗集（1939—1945）》（1947）、《旗》（1948）等。穆旦是中国新诗史上天才般的诗人，不过他的出现不是历史的孤立现象，从某种意义上看，体现出了中国新诗在20世纪40年代历史转换的一种要求。在穆旦的背后，屹立着"中国新诗派"。"中国新诗派"常常被我们称作"九叶诗派"，包括辛笛、穆旦、杭约赫、陈敬容、杜运燮、唐湜、唐祈、郑敏和袁可嘉九位诗人。他们先后围绕上海《诗创造》《中国新诗》等刊物发表诗歌与诗论，体现出了一种新的现代主义的诗歌追求：思想倾向上个人意识与社会关怀相结合，艺术追求上知性与感性相结合，并且具有一种相当自觉的"新诗现代化"主张，现代的生活，现代的意象，现代的语言，现代的美学，由此理直气壮地进入了中国新诗。此派在当时并无明确的流派名称，偶或有"新现代派"或"学院派"之谓，"九叶"之名源于40年后由江苏人民出版社推出的他们的诗歌合集《九叶集》（1981年），自此声名传播。"中国新诗派"则以其主要汇集的期刊《中国新诗》命名。认真考察，在当时围绕《诗创造》《中国新诗》形成相近诗歌追求的诗人并不止上述九人，至少如方敬、莫洛当属其中，至于具有类似艺术倾向的就更多了。这都说明，穆旦的出现有着一个时代的中国诗歌发展的深厚背景。

## 三、其他诗歌创作

战争时期的中国诗歌和其他文类一样，最大的特征就是国统区、解放区以及沦陷区这三大政治区域的诗歌写作分割并存。

（一）国统区诗歌

抗战时的国统区诗人，响应"文章入伍""文章下乡"的"文协"精神，注重深入群众，提倡诗朗诵运动。内战时期，国统区诗歌活动的重要侧面就是反映广大群众对国民党残暴统治的不满，其中产生了袁水拍的《马凡陀的山歌》、臧克家的《宝贝儿》《生命的零度》、杜运燮的《追赶时间的人》等讽刺诗或歌谣。这一时期，还应该关注偏居于云南昆明杨家山上的冯至，以及他的《十四行集》（1942年桂林明日社出版）。《十四行集》共收录诗人1941年所写的27首十四行诗。这27首诗是一个有机的整体，其排列顺序经过诗人的精心安排。冯至的《十四行集》开创了中国现代诗歌中的"中年写作"时代。此外，他的努力尝试以及实践上所取得的成就，使朱自清相信，在中国，来自西方的十四行诗体"似乎已经渐渐圆熟；这诗体还是值得尝试的"。

（二）解放区诗歌

在延安和陕甘宁、晋察冀、晋绥和山东等抗日根据地，诗歌团体、油印和铅印的诗刊，如雨后春笋般层出不穷，以此为基础，解放区发动了广泛的群众化诗歌运动。受这种诗歌创作潮流影响，大量叙事诗开始出现。其中，长诗《漳河水》（阮章竞）、《王贵与李香香》（李季）是最大的收获。《王贵与李香香》是近八百行的长篇叙事诗，分为三部，发表后在解放区和国统区都引起了强烈反响。其轰动的原因，首先因为该诗讲述的是一个革命故事，符合当时的时代主题。其次，该诗以三部曲形式讲述了一个爱情故事，有着通常的民间故事的模式：男女相爱——经受磨难——男女团圆；并且，诗人在讲述的过程中，采用了陕北民歌和"信天游"的格调，增加了诗歌的感染力。

（三）沦陷区诗歌

在战时成为沦陷区的北平，有两种诗歌写作者：一种是抒写着沉重的独语，倾心于智理的沉思，其代表诗人有闻青、刘恩荣、路易士等；另一种是包括吴兴华、黄雨、沈宝基、查显琳在内的校园诗人，他们与大后方的西南联大诗人群有着近似的趣味，而吴兴华最能代表当时出现的新古典主义诗风。其《绝句》等出自古代五言绝句的新格律体诗歌，以及《柳毅和洞庭龙女》《褒姒的一笑》《吴王夫差女小玉》等古题新咏诗，建构起了吴兴华式的一个新古典主义特征浓厚的世界。他特异的诗歌写作，丰富了战争时期中国新诗的图景，并提醒今天的我们重新反思已经建构起来的"现代性"观念。

## 第四节　政治领域分割下的小说创作

在战争格局下，国家被分裂为不同政治背景的三大地区：国统区、沦陷区和解放区，中国的文学创作因而也呈现出明显的区域性特征，小说亦概莫能外。

## 第三章　战争时期的文学创作探析

### 一、国统区小说

　　国统区的文学活动主要集中在国民党控制的重庆、桂林等城市。国统区的文学运动以1941年的"皖南事变"为标志进入了一个新的历史阶段。这时的文学形式主要是长篇小说、多幕剧、长篇叙事诗、抒情诗,"史诗性"成为普遍的追求。①

　　在小说方面,张天翼的《华威先生》具有开先河的作用,它书写了一个"包而不办"的抗战文化官僚的典型形象,他的那种狭隘自私的性格、无孔不入的亢奋劲头、装腔作势的领导派头,使其成为中国现代文学史上典型的人物形象,引发了一场围绕抗战文学如何反映光明与黑暗问题的论争,形成了上承中国新文学传统的批判意识与自省意识的文学新思潮,并历史性地导致了一个直接的成果——20世纪40年代"暴露讽刺"文学的兴起。

　　沙汀的《在其香居茶馆里》《淘金记》延续了这一揭露与批判主题。《在其香居茶馆里》通过联保主任方治国与土豪劣绅邢幺吵吵在其香居的一场恶斗,揭露了国民党兵役制度的黑幕,暴露了国民党基层政权的黑暗腐败。《淘金记》围绕着开采北斗镇筲箕背金矿的线索,集中描写了四川农村三股矛盾势力(恶霸、粮绅、地主)之间为发国难财而掀起的内讧,从而暴露了国民党统治下的一团黑暗。在戏剧方面,涌现了以陈白尘的《升官图》为代表的政治讽刺戏剧潮流。《升官图》通过两个"流氓"做的一个荒诞的"升官梦"来讽刺那个时代的政治腐败,作品有意识地让群魔登场,自我揭露兼互相扭打,以此达到对黑暗、没落的官场进行了痛快淋漓的揭露和辛辣尖锐的讽刺。

　　值得称道的是,老舍的《四世同堂》。它是老舍正面描写抗日战争,揭露、控诉日本军国主义的残暴罪行,讴歌、弘扬中国人民伟大爱国精神的不朽之作。小说对中国传统文化进行了理性的批判,千百年来中国传统文化造就了规矩、容忍、安分守己的"顺民",这些顺民习惯于含愤忍让、屈己下人,"哪怕是起了逆风,他们也要本着一成不变的处世哲学活下去"。在日本

---

① 高玉. 中国现当代文学史教程[M]. 上海:上海人民出版社,2018.

人大肆屠杀中国人的危难时期,瑞宣和瑞全兄弟俩"才真感到国家、战争,与自己的关系。小说写出了战争语境下国民的痛苦、惶恐、挣扎到反抗的心路历程,颂扬了"国家兴亡,匹夫有责"的爱国主义精神。

皖南事变后,国民党先后出台了一系列加强其法西斯专制的文化政策。对于以现实题材为主的话剧创作而言,这无疑为其创作与实践设置了一套难以逾越的话语禁区,逼迫作家不得不转向历史,借古人的酒杯浇今人的块垒。这一时期,戏剧家创作了一系列引人注目的历史剧,如欧阳予倩的《卧薪尝胆》《梁红玉》《桃花扇》《木兰从军》《忠王李秀成》,陈白尘的《金田村》《翼王石达开》,阳翰笙的《李秀成之死》《天国春秋》等,其中以郭沫若的《屈原》成就最高。郭沫若认为史学家与戏剧家应有不同的关注点和书写方式:"历史研究是'实事求是',史剧创作是'失事求似'",在尊重历史精神的前提下,努力发展历史的精神,"据今推古"和"借古鉴今"。《屈原》以当下视阈为参照点,反向重估和看待过去是历史题材文本所具有的重要特征,以此来审视和重估民族精神,用民族精神来照亮当下。在这里,作家的主观情感复活到了屈原的时代中去了,而屈原的爱国情怀和反抗意识是整个民族的精神象征,也分明播撒到了现实的境遇之中。①

被胡风称赞为"中国新文学史上最壮观的史诗"的《财主底儿女们》弥补了以上单靠"整体"来反映知识分子的缺憾,构建了一部"以青年知识分子为辐射中心点的现代中国历史的动态"。路翎的这部巨著长达80多万字,时间跨越"一·二八"上海抗战到苏德战争十年间。地点涉及苏州、上海、南京、江南原野、九江、武汉,以至重庆、四川农村等。小说分上下两部,上部描写苏州头等富户蒋捷三一家的分崩离析,从横的方向展开广阔的社会画面,层次复杂。第二部集中描写蒋家的小儿子蒋纯祖在大动荡中经历的曲折生活道路,也穿插描写蒋家其他儿女逃亡异地,过着平庸麻木的生活。苏州富户蒋捷三的这三个儿子代表了知识分子的三条不同道路。长子蒋蔚祖因袭传统,懦弱无能,受制于意在霸占蒋家财产的妻子金素痕。次子蒋少祖曾经是蒋家的第一个叛逆者。三子蒋纯祖是蒋家儿女在离经叛道的路上走得最

---

① 林凌. 中国现当代文学概观[M]. 福州:海风出版社,2001.

## 第三章 战争时期的文学创作探析

远的一个,也是作者最倾注心血塑造的一个。蒋纯祖在追求走向人民的过程中,经历了现实生活的百般磨难,经历了内心无数次的狂风暴雨,甚至是思想与情感的混乱,他的追求与毁灭不仅是个人的,也是整个民族的。

艾芜的《故乡》、王西彦的《古屋》《寻梦者》《人生道路》也都是表现知识分子在大时代探索人生道路的作品。尤其在王西彦的《古屋》中以洪翰真为代表的新式教育者,为抗日救国、教育落难儿童而奉行独身主义,在古屋中撬开了一线光明。夏衍的《春寒》和李广田的《引力》都以知识女性为主角,展现了她们逐步抛弃幻想、认识现实、追求光明、走向革命的心路历程。①此外,巴金的《小人小事》短篇小说也非常引人关注。《寒夜》以汪文宣这样一个"小人物"为中心,从"小人物"的性格、价值取向、文化心理等矛盾来对反思这个家庭最终分崩离析的根由。②

## 二、沦陷区小说

所谓的"沦陷区",就是通常所说的被占领区,即日本侵略者一方所谓的"和平地区",亦即抗战一方所说的"敌伪地区"。沦陷区文学主要是指1931年"九一八事变"后的东北沦陷区文学,1937年"七七事变"后以北平、天津为中心的华北沦陷区,1937年"八一三事变"后华东、华中与华南沦陷区文学。太平洋战争爆发后,香港又于1941年被日本占领,成为沦陷区的一部分。以上海为首的沦陷区由于特殊的政治背景,现代通俗小说获得了长足的发展,这一方面表现为新文学作家向通俗小说方向的靠近,如新市民小说的畅销;另一方面表现为通俗作家向新的现代小说的跟进,如北派武侠小说的兴盛。新市民小说的代表作家除了上述的张爱玲以外,其他的代表作家作品有:予且的长篇《女校长》《乳娘曲》和短篇集《七女书》;徐讦的长篇《风萧萧》,中篇《荒谬的英法海峡》《精神病患者的悲歌》《旧神》以及

---

① 高玉. 中国现当代文学史教程[M]. 上海:上海人民出版社,2018.
② 高玉. 中国现当代文学史[M]. 杭州:浙江大学出版社,2013.

短篇集《烟圈》；苏青的自传体长篇小说《结婚十年》《续结婚十年》，中篇《歧途佳人》；无名氏的长篇《北极风情画》《塔里的女人》以及连续性长篇《野兽·野兽·野兽》《海艳》《金色的蛇夜》；施济美的小说集《凤仪园》《鬼月》等。

北派武侠小说在华北沦陷区的现代进程也同样令人瞩目，它事实上已经达到了现代武侠前所未有的高度，其主要的代表作家作品有：还珠楼主的《蜀山剑侠传》《青城十九侠》；白羽的《十二金钱镖》《联镳记》《偷拳》；郑证因的《鹰爪王》系列；王度庐包括《卧虎藏龙》的"鹤铁系列"和《风尘四杰》；朱贞木的《七杀碑》《罗刹夫人》等。①

此外，沦陷区的通俗代表作家及作品还有：刘云若的《粉墨筝琶》《小扬州志》；梅娘的水族系列小说《蚌》《鱼》《蟹》；秦瘦鸥的《秋海棠》；王小逸的《明月谁家》等。

（一）张爱玲小说

抗战进入后期，以上海为首的沦陷区的海派小说创作迎来了继新感觉派后又一次高潮，其中最令人瞩目的无疑是张爱玲的新市民小说。

张爱玲（1920—1995），出身于清朝没落的贵族世家，原名张瑛，河北丰润人，生于上海。张爱玲主要作品有：中短篇佳作《金锁记》《倾城之恋》《沉香屑：第一炉香》《茉莉香片》《封锁》《花凋》《红玫瑰与白玫瑰》等收入小说集《传奇》，散文名篇《天才梦》《公寓生活记趣》《私语》《更衣记》《谈女人》《自己的文章》等则收入散文集《流言》，长篇小说《半生缘》《秧歌》《赤地之恋》《小团圆》，电影剧本《太太万岁》《不了情》，文学评论《红楼梦魇》等。

张爱玲在现代文学中是个"特异"的存在，她的一夜成名与大红大紫可谓新旧文学经历了约20年漫长的对峙与互渗后终于开出的奇葩。作为新市民

---

① 朱德发，魏建. 现代中国文学通鉴 1900—2010中1930—1976[M]. 北京：人民出版社，2012.

## 第三章 战争时期的文学创作探析

文化的自觉代言人,张爱玲不仅是20世纪40年代海派新市民小说的主要代表作家,而且因其创作的实绩与影响力,也是当今学界公认的20世纪中国最优秀的女性作家之一。在文坛上,"张爱玲热"曾经出现过两次,一次是20世纪40年代,一次是90年代,第二次热显然在深广度上远远超过第一次,但其文化符号化趋向却也成为不争的事实。她的作品现在以文集的形式面世的就有多个版本,其中安徽文艺出版社出版的四卷本《张爱玲文集》(1992)编选较为允当。①

《封锁》一篇寓意深刻、精致绝妙,全文不足八千字,是张爱玲早期的代表作品。《封锁》就题目本身而言即富有多重意蕴。从最表层上看,它显然是指这场发生于吕宗桢与吴翠远之间闪恋的战时特殊背景;深一层来看,借"封锁"这一战时特有的事件,作者把封锁时非常态的短暂时空从庸常的市民生活中巧妙隔离出来,赋予了小市民日常生活一种传奇色彩,而其最核心的寓意正在于透过这件小小情事讽喻日常在世的生存真相。②

总体看来,《封锁》一篇最大的艺术特色在于其特异的梦幻般叙述,而这一特色的形成与张氏对电影的借鉴不无内在的深刻关系。③事实上,小说无论在结构形态还是叙述方式上均深受电影技法的影响,如以虚化为线的封锁铃声切换时空的总体构想;以冷静客观犹如长镜头的手法来叙写车厢世界里市民们的举止风貌;以对比蒙太奇的表现方式来进行意象描写,等等。这些现代技法的尝试无疑是具有先锋性的,它们强化了个体生命孤独、绝望、荒诞、悲凉的意蕴,凸显出了张爱玲的创新意识,也使这部短篇小说在现代性探索上更具特色,也更加含蓄隽永。④

---

① 邓颖玲. 叙事学研究 理论、阐释、跨媒介[M]. 北京:北京大学出版社,2013.
② 李怡,干天全. 中国现当代文学[M]. 重庆:重庆大学出版社,2010.
③ 张国林. 另一种"烦恼人生"的诠释——论张爱玲小说的独特魅力[J]. 辽宁教育学院学报,2000(02):93-95.
④ 冯勤. 论张爱玲小说"影像"化叙事的主要特征[J]. 四川师范大学学报:社会科学版,2011(5):126-129.

### （二）李劼人小说

抗战爆发前后，独立作家李劼人以其远见卓识完成了与当时民族危亡主题颇有些距离的"大河小说"系列，为丰富战争时期的小说创作作出了独特的贡献。

李劼人（1891—1962）1912年开始写作，发表处女作白话小说《游园会》。1915年起，先后担任《四川群报》《川报》等报刊的主编或编辑。主要作品有：中短篇小说《同情》《儿时影》《盗志》《编辑室的风波》，被称为"大河三部曲"的长篇历史小说《死水微澜》《暴风雨前》和《大波》，翻译法国小说福楼拜的《马丹波娃利》等，文论《法兰西自然主义以后的小说及其作家》，专著《漫谈中国人之衣食住行》《二千余年成都大城史的衍变》等。迄今为止，关于李劼人作品的选集已有好几种，其中编选最全面适于研究的还是1980年由四川人民出版社出版的《李劼人选集》五卷本。1986年，四川文艺出版社以其为基础，再次出版了《李劼人选集》五卷本。

"大河小说"本是19世纪中期以来法国长篇小说的重要体制，由巴尔扎克率先实践，被众多法国作家钟爱，代表作有巴尔扎克的《人间喜剧》、左拉的《卢贡·马卡尔家族》等。此类小说的特点是：多卷体，长篇幅，描写年代长，人物多，背景广阔，容量极大，重风俗民情，最适合于历史叙事，能够真实而全面地再现某个特定时期社会生活的全貌。

在中国现代文学史上，第一个尝试以"大河小说"的体制反映时代转折点——中国辛亥革命前后的社会生活并取得成功的作家就是李劼人，他是20世纪30年代的小说大家。

《死水微澜》是李劼人"大河三部曲"中最富有艺术魅力的作品，也是中国现代小说史上最精致、最完美的一部历史长篇小说。

在情节结构的整体构思上，《死水微澜》颇具匠心。这部小说以西南内陆一个偏僻的成都郊外小镇——天回镇为故事发生的背景，以镇上杂货铺的掌柜娘蔡大嫂的三次婚恋为情节主线，通过对她个人命运及情感轨迹的描写，突现了官府、袍哥与洋人等各方力量的牵制与消长，并借由蔡大嫂内心世界泛起的层层微澜，使读者看清了当时一潭死水的中国封建社会究竟是如

## 第三章　战争时期的文学创作探析

何在外国入侵势力的步步紧逼之下而渐生微澜的。《死水微澜》以小见大地为我们生动展现了从甲午战争到《辛丑条约》签订这段时间的时代风貌与社会风俗的变迁，并试图由此民间视角再现本民族的过去和发展，深入探寻中国近代社会历史发生巨变的内在原因，从这个意义层面上来看，它俨然是一部形象化的"小说近代史"。《死水微澜》的历史叙述是独特的，其史诗性质与蜀地习俗的展现结合紧密，使其当之无愧地同时成为了一部近代的巴蜀风俗史。

总体而言，作为一部现代历史长篇小说，《死水微澜》既呈现出鲜明的时代性和现代性，又体现着纯正的民族性和地域性，整体上已经具有了"大河小说"的风貌与特征。这一总特征的形成与作者坚定的民间立场、强烈的乡土文化意识以及对法国文学的学习密切相关，它突出地表现在这部小说的情节结构、历史叙述、人物形象、语言形式等各方面，使小说作品历久弥新，焕发出永恒独特的艺术魅力。

### （三）张恨水小说

张恨水（1895—1967），江西广信人，原名张心远，父亲是江西景德镇的一个税务官。幼年时，张恨水在景德镇的一家私塾读书，学习了大量的古典名著。成年后，张恨水曾想出国留学，却因父亲去世、家道中落而自谋生路。他先在《皖江日报》任总编辑，后到北京进入报界。在工作的同时，张恨水也开始进行文学创作，先后在报纸上发表了《金粉世家》《啼笑因缘》等重要言情小说，在当时的通俗小说领域产生了重要影响。1967年，张恨水因病去世。

在小说的创作中，张恨水一方面坚持传统文学观念中的章回小说的形式和通俗小说的娱乐性，另一方面又立足章回体而不断拓宽其功能，追求新的潮流，使章回小说能够容纳不同时代的题材内容，从而"上承中国古今小说传统，在沿着老百姓喜闻乐见的民族形式发展道路上，使言情小说的现代化突进到一个新的水平，使轻视贱视言情文学的某些知识精英作家也不能小觑这位言情作家的存在"①，可以说是"使言情小说再度中兴的头号功臣"②。

《金粉世家》是张恨水第一部具有现代意义的通俗巨制。小说以京城三世同堂的国务总理金家七少爷金燕西与寒门女子冷清秋的婚姻悲剧为主线，讲述了巨宦豪门金家崩溃瓦解，整个家族树倒猢狲散的故事。小说的情节虽然是虚构的，但具有很强的典型性，它着眼于对大家庭腐朽过程的描绘，既不是单纯的暴露，也不沉醉于富丽生活的渲染（金、冷结婚的铺张还是有这种影子，但全书中心点不俗气），而是尽力挖掘对社会、对人生的认识，展现了近代官僚家族的腐败。

《啼笑因缘》的发表奠定了张恨水成为全国性通俗小说大家的地位，小说与当时通俗小说（艳情小说、武侠小说）的创作路子不同，其对北京平民社会的风俗性描写和清丽流畅的语言，使南方读者充分领略到了"京味"的艺术魅力，其平民观念和明确的社会批判立场，超越了此前趣味性压倒思想性的通俗小说，令市民读者耳目一新。《啼笑因缘》创造了畅销书的记录，在张恨水生前就印行了二十多版，达十几万册；并改编成六集的电影；续作也迭出。小说讲述了平民少爷樊家树与天桥唱大鼓书的少女沈凤喜的爱情悲剧，并在这两位主人公的爱情悲剧中穿插了摩登女郎何丽娜、侠女关秀姑、军阀刘将军的介入，于言情小说中掺杂了"侠义"，细腻中挟带了豪爽，体现了鲜明的时代特色。

总之，张恨水将我国的传统小说与现代西方小说的表现手法相融合，在人物塑造、情节结构上都进行了新的探索与改进，语言风格亲切温和，含蓄节制，第三人称叙事模式的大量存在，以中国传统小说中最常见、最普通的形式，来讲述新时代的故事，表达自己和人们的新时代观点，将传统与新文化不露痕迹地融合。

---

① 石兴泽，隋清娥. 中国现代文学[M]. 北京：中国社会科学出版社，2012：137.
② 范伯群. 中国现代通俗文学史[M]. 北京：北京大学出版社，2007：446.

# 第三章　战争时期的文学创作探析

## （四）钱锺书小说

钱锺书（1910—1998），江苏无锡人，字默存，号槐聚。钱锺书出身书香门第，父亲钱基博是江南才子，国学大家。家学的滋养和父亲的管教，给钱锺书以潜移默化的影响。1929年，钱锺书被清华大学外国语文系破格录取，开始广泛接受世界各国的文化学术成果。1933年，钱锺书刚从清华大学毕业，即被上海光华大学外文系聘为讲师。1935年，他与杨绛结婚，同赴英国留学。1938年，钱锺书回国，并被清华大学聘为教授，此时华北已经沦陷，北京大学、清华大学、南开大学等高校被迫南迁，在云南昆明成立了西南联合大学（简称西南联大），钱锺书在西南联大开设了"欧洲文艺复兴""当代文学""大一英语"三门课程。1939年，钱锺书辞去教职，返回上海探亲养病，这时，任国立湖南蓝田师范学院中文系主任的父亲来电，称病要钱锺书来湖南照料。于是，钱锺书又在蓝田师范学院任教了一段时间。1941年，钱锺书返回上海，完成了学术著作《谈艺录》的初稿，出版了第一部作品集《写在人生边上》。1946年，钱锺书的短篇小说集《人·兽·鬼》由开明书店出版，这部由四篇小说组成的小册子，是一本既针砭现实又开掘人性的小说集，专门揶揄知识分子。1947年，钱锺书出版了长篇小说《围城》，收获巨大反响。中华人民共和国成立后，曾任清华大学外语系教授、文学研究所研究员、哲学社会科学学部委员。1982年，任中国社会科学院副院长。1998年12月19日，钱锺书逝世，享年88岁。

《围城》是钱锺书唯一的一部长篇小说，也是奠定其在中国现代文学史上地位的作品，更是这一时期涌现出的风格独特的幽默讽刺长篇小说中的代表作。小说以留法回国的青年方鸿渐为中心，展示了20世纪三四十年代一批知识分子在生活、工作、婚姻恋爱等问题上遇到的矛盾纠葛，反映了他们的生活图景和心理世界。

小说中，从印度洋上驶来的法国邮船白拉日隆子爵号在上海靠了岸，主人公方鸿渐一踏上阔别四年的故土，就接二连三地陷入了"围城"。方鸿渐旅欧回国，正是1937年的夏天。由于不属于那个时代先进的知识分子行列，当抗日战争烽烟燃烧起来的时候，以主人公为代表的那个时代某些知识分子（主要是部分欧美留学生、大学教授等）大都置身于这场伟大斗争的风暴之外，他们先在十里洋场的上海，继在湖南一个僻远的乡镇，围绕着生活、职业和婚姻恋爱等问题，进行着一场场钩心斗角的倾轧和角逐。这也是场战争，虽然不见硝烟，却处处闪现着旧社会你抢我夺的刀光剑影，腾跃着情场、名利场上的厮杀和火拼；虽然没有肉体的伤亡，却时时看得到灰色的生活是怎样蚕食着人们的年华和生命，那恶浊的空气又是怎样腐化着人们的操守和灵魂。自然，这里也有真诚的友谊，善良的愿望，但这些在那个强大的旧社会壁垒面前，是显得多么软弱和无力。在那随处都可以陷入"鸟笼"或"围城"的人生道路上，哪里是这些还没有消磨尽人生锐气的知识分子的出路呢？这是这部深刻的现实主义小说留给人们深思的一个严肃问题。

　　值得注意的是，小说的书名取自法国的一句古语，它的含义，用作者的话说，就是爱情、婚姻之事好比一座被围困的城堡，已婚的人处于被围在城里，极力要冲出城去，而未婚的则如攻城的勇士，拼命想冲进城。事实上，小说所展现的社会内容要远比他所命名的"围城"的原意更为深广，小说中的"被围困的城堡"还可整体象征人生无常之困境，不仅是"城外的人想冲进去，城里的人想逃出来"，而且是"一无可进的进口、一无可去的去处"。对"围城"题旨的种种解读正说明了作为词语符号的"围城"具有与生俱来的意义不确定性，这种引申的思考使《围城》的价值由对爱情、婚姻、事业困境的反映进而上升到哲学命题的高度和深度，使整部小说的分量因此变得更加厚重和深沉。

　　小说意蕴层次十分丰富，虽然表面上看写的是方鸿渐的恋爱与婚姻，其中却到处闪现着旧社会名利场上的你争我夺，虽然没有肉体上的伤亡，但时时看得到那晦涩的生活如何蚕食人们的灵魂与生命。因此《围城》刚刚问世时便被介绍为一部新的《儒林外史》，因为他向人们描绘了生活在20世纪40年代的一批知识分子的形象，并在对他们的堕落、病态的生活状态的描写中，完成了对当时社会的批判。

　　《围城》所揭示的是洋学衔和旧学问错综时期新儒林的众生相，是揭示他们官场化和商场化的空疏和迂腐、虚伪和鄙琐，揭示他们从国外回到国内，从家庭走向社会、又复归家庭的彷徨无主、无所归宿的灵魂。因此，首先应该把它置于中西文化大撞击、国难家仇相激荡的巨大智慧背景和现实

第三章　战争时期的文学创作探析

背景之中来审视这部长篇的思想、艺术价值。这部小说的艺术特色主要表现在采取大跨度的横向移动式的结构间架，以人物行踪的两点双线来布设格局，还运用了与众不同的讽刺艺术——反仿、反讽、反论构成的机敏的讽刺。

总之，钱锺书的小说因其描写对象而具有较大的知识密度，在创作的过程中，作者旁征博引、融会中西，使小说的人物既符合身份脾性，又与故事情景相映成趣，显得渊博而又风趣。

## 三、解放区小说

解放区的文学活动主要集中在中国共产党领导下的根据地，从性质上看，解放区文学是左翼文学的继续，它既要配合政治斗争的需要，又要担负着新文化和新文学建设的任务。同以往的文学相比，解放区文学无论从内容还是形式上，都是一种适应"人民话语"需要的文学，其作者在新的形势下自觉不自觉地转变原有知识分子立场，将文学书写的重点放置于人民大众之中。可以说，从"五四"文学对"个人"的发现到解放区文学对"人民"话语的肯定，彰显了20世纪中国文学现代性话语的延展形态。

### （一）赵树理小说

赵树理（1906—1970）的小说创作奠定了《讲话》的方向。赵树理将自己定位为"文摊文学家"，这种身份定位决定了赵树理创作的目的、艺术形式和传达的效果。赵树理在传统说唱文学的基础上创造了一种评书体的现代小说形式。[1]《小二黑结婚》是赵树理小说的成名作，也是解放区文学的典范之作。这部小说充分体现了赵树理在深入农村的生活实践中，以小说创作反映现实矛盾和问题的现实主义的创作理念。《小二黑结婚》从其崭新的革命

---

[1] 傅书华. 赵树理研究文丛 走近赵树理[M]. 太原：北岳文艺出版社，2015.

思想内容到别具一格的民族艺术形式,都是与毛泽东《在延安文艺座谈会上的讲话》的精神切实相通的,因而它不仅获得了彭德怀、周扬乃至毛泽东本人的高度赞扬,也获得了边区广大人民群众的衷心喜爱,成为一部具有中国气派的民族小说的代表作。[①]

(二)丁玲小说

丁玲1936年11月中旬从南京出狱后奔赴延安,受到毛泽东等中央领导的热烈欢迎,其间她曾担任《解放日报》文艺副刊主编。整风运动开始后,丁玲的小说《我在霞村的时候》《在医院中》,杂文《"三八节"有感》《我们需要杂文》成为批判的对象。

延安整风运动之后,丁玲的思想发生了重要变化,按照《讲话》提出的文艺方针,调整着创作方向。1946年至1948年,丁玲创作了反映土改运动的长篇小说《太阳照在桑干河上》。小说从顾涌的胶皮大车带来外界土改的消息开始,以章品的出现作为转折,以分田地、庆翻身作为结束,以参军、出民夫作为延伸。[②]与《太阳照在桑干河上》同获斯大林文学奖的还有周立波的《暴风骤雨》。《暴风骤雨》成功地塑造了赵玉林、郭全海等贫苦农民形象。小说通过"分马""参军"等几个典型事例写出了他的精明能干、大公无私的高贵品德。

在毛泽东《在延安文艺座谈会上的讲话》精神的指导下,解放区小说的创作进入了一个相当活跃的繁荣时期。除了上述赵树理的小说外,孙犁的抒情性小说影响也是极大的。

孙犁的《荷花淀》系列小说写于1944年后,随着作品的陆续发表,在文学艺术界影响愈来愈大,有许多作家都努力探索其写作技巧,并在艺术实践中体现其风格,不久便形成了一个影响当代颇为深远的文学流派——"荷花淀派"。其代表作家除了孙犁,还有刘绍棠、丛维熙、韩映山等。"荷花淀

---

[①] 亦文,齐荣晋. 山西革命根据地文艺运动史稿[M]. 太原:山西人民出版社,1989.
[②] 高玉. 中国现当代文学史[M]. 杭州:浙江大学出版社,2013.

派"的小说作品,一般都充满浪漫主义气息和乐观精神,情节生动,语言清新、朴素,富有节奏感,描写逼真,心理刻画细腻,抒情味浓,富有诗情画意,有"诗体小说"之称。

其他的代表作家作品还有:康濯的《灾难的明天》《我的两家房东》;孔厥的短篇小说集《受苦人》;刘白羽的《无敌三勇士》《政治委员》《战火纷飞》《血缘》《火光在前》;邵子南的《地雷阵》;欧阳山的《高干大》;柳青的《种谷记》;草明的《原动力》等。在20世纪40年代的解放区文坛,赵树理所取得的文学创作成就无疑是最为卓著的。

## 第五节 戏剧的袭旧与革新

战争时代是话剧运动的"黄金时期",在战争时期的各种艺术形式中,话剧无疑是最昌盛的一种。抗日战争时期的话剧与这一时期文学一样,受地域分野影响,可分为大后方话剧、解放区话剧和沦陷区话剧三个板块,每一个板块在总体特征上出入也较大。鉴于篇幅的限制,本节不能将每一板块的话剧做详细介绍,只能在此基础之上,选取这一时期较有特色的现象进行说明。历史剧是抗战时期非常昌盛的一类话剧,它主要存在于大后方,既反映出民族危机时期的文化趣味,也是国民党政治审查制度下的产物。虽然是在战争年代,抗战时期的话剧也没有放弃艺术的追求,吴祖光等人的话剧充分反映出这一时期艺术话剧的特征。此外,解放区话剧以新型的面貌展示出话剧创作的新可能。[1]

---

[1] 李怡,干天全. 中国现当代文学[M]. 重庆:重庆大学出版社,2010.

## 一、历史剧的中兴

抗战时期是中国话剧的"黄金时期"。在数量众多、品质极高的抗战话剧作品中，历史剧又是极具特色、成就很高的一个品种。抗战历史剧的中兴，有两个根本的原因：第一，在民族危亡的关键时刻，剧作家需要在中华民族的历史传统中寻找挽救民族危机的文化资源；第二，出于回避政治审查的需要，用历史剧借古讽今，可以避免与当局文化体制的正面冲突。抗战历史剧源于历史又不拘泥于历史事实，气势恢弘，风格各异，在剧中体现了反对侵略，反对专制暴政，反对卖国投降，颂扬爱国爱民，高扬坚守气节的民族精神。比较有代表性的有郭沫若的六大历史剧《棠棣之花》《屈原》《虎符》《高渐离》《孔雀胆》《南冠草》，阳翰笙的《李秀成之死》《天国春秋》《草莽英雄》，阿英的《碧血花》《海国英雄》《杨娥传》等。

《屈原》是郭沫若抗战时期创作的一个高峰。在艺术上，《屈原》延续了郭沫若一贯的历史剧创作传统：赋予历史人物现代品格；在剧作中洋溢着浪漫主义的精神，用诗一般的语言将戏剧情绪推向高峰。这是郭沫若戏剧的特色，也是他对于中国现代话剧的贡献。

历史题材的文学作品，大多带有借古讽今的意味，抗战历史剧更是如此。"太平天国剧"是抗战历史剧喜欢采用的一个主题，因为这段具有悲剧性的历史有太多值得现实反省的地方。洪秀全在领导农民起义的后期，腐败堕落，亲小人而远良臣，亲手将一起打天下的兄弟杨秀清杀死，从而直接导致了太平天国的覆灭。在戏剧中，洪秀全和杨秀清是既合作又竞争的关系，这与抗战期间的国共关系有很大的相似性，太平天国的失败警醒刚刚制造"皖南事变"的国民党，只有精诚团结才可能争取抗战的胜利，否则中华民族的下场只会和太平天国一样。

抗战历史剧都有着明显的借古讽今的针对性。《屈原》针对了抗战持久战中人民对抗战胜利信心不足的问题，通过塑造一个桀骜不驯、意志坚定的斗士屈原，鼓舞人心。《天国春秋》直接针对了国民党制造的"皖南事变"，以太平天国的悲剧警示国民党少造摩擦，以保证抗战的最后胜利。

## 二、大后方话剧的多重奏

抗战期间，大后方戏剧的题材、类型和风格都呈现出多样化的局面。在这里，既有呼唤抗战、鼓舞人心的急就章，也有雍容华贵、大气恢弘的历史剧；既有揭露国民党黑暗统治的暴露剧，又有反映普通人历史命运的剧作；既有深沉厚重、令人扼腕沉思的悲剧，也有针砭时弊、引人发笑的喜剧。多元化的戏剧景观构成了大后方戏剧的多重奏。[1]

在《风雪夜归人》中，吴祖光将目光对准了那些抗战中的普通人，透视他们的命运并从中升华出启蒙的主题，这是戏剧的深刻之处。

在第一幕的结尾，玉春与魏连生见面，这一"痛苦的灵魂"就向魏连生发问："你觉着过没有?觉着你自个儿是个顶可怜顶可怜的人?……其实就不能算是人。……可怜的不就是自己不知道自己可怜的人吗?"问得名伶魏连生"不知所措"。玉春在第二幕再次出场，以精神探索的姿态对魏连生继续追问："想一想从来没有想过的事情。成人，成鬼，变佛，变妖；就在你这'一念之转'"转过来，"你才真正是一个人了。到时候你在知道什么是快活，什么是苦恼，你才知道人该是什么样，什么样儿就算不是人。你才知道人该怎么活着。"玉春充分认识到了自己的生活状态，对达官贵人虚伪自私看得很清楚，而自己不过是他们的一个玩物，所以她要自救，同时也要"启蒙"魏连生。整个追问过程语言简洁，节奏紧凑，把魏连生的心理状态和玉春想要冲破自己、寻求自我、寻求活着的真正意义的形象刻画得很鲜明。

大后方话剧除了直接表现抗战，对于普通人的命运也给予充分的关照，不仅表现"救亡"的主题，也表现"启蒙"的主题，《风雪夜归人》便是一个典型的例子。随抗战形势的变化，大后方戏剧也发生着变化。早期大后方的戏剧激昂澎湃，中期的戏剧庄严沉郁，而后期的戏剧则更多表现普通人的人世沧桑。这也是大后方戏剧多重奏的重要组成部分。

---

[1] 劳弗. 顿悟时刻 设计大师访谈录[M]. 北京：人民邮电出版社，2015.

### 三、解放区戏剧及其他

　　除了大后方，抗战时期的解放区和沦陷区也有着异常繁盛的戏剧活动。其中，解放区的戏剧活动更具有特色。解放区戏剧的品种很多，话剧的经典剧目有《流寇队长》《同志，你走错了路》《抓壮丁》《粮食》《把目光放远一点》等，而最能代表解放区戏剧特色的是秧歌剧和新歌剧。秧歌剧把改良后的秧歌舞蹈与民歌、话剧对白融为一体，清新自然，形式活泼，经典剧目有《兄妹开荒》《夫妻识字》《十二把镰刀》等；歌剧将西洋歌剧的形式与中国民族歌曲融合在一起，其中穿插各种曲艺，从而使其带有很强的中国特色，其经典剧目是《白毛女》。受毛泽东《在延安文艺座谈会上的讲话》影响，解放区戏剧与大后方、沦陷区戏剧相比，有其自身独特的形式和内容，是战争年代值得注意的文学现象。

　　在抗战后期，国民党由于正面战场损失严重，且所征士兵存在大量流失的现象，遂在全国范围内进行"抓壮丁"，这给予基层执行官员中饱私囊的机会，《抓壮丁》反映的正是这种现象。在戏剧中，王保长借助抓壮丁的权力为所欲为，连地主李老栓也要让他三分；而李老栓则利用与王保长较为熟悉的便利，欺骗佃农蒋国富。这一环环的腐败，反映出国民党强权统治的弊端，也反映出国民党政权不得人心、岌岌可危的现实。

　　《抓壮丁》在编排中巧妙地利用了四川方言，在情节安排上也汲取了四川方言剧的特长，从而使整出戏剧诙谐生动、生活气息浓厚。这种倾向，与抗战时期剧作家喜欢在民族艺术中汲取营养的风潮有关，也是《在延安文艺座谈会上的讲话》精神指导下的艺术实践——其形式和内容完全达到了"老百姓喜闻乐见"的程度。无论从哪个方面来讲，《抓壮丁》都是抗战时期解放区话剧的重要收获。

　　在抗战时期，解放区戏剧自成一格，注重戏剧形式的民族化和本土化。中国现代话剧是舶来品，解放区艺术家将之与中国传统艺术进行了"嫁接"，开创出秧歌剧、新歌剧等戏剧新品种，话剧排演也力图与地方特色联系起来，从而形成了解放区话剧清新自然的整体风格。

　　解放区戏剧受《在延安文艺座谈会上的讲话》指导，在追求戏剧艺术性的同时，也非常注重戏剧的通俗性，"老百姓喜闻乐见"是解放区戏剧发展

# 第三章　战争时期的文学创作探析

的一项重要指导。解放区戏剧有很强的政治性，其主题选择和情节安排与现实政治有直接的联系，这既是解放区话剧的特色，也在一定程度上束缚了艺术探索。

# 第四章 新中国"十七年"时期的文学创作探析

"十七年文学"是对1949年至1966年中国当代文学的一种称谓,从时间上看,它正好经历了17个年头的发展;从空间上看,它指的是大陆文学。"十七年文学"拉开了中国当代文学的序幕,被赋予"伟大的开始"。

## 第一节 新中国"十七年"时期的文化背景

### 一、文学转折和第一次文代会

1949年新中国的成立宣布了一个新的文学时代的到来,"十七年文学"由此拉开了序幕。从1949年中华人民共和国成立到1966年这一时间段的文学,即是"十七年文学",它是当代文学的重要发生阶段。在这一时期,政治与文学的关系按照意识形态的需要必须以"一元化"的方式存在,不同思想和艺术倾向的作家和作家群的共同存在已成为过去,左翼文学从20世纪30年代产生到解放区文学不断发展壮大,在中华人民共和国成立后随着政权的确立也进一步成为文艺界唯一的主导力量。新中国建立后,新的文学体制逐步建立起来，包括文艺方针和政策的制定，作家的组织管理，文学作品的出版发行，文学批评的原则和规范的确立和实施等，它们共同构筑了新中国文学的时代规范。

第一次文代会的召开是文学转折的标志性事件。1949年7月2日到19日，来自解放区、国统区的文学艺术工作者在北平举行了第一次中华全国文学艺术工作者代表大会，参加会议的正式代表和被邀请的非正式代表共计824人，这次会议被看作是20世纪40年代不同政权下的文艺工作者的会师性大会，毛泽东、朱德、周恩来、董必武、陆定一等国家领导人参加了会议并发表讲话。这反映了国家政权对文学艺术之于国家建设的重要作用的高度重视。周恩来代表中共中央作了政治报告，报告强调了工农兵对于中国人民解放战争胜利的重要性。他们应该成为社会主义新文艺的表现对象。茅盾、周扬等文艺界领导人也作了更具针对性的报告。周扬对解放区贯彻毛泽东延安文艺座谈会讲话精神的文学成果进行了总结和肯定。1942年《在延安文艺座谈会上的讲话》（以下简称《讲话》）自其诞生起就被看作是左翼文化前进的指南针，而第一次文代会进一步明确地提出中华人民共和国成立后新的文艺方向仍然是进一步贯彻讲话精神。

文学转折并不意味着新中国文学是一个零的开始，它本是在多种文学传统背景下起步的，而从各种文学传统中汲取养分也是它发展的前提。同时，新中国文学对每一种文学资源的评价和接受也并非是一成不变的，而是带有浓厚的主观性和当下性，因此对这些传统资源的继承和吸收也是有选择、有轻重的。在对待"五四"文学传统的立场上，在处理"五四"文学传统和解放区文学传统的关系上，在借鉴苏联文学经验的态度上，实际上不同的人都有不同的理解。同时，按照现实的需要，主流文学对这些问题的态度也经历了一个变化的过程。①

---

① 高玉. 中国现当代文学史[M]. 杭州：浙江大学出版社，2013.

## 二、新民歌运动与文艺政策调整

（一）新民歌运动与"两结合"创作方法

反右派运动结束后，我国在经济建设领域出现了不切实际的"大跃进""共产风"。"左倾"错误严重地泛滥开来，反映在文学创作中，就是"新民歌运动"。

1957年冬，伴随着我国农村大规模兴修水利运动，出现了一些关于兴修水利的新民歌。这一现象为毛泽东所重视，1958年上半年，他曾几次强调要搜集民歌。1958年4月14日，《人民日报》发表《大规模地搜集全国民歌》的社论；作协、文联、民间文学研究会举行民歌座谈会，提出成立全国性民歌编选机构，统一规划，集体行动；各省、区、市先后发出通知，要求立即组织采风机构，把采风作为一项政治任务去完成。

新民歌运动带有明确的政治功利性、计划性、群众性，追求最大数量。开展新民歌运动期间，许多地方办"诗歌乡"，建设"诗歌村"；有文化的人都响应号召，参加新民歌的写作、搜集、整理。据统计，当时全国有8万多种民歌选本，发行数量达几千万册。[1]

（二）第三次文代会的召开

第三次文代会于1960年7月22日至8月13日在北京召开，出席代表2444人。这次文代会是在从反右派斗争以后"左倾"思潮逐渐发展的情况下召开的。会议期间，周恩来总理作了当前国内外形势的报告，陈毅副总理作了国际形势问题的报告，陆定一代表中共中央、国务院致祝词，周扬、茅盾分别作了题为《我国社会主义文学艺术的道路》《反映社会主义跃进的时代，推动社会主义时代的跃进》的报告。由于"左倾"思想的影响，大会不可能对

---

[1] 庄叔炎. 中国诗之最[M]. 北京：中国民主法制出版社，2016.

过去一个时期走过的道路进行实事求是的科学总结。相反，会议的基调仍是"大跃进""反右倾""反对现代修正主义"。报告对过去一个时期文学创作、理论批评中所表现的"左倾"思潮完全予以肯定或辩解，既全盘肯定了文艺界的反右派斗争，又肯定了文艺界对所谓"修正主义文艺思想"的批判。报告强调"两结合"是全新的创作方法，是我国社会主义文学"最好的创作方法"；在驳斥资产阶级人性论时，严厉批判胡风、冯雪峰、巴人和外国的"现代修正主义者"，认为"持续跃进"和继续开展对修正主义思想的斗争，仍是我国文艺界当前的一个重要任务。

（三）文艺政策调整的效果

经过一系列文艺政策的调整，文艺界开始形成了相对宽松的精神氛围，一定程度上促进了文学的发展。

此后在创作上出现了"百花齐放"，现实主义与真实性再度受到重视，陈翔鹤的《陶渊明写〈挽歌〉》《广陵散》，黄秋耘的《杜子美还家》《鲁亮侪摘印》，冯至的《白发生黑丝》等历史小说得以发表；杂文创作再度复苏，出现了第二次"振兴"，《人民日报》创办的《长短录》杂文专栏、《北京晚报》开辟的《燕山夜话》杂文专栏、《前线》开辟的《三家村札记》等，都在社会上引起强烈反响，受到广大读者的热烈欢迎；一系列反映人民内部矛盾、塑造"中间人物"的小说，如西戎的《赖大嫂》、唐克新的《沙桂英》、张庆田的《"老坚决"外传》等作品开始出现。[①]

在理论学术上，文艺界则打破了"一言堂"，展现了"百家争鸣"的气氛，对于许多被歪曲的学术理论问题，重新进行了建设性的探讨。这些都成了文艺政策调整后文艺思潮开始活跃回升的重要迹象和鲜明标志。

---

① 李明军，姑丽娜尔·吾甫力. 中国现当代文学[M]. 西安：陕西师范大学出版社，2010.

## 三、新中国文学的体制

意识形态的规范和管理是新中国社会主义建设的重要组成部分，文学艺术作为构成意识形态的重要力量受到了政府的高度重视。当代文学体制的建立和实施就是政府对于文学艺术领导、监督和控制的具体化，包括文学话语体系、文学运作方式以及管理、监督机制等的建立。

从第一次"文代会"到以后的各次"文代会"，"文学艺术的组织领导"的重要性一直被强调，中国文联和作协的管理、监督、组织功能关系到社会主义文化建设的成败。第一次"文代会"成立了全国性的文艺界组织——中华全国文学艺术界联合会，即"全国文联"（后改名为"中国文联"），通过了《中华全国文学艺术界联合会章程》，选举了"中华全国文学艺术界联合会全国委员会"以及属于文联管理的各种协会的负责人。"文代会"后，又陆续成立了下属于文联的各种协会，其中属于文学创作领域的就是中华全国文学工作者协会（后改名为"中国作协"）。20世纪五六十年代的文艺批判运动以及对重大的理论问题的讨论，都是由中国文联和中国作协领导的，其在对作家的监督、管理中，常以"决议"的方式对作家和事件作出政治裁决。

同时，中国文联和中国作协内都设有"党组"，并隶属于中宣部，也就是说，作家的创作受到党的直接领导，通过统一性的组织和管理机构以及规范化的章程和制度，新中国的文学体制逐步建立起来，它为国家和政党对作家及其创作的管理提供了保证。

在文学体制的建立中，报纸、期刊也是重要的文学组织形式，是党在文艺界行使其职能的重要媒介。报纸、期刊一方面对文学创作、交流活动有积极的协调作用，另一方面作为党的机关刊物，通过开展文学批评对政策导向和舆论宣传起到重要作用。

中国文联和中国作协的机关刊物中最重要的是《文艺报》和《人民文学》，它们的主编和编委通常是文艺界的高层领导人，不过，由于政治运动的频繁更迭，这些机关刊物的领导人也经常变更。

在文学体制的建立中，除了报纸、期刊外，"会议"也是重要的文学组织形式，它对当代文学的进程有着深刻的影响。有关文学的重要会议，是传达贯彻党的文艺方针政策、统一思想步调、布置当前任务、制定长远规划、矫枉纠偏的主要形式。当代文学会议具有浓厚的政治性，它是建构适应政权需要的文学秩序不可缺少的组织形式。对于文学格局的调整和转换具有重要作用。总而言之，领导管理机构、机关刊物、报纸以及文学会议等因素共同建构了当代文学的生态环境。

文学批评和文艺政策也是构成新中国文学体制的正要组成部分。

20世纪五六十年代的文学批评较少从文学的角度对作品进行批评、评价，更多发挥的是政治性的功能，文学批评没有独立的标准，政治话语规范即是文学的标准。

不仅如此，文学批评常常是政治运动的风向标和晴雨表。

20世纪五六十年代的文学批评活动是为政治服务的，它对意识形态话语的建构具有重要的作用。政治对文学批评的过分干预导致了文学批评的政治化和主观化，存在的问题主要表现为"一个阶级一个典型"，"一种生活一个题材"，"一个题材一个主题"。庸俗社会学的批评方法把作品中的艺术问题直接等同于作家的政治倾向和立场，在批评方式上随意"戴帽子""打棍子"，用词武断，粗暴，常常是断章取义、寻章摘句、咬文嚼字，或者莫须有地，就给作者按上了罪名。

不过，20世纪五六十年代的文学批评活动并不是完全单一化的。这是因为主流文学批评一方面要保证文学在政治上的正确性和稳定性，对小资产阶级思想进行清理和批判，另一方面也要保证文学对于政治宣传的有效性，对文学创作的公式化和概念化倾向进行纠正。因此，主流文学批评经常会在这之间进行调整，表现在不同的时期对这两方面各有侧重，而当环境允许时，这两方面之间存在的矛盾就会引起不同观点之间的交锋。中华人民共和国成立后的文学界就出现过三次大的文艺争鸣，第一次是50年代初期围绕胡风、阿垅、路翎等人的文艺思想展开的文艺论争；第二次是50年代中期"双百"时期围绕秦兆阳、陈涌、巴人、钱谷融、刘绍棠等人的文艺观点展开的论争；第三次是60年代初期围绕邵荃麟，李何林等人的文艺观点展开的论争。这说明文学批评的开展并非都能在规范和掌控之中，实践和理论之间总会出现各种各样的偏差。

同时，从事文学批评的理论家除了以周扬、邵荃麟、林默涵、张光年、冯雪峰等为代表的主流的意识形态化的文学批评之外，还有一些"非主流"的文学批评，主要是以胡风，路翎、秦兆阳、黄秋耘等为代表，他们文学批评的理论思想表现出不同于主导的文学观念的勇气和坚持。最后，还有以作家为主体的经验式文学批评，如茅盾、赵树理、孙犁、周立波等人的文学批评，他们的文学批评表现出对创作中的一些具体问题的重视。文学批评的这种分层也使得五六十年代的文学批评活动表现出并非单一化的面貌。

## 第二节 抒情散文和报告文学的创作

"十七年文学"散文创作的第一次高潮出现在中华人民共和国成立初期，其主要成就是以通讯报道为主的特写类散文大批涌现，它们以写人记事为主，追求"实录"的纪实风格。在表现内容上，特写类散文主要有两种题材，其中一种是反映抗美援朝的革命战争题材，报道中国人民志愿军的高尚品格和中朝两国人民血浓于水的深厚友谊，突出的作品有魏巍的《谁是最可爱的人》《依依惜别的深情》、刘白羽的《朝鲜在战火中前进》《英雄城——平壤》、巴金的《生活在英雄们的中间》《我们会见了彭德怀司令员》，以及集体创作的作品集《志愿军一日》《志愿军英雄传》《朝鲜通讯报告选》等。特写类散文的另一种题材是社会主义建设过程中不断涌现的在平凡岗位上做出不平凡成绩的人物群像，通过他们的精神风貌反映新旧对比和翻天覆地的变化，重要的作品有秦兆阳的《王永淮》《姚良成》《老羊工》、沙汀的《卢家秀》，柳青的《王家斌》，肖股的《"孟泰仓库"》，孙犁的《齐满花》，陆扬烈的《边老大》等。新中国成立标志着新时代的开端，是中华民族走向强大的前奏，书写社会主义"新人"及其崭新的精神风貌成为文学任务，力求做到"动人""有声有色"。

## 一、抒情散文创作

在20世纪60年代的散文"诗化"运动中,杨朔是颇具代表性的作家。在风格上,杨朔追求一种诗体散文,明确提出了"以诗为文"的艺术主张,他的散文有诗的意境,体现了作家深厚的古典文学修养,但同时又具有模式化倾向等缺陷。秦牧知识渊博、才华横溢,他的散文以思想性、知识性及趣味性见长,让人在轻松愉快的审美境界中悄然接受知识熏陶,可以说在散文领域独树一帜。刘白羽的散文生涯则与他本人的参战经历有很大关系,战地记者的身份使他成为展示型的散文家。

### (一)杨朔的散文

杨朔在中国现当代文坛上被誉为诗人型的散文家。

杨朔(1913—1968),原名杨毓瑨,字莹叔,山东蓬莱人。中国现当代著名作家、散文家。"九一八事变"后,开始选译美国作家赛珍珠描写中国的小说《大地》,并将之刊登于《大同日报》副刊。1937年初,被迫离开哈尔滨赴上海太古洋行工作,集资筹办"北雁书店"。1937年"七七事变"后投身抗战,与友人在武汉合资筹办文艺刊物《自由中国》和《光明周刊·战时号外》以唤醒民众。1938年辗转广州,写下处女作中篇小说《帕米尔高原的流脉》。1942年回延安参加文艺座谈会,先后发表《月黑夜》《大旗》《霜天》《麦子黄时》等短篇小说。1945年加入中国共产党,之后创作了反映矿工斗争和生活的中篇小说《红石山》和反映华北解放战争的中篇小说《北线》。

杨朔一生中著述甚丰,其中尤以散文最为突出。他先后发表了200多篇散文,除了以上提及的之外,结集出版的还有《潼关之夜》《美军是披着人皮的畜生》《万古青春》《铁骑兵》《鸭绿江南北》等。其散文结构严谨,布局精巧,语言精练、含蓄,富有诗意,其中尤以《荔枝蜜》《雪浪花》流传最广,备受人民喜爱。《雪浪花》本着一种"当诗一样写"的信念,借鉴了诗歌的艺术特性和表现手法,为我们塑造了一个人老心红、为民服务的普通大众形象。

# 第四章　新中国"十七年"时期的文学创作探析

杨朔的散文，一般是情节隽永但不复杂；篇幅简短，但经过作者的精心结构布局，却境界悠远，引人入胜。他借鉴了古典散文的表现手法，行文运笔，自然流畅，传神写照，风采飞扬。《海市》开头，描绘出一幅大自然的奇异风光，缥缈虚幻的海市，瞬息万变，奇妙迷人，令人神往。接下去写坐船寻海市。"寻"海市是这篇散文的脉络中枢。作者紧扣"寻"字，开掘生发，处处见"寻"。就文章的主旨而言，作者要尽情讴歌革命人民所创造的美好现实。这就是作者想"寻"并且"寻"到的"海市"。这才是真正令人神往迷恋的"海市"。作者在写"海上仙山"——长山列岛的奇美景物时，浓笔重墨，多方点染挥洒，终于顺理成章，水到渠成，"奇"在必然。

（二）秦牧的散文

秦牧在中国现当代文坛上被誉为学者型的散文家。

秦牧（1919—1992），原名林派光，又名林觉夫、林顽石。中国现当代著名文学家、散文家。1939年在韶关任《中山日报》副刊编辑时开始使用"秦牧"作笔名。新中国成立后，一直在广州工作，曾任广东省文联副主席、《羊城晚报》副总编辑等。秦牧一生创作了大量作品，短篇小说集《珍茜姑娘》，中短篇小说集《盛宴前的疯子演说》，中篇小说《贱货》《黄金海岸》，长篇小说《愤怒的海》，儿童文学集《在化装晚会上》《巨手》等，独幕话剧集《北京的祝福》，文论集《艺海拾贝》《语林采英》。

秦牧以散文创作见长，他的散文创作与中国社会发展相结合，作品充满时代精神，主张"在广泛学习的基础上，进行独特的创造"，先后结集出版的有《贝壳集》《星下集》《花城》《潮汐和船》《长河浪花集》《长街灯语》《晴窗晨笔》《北京漫笔》《秋林红果》等。

《社稷坛抒情》是一篇抒情散文，囊括了史学、哲学、文学乃至自然科学方面的诸多知识，人们读到这样的作品犹如徜徉在知识的海洋里，顿觉海阔天空。秦牧徘徊于社稷坛上，思接千载，视通万里，充分展开想象，将自己的爱国激情融合于思古幽情之中，抒发了自己对于泥土及生活其上的劳动者的深厚情感。作者以社稷坛为基点，展开遐想，放得开去，收得回来，充分地抒发了自己的爱国情感。作者浮想联翩，想起了古代的祭天祭地，想起了屈原，想起了土地的来历，想起了各个时代的农民，想起了五行的观念，想起了古代的诗人、思想家与志士，最后回到现实，发出了做今天的中国儿女是多么值得快慰的一件事的感叹。

秦牧的散文知识性很强，这与他本人的学识渊博与知识储备关系密切，他是一个博闻强记的人，"举凡天文、地理、人情、世态、山川、名物、文学、艺术，他都广为涉猎；历史、传说、典故、见闻、奇谈、趣事、异域异论，他都锐意搜求"。他将社会百科看似很随意地融入到散文之中，使人于不知不觉中获取了知识，同时又得到了审美快感。

秦牧的散文想象力非常丰富，但是这种联想总是紧密地围绕着一个中心，真正地达到了形散神不散的境界。如《土地》《花城》《社稷坛抒情》《红旗初卷英雄城》等都紧密围绕一个中心，即土地、花市、社稷坛、广州烈士陵园等具体展开想象，生发联想，情感洋洋洒洒又始终不离中心。[①]

秦牧的散文意境幽远，想象开阔。他的散文或叙事、或抒情，或言志、或说理，形象鲜明，格调清新，感情真挚，饶有新意。在《榕树的美髯》中，他从榕树繁茂的根须联想到美髯飘拂、稳重慈祥、饱经沧桑的老人，联想到一个人在群众和生活的土壤中扎根越深，就越能够吸取丰富的思想营养，使自己变得坚强而有力量；在《仙人掌》中，他从生命力特别顽强的仙人掌，联想到守卫海疆的战士怎样战胜风暴、饥渴，克服重重困难，表现出倔强的"仙人掌性格"。秦牧长于驾驭题材，围绕一个中心组织材料，收纵自如，"博而能一"。如《潮汐和船》，通篇紧紧围绕着"船"展开叙述，引用的材料无不与船有关。作者从渔船扬帆出海，追溯到古代航海家的艰险历程，然后又写到节日渔港的战况和他登上炮舰、乘鱼雷艇游弋海面时的壮阔胸怀等。这一连串有关船的故事的精彩叙述，把无生命的船写得活灵活现，形象生动。作者写船与大海、风暴的搏斗，是在热情赞美劳动人民的勇敢、智慧和力量；在行文章法上"笼天地于形内，挫万物于笔端"。[②]

---

[①] 李怡，干天全. 中国现当代文学[M]. 重庆：重庆大学出版社，2010.
[②] 党秀臣，习曼君. 中国现当代文学[M]. 北京：高等教育出版社，1994.

## 第四章　新中国"十七年"时期的文学创作探析

（三）刘白羽的散文

刘白羽在中国现当代文坛上被誉为战士型的散文家。

刘白羽（1916—2005），北京通州人。1936年3月在《文学》上发表第一篇小说《冰天》，走上文学道路。1940年左右奔赴延安，参加了1942年的"整风运动"并出席了延安文艺座谈会。参加了抗日战争、解放战争和抗美援朝，在战火中写下了优秀的文学篇章，通讯、报告文学和小说是其主要形式。1955年后，主要从事文化部门领导工作。[①]刘白羽是现代文学杰出的代表人物，著名的散文家、报告文学家及小说家，主要作品有：中短篇小说《无敌三勇士》《早晨六点钟》《政治委员》《火光在前》以及长篇小说《偷拳》《第二个太阳》《风风雨雨太平洋》等，其中长篇小说《第二个太阳》获第三届茅盾文学奖。他的散文影响力更大，1938年至1958年主要作品包括《八路军七将领》《游击中间》《延安生活》《光明照耀着沈阳》等通讯和特写；后期主要以散文为主，有《莫斯科访问记》《万炮轰金门》《早晨的太阳》《红玛瑙集》等，著名散文《日出》《长江三日》《灯火》《红玛瑙》《秋窗偶记》《樱花漫记》就收在《红玛瑙集》中。刘白羽对家乡有着深厚的情感，他将自己的全部手稿、成书、奖状、奖品、存书、照片、录音录像及字画都捐赠给了家乡。

刘白羽的散文在直接的革命斗争与战争中，积累直接经验及个体体验，将革命激情熔铸到散文创作之中。刘白羽的散文一般都是从亲身经历出发，抒写自己的真情实感，往往又将这种个人化的情感加以升华，使之达到一定的境界。刘白羽散文语言凝重华美、气势恢弘，营造了一种矫健、壮美的散文风格；同时，他又在散文中自然地嵌入一些著名诗句、民间谚语。此外，大量贴切、生动的语言及恰当的比喻也使他的散文增色不少。

---

① 张冉冉. 文学思潮. 探索中国现当代文学[M]. 长春：吉林出版集团股份有限公司，2018.

## 二、魏巍等人的报告文学

魏巍（1920—2008），原名魏鸿杰，曾用笔名红杨树。在1950年至1958年间三次赴朝实地采访，写作的文艺通讯集《谁是最可爱的人》产生广泛深远的影响，也确立了他在报告文学创作领域的地位。魏巍的报告文学作品之所以能产生强烈反响，取得如此巨大成就，是因为这些作品有着独特的审美追求。作者在《我怎样写〈谁是最可爱的人〉》一文中说："我能写出《谁是最可爱的人》，最基本的原因，是我们的战士的英雄气魄、英雄事迹，是这样的伟大，是这样的感人。而这一切，把我完全感动了。"

穆青（1921—2003），河南杞县人，报告文学代表作品有《雁翎队》《为了周总理的嘱托》（合作）、《县委书记的榜样——焦裕禄》（合作）等。创作于1966年2月的《县委书记的榜样——焦裕禄》是中国当代报告文学史上的经典名篇之一，曾产生过强烈而持久的影响。它报告了焦裕禄于1962年冬至1964年春在兰考的奋斗事迹，致力于描绘"毛泽东时代"的县委书记的代表——焦裕禄的形象，从正面热烈讴歌了焦裕禄极具特定时代特征的人格和精神。在作品中，作者巧妙地把人与事、情与理等许多复杂的人际关系处理的周密严谨，并没有回避当时的困难和矛盾，客观真实地反映了这一时期的社会现实情况。文章敢于触及现实生活中的重大矛盾，注重将典型人物的塑造与记叙、抒情、议论等创作手法有机结合，从而增强作品的感染力，引起人们的情感共鸣。[①]另外，一些如"榜样的力量是无穷的"等语言，闪耀着智慧和哲理的光辉，给人以深刻的印象，在以后的文学作品和日常生活中广泛地传播并一再被人们引用。

---

① 裴合作. 中国现当代文学[M]. 长春：吉林大学出版社，2009.

## 第三节 政治抒情诗和生活抒情诗并存

"十七年"时期诗歌创作过程中出现的两种最重要的诗体模式是叙事诗和政治抒情诗。从创作方法上来说,它们是现实主义和浪漫主义进一步强化的结果;从诗歌表现内容上来说,它们是一致的,那就是通过诗歌把国家具象为一个现代化强国的重要工具。叙事和抒情作为当代诗歌的两种重要表现维度,映射出文学与社会之间存在的互动关系。①

"十七年"时期叙事诗发展相当迅猛,掀起了创作热潮。20世纪40年代解放区的叙事诗有40来部,而这个时候却以倍数增长,仅长篇叙事诗就达到了100多部,其中为人们所熟知的有李季的《菊花石》《杨高传》(包括《五月端阳》《当红军的哥哥回来了》和《玉门儿女出征记》三部)、《向昆仑》,阮章竞的《白云鄂博交响诗》,闻捷的《复仇的火焰》(包括《动荡的年代》《叛乱的草原》和《觉醒的人们》三部,其中第三部未完),李冰的《赵巧儿》《刘胡兰》,艾青的《藏枪记》,郭小川的《白雪的赞歌》《深深的山谷》《一个和八个》《严厉的爱》《将军三部曲》(包括《月下》《雾中》《风前》三部),臧克家的《李大钊》,白桦的《鹰群》,韩起祥的《翻身记》等。

李季是"十七年"文学史上重要的叙事诗创作者之一,先后出版了《生活之歌》(1955)、《杨高传》(包括《五月端阳》《当红军的哥哥回来了》和《玉门儿女出征记》三部,1959—1960)、《海誓》(1961)、《剑歌》(1963)、《向昆仑》(1963)等作品。在题材内容的处理上,李季的作品反映的社会生活面之广可以说是超越了《王贵与李香香》,从土地革命、抗日战争、解放战

---

① 高玉. 中国现当代文学史[M]. 2版. 杭州:浙江大学出版社,2017.

争到社会主义建设，再现了波澜壮阔的历史画卷和时代风貌。《杨高传》把七言体民歌与大规模写人叙事的鼓词等民间说唱结合起来，不仅满足了群众喜闻乐见的要求，而且反映了波澜壮阔的生活画面[①]。

闻捷20世纪40年代随军到了新疆，这片充满异域情调的土地使闻捷找到了一条适合自己的艺术通道。《复仇的火焰》是闻捷长篇叙事诗的代表作，是我国新文学诗歌史上"另一种形式"的代表，具有创新之举。[②]

"十七年"时期另一重要的诗体模式是政治抒情诗，它是在20世纪五六十年代伴随着新中国文学制度化而出现的产物。"政治抒情诗"是"十七年文学"时期出现的一种重要诗歌类型，它以诗的形式抒写抒情主体——"集体（阶级）代言人"对革命历史、政治事件和政治斗争的讴歌与评说，传达诗人崇高的思想觉悟和激越的政治豪情，它常以铺陈的手法、分明的节奏和铿锵的声韵实现诗歌的政治鼓动和精神重塑功能，形成这一时期诗歌创作风尚，聚集了一批诗人。可以说，"十七年文学"时期几乎所有的诗人，都受到这一风尚的影响，并以自己多寡不一的创作参与到"政治抒情"的潮流中。

政治抒情诗具有明确的思想规范和艺术取向，它以政治性来突出和强调意识形态，要求文艺为政治服务，反映时代的宏大主题，歌颂社会主义新生活，情感表达激越豪迈，语言表现汪洋恣肆。贺敬之和郭小川是"十七年"时期政治抒情诗的主要代表作家，人们经常将两人相提并论。

郭小川（1919—1976），1955年发表《致青年公民》组诗，1957年后，郭小川在诗艺方面开始了大胆的探索，在诗歌题材和形式方面也进行了新的尝试，先后创作了《深深的山谷》《白雪的赞歌》《一个和八个》等叙事长诗和《致大海》《望星空》等抒情诗。20世纪60年代初期，接连发表了《厦门风姿》《乡村大道》《林区三唱》《甘蔗林——青纱帐》等脍炙人口的诗篇。

郭小川是我国当代著名的"战士诗人"，他的诗作具有鲜明的政治倾向性和强烈的时代精神。他站在时代的前列，深入生活的激流，努力发掘社会

---

① 高玉. 中国现当代文学史[M]. 杭州：浙江大学出版社，2013.
② 同上。

时代先进人物的内心世界，并从中表现出诗人自己独特的个性：坦率、真诚、热烈、无私无畏、光明磊落。①

贺敬之的诗作大致分为两类，一类是比较短小的抒情短诗，即从现实生活的具体情景出发，突出表现诗人真切的生活感受和真挚情感，如《回延安》《桂林山水歌》《三门峡歌》《又回南泥湾》等；另一类是篇幅较长的政治抒情诗，主要有《放声歌唱》《东风万里》《十年颂歌》《雷锋之歌》《西去列车的窗口》，以及20世纪70年代末的《中国的十月》《八一之歌》等，大都收入《放歌集》和《贺敬之诗选》中。这类作品是贺敬之诗歌创作最主要的部分，代表了诗人新中国后诗歌创作的主要成就，集中体现了他诗歌创作的艺术个性，并对当代政治抒情诗的发展产生重大的影响，特别是20世纪50年代的《放声歌唱》和60年代的《雷锋之歌》。政治抒情诗《雷锋之歌》代表了贺敬之政治抒情诗的最高成就，同时也是中国当代诗苑的一个重要收获。

## 第四节　不同题材的小说创作

"十七年文学"的小说题材决定论比任何一个时期都突出，评判一部作品的好坏不再单纯取决于作家体验社会生活的真实性和深刻性，也不完全依据作品艺术水平的高低，更多时候是以选择什么样的题材来决定优劣。在题材问题讨论中，那些可以作为"材料"的社会生活和现象的某些方面，才是决定性的因素，作家"体验生活"由此成为司空见惯的现象。

"十七年文学"小说的创作题材总的来说呈现"绝非一格"②的多元化特

---

① 裴合作. 中国现当代文学[M]. 长春：吉林大学出版社，2009.
② 茅盾. 反映社会主义跃进的时代，推动社会主义时代的跃进[A]. 争取社会主义文学的更大繁荣[C]. 北京：作家出版社，1960：23.

征，题材分类的意识和概念早已经是不争的事实，例如，革命历史题材、农村题材、工业题材、知识分子题材、边疆和少数民族题材等。总的来说，不同的题材在各自领域都有着不同寻常的表现，它们受到的评价和待遇命运截然不同。

## 一、革命历史题材长篇小说

在"十七年文学"的创作中，长篇小说一开始就出现了蓬勃发展的局面。以描写革命历史题材为主的长篇小说居于显著地位。这是为我国革命历史以及许多作家所走过的生活道路所决定的。描写革命历史题材的小说大体上可分为四类。第一类是战争题材，包括革命战争史诗和革命英雄传奇。描写革命战争史诗性作品主要有柳青的《铜墙铁壁》，杜鹏程的《保卫延安》，吴强的《红日》，李英儒的《战斗在滹沱河上》，杨朔的《三千里江山》，陆国柱的《上甘岭》等。具有革命英雄传奇特点的小说主要有知侠的《铁道游击队》，刘流的《烈火金刚》，冯志的《敌后武工队》，曲波的《林海雪原》等。第二类是表现农民革命斗争题材，主要有梁斌的《红旗谱》，孙犁的《风云初记》等。第三类是表现知识分子成长历程的小说，主要有杨述的《青春之歌》，欧阳山的《三家巷》等。第四类是表现革命烈士英雄事迹的小说，主要有罗广斌、杨益言的《红岩》。

杜鹏程（1921—1991），作品有长篇小说《保卫延安》、中篇小说《在和平的日子里》等。《保卫延安》取材于1947年3月至9月的延安保卫战，是一部人民战争的英雄史诗，是中国当代文学史上一部具有开拓意义的军事文学作品。[①]作为一部史诗性的著作，《保卫延安》气势雄浑，笔力遒劲豪放，总体上体现出金戈铁马般的豪迈气象，既有对一个连队具体的、纪实性的描述，又能高屋建瓴、鸟瞰全局、多层次多侧面地反映了其他战场胜利进军的信息，进一步扩大了读者的视野，深化了小说的思想内容。总之，挺拔的笔

---

① 裴合作. 中国现当代文学[M]. 长春：吉林大学出版社，2009.

## 第四章 新中国"十七年"时期的文学创作探析

力、粗犷的艺术风格、激情洋溢的战斗激情,使全书构成一种排山倒海的磅礴气势。《保卫延安》在当代长篇小说的起步和开创期发挥了特殊的启动和奠基作用。[①]

梁斌(1914—1996),1935年发表了描写高蠡暴动的第一篇小说《夜之交流》。主要作品为多卷本长篇小说《红旗谱》,出版后反响强烈,后被改编为话剧和电影,译成外文出版,以后还陆续出版了小说的第二部《播火记》和第三部《烽烟图》,还出版了长篇小说《翻身记事》等作品。

长篇小说《红旗谱》是梁斌的代表作,这是一部反映农民革命斗争的史诗性作品,具有鲜明的民族风格。小说以1927年大革命失败前后为背景,通过描写冀中平原锁井镇农民朱老忠、严志和两家三代人和地主冯兰池一家两代人的斗争史、生活史,记录了20世纪初开始的革命农民的三代英雄谱系,从历史的高度概括了大革命前后中国北方乡村和都市的阶级斗争和革命运动面貌,集中地表现了中国农民传统的反抗斗争精神。《红旗谱》最为突出的成就是以磅礴的气势、豪迈的风格塑造了一系列农民英雄形象和其他类型的人物。如朱老巩、朱老忠、严志和、江涛、运涛、春兰、贾湘农、冯兰池、冯贵堂等。尤其是成功地塑造了朱老忠这一革命农民的典型形象。[②]

杨沫(1914—1995),当代女作家。原名杨成业,又名杨君默、杨默,祖籍湖南湘阴,出生于北京。早年在北京读书,1931年初中毕业后,因家道中落而失学,被迫离家独立谋生,先后当过小学教师、家庭教师和书店店员,并且曾在北京大学旁听。1936年加入中国共产党。抗日战争爆发后,她参加了冀中地区抗日游击战争,做过妇女工作。全国解放后,曾任《人民日报》编辑,后转北京市妇联任宣传部长。1963年转为北京市作协专业作家,任北京市作协副主席、中国作协理事。著有短篇小说集《红红的山丹丹花》,中篇小说《苇塘纪事》,长篇小说《青春之歌》《东方欲晓》《芳菲之歌》等。

《青春之歌》创作于1951年,成稿于1957年,发表于1958年,是杨沫的代表作,也是我国当代文学史上第一部塑造革命知识分子形象的长篇小说。

---

① 叶向东. 中国现当代文学[M]. 昆明:云南大学出版社,1997.
② 刘文田. 当代中国文学史[M]. 保定:河北大学出版社,1991.

《青春之歌》最大的特点在于以广阔的视野，在壮阔浩大的历史背景上，塑造了一群有血有肉、饱满充实的知识分子形象。林道静是作者着力刻画的主人公，作品真实而生动地描写了林道静怎样觉醒、成长，以至成为一名坚强的革命者的历程。《青春之歌》运用了中国传统小说纵深式的写法，结构是单线发展，富有层次感；节奏张弛有序，严谨而完整；线索曲折繁复但清晰可辨，涉及的人物、事件和场景繁多，囊括了广阔的社会生活，但始终以林道静等知识青年的成长过程作为贯穿作品的主线，构成一个有机统一的艺术整体。作品的语言流畅简洁，笔调细致热情，叙述文字真切自然。

曲波的《林海雪原》是革命英雄传奇作品中的优秀代表，它通过解放战争时期我军一支36人的小分队在东北剿匪的故事，塑造了杨子荣、少剑波等具有传奇色彩的英雄人物形象，讴歌了人民解放军战士可歌可泣的英勇斗争。这部小说融合了中国军事题材小说和革命新传奇的优点，不仅可读性强，而且有较高的艺术品位。它的出现显示了中国当代小说中高雅文学与通俗文学相结合的发展趋向。

欧阳山的《三家巷》以20世纪20年代发生在中国的一系列历史事件为背景，以广州一条小巷为切入点，以知识分子周炳的生活道路为主线，描写了三个家庭的历史变迁。通过描写他们的日常生活，以及彼此间构成的各种错综复杂的关系和情感纠葛，反映出当时阶级力量的消长和时代风云的变幻。

罗广斌、杨益言合写的《红岩》描写的是一场特殊情况下的特殊斗争。1948年至1949年间，在解放战争即将取得胜利的时候，重庆中美合作所白公馆、渣滓洞集中营里，身陷囹圄的共产党人同穷途末路的敌人展开了殊死的搏斗。小说塑造了许云峰、江姐等革命英烈的光辉形象。《红岩》是一部用鲜血凝成的悲壮史诗，是一曲共产党人的正气歌，堪称一部对青年一代进行共产主义教育的教科书。小说于1962年12月问世后，在社会上产生了强烈反响，先后印行20多次，发行量近千万册，至今在读者中仍具有深远影响。

## 二、农村题材长篇小说

1949年中华人民共和国成立，历史翻开了崭新的一页，文学也进入了新

## 第四章　新中国"十七年"时期的文学创作探析

的征程，作为中国社会主义革命事业的有机组成部分，文学需要为刚刚与旧世界彻底决裂的人民群众提供可理解、可感觉的艺术形象，使人们可以进入具有自然性的历史叙述之中，以安抚人们在社会主义革命探索时期的精神焦虑。

在"十七年"时期的小说创作中，题材的选取是优先考虑的问题之一，以"社会群体的政治生活"为依据，文学界逐渐形成了诸如工业题材、农村题材、革命历史题材等特定的题材分类概念。在这些不同的题材类别中，农村题材小说无论是在作品数量上，还是在质量上都高居榜首，成为新中国文学的主潮。农村题材小说之所以能在中华人民共和国成立后迅速崛起，一方面是得益于对五四新文学中的"乡土文学"传统的延续，另一方面则是得益于作家们长期生活、工作在农村所积累的丰富情感经验和实践经验，更重要的还是得益于当时的文学界对农村题材小说的重视。

在"十七年"期间以农村生活为主要创作题材的作家有赵树理、马烽、西戎、柳青、王汶石、周立波、沙汀、刘澍德、陈残云、谢璞、秦兆阳、康濯、李准、浩然等。除周立波、沙汀、刘澍德、陈残云、谢璞等少数作家主要从南方农村取材外，大多数作家主要还是从北方农村取材，其中山西和陕西的两大作家群体最具特色和实力。

赵树理、马烽、西戎、孙谦、束为、胡正等作家的小说，主要取材于山西农村。这些作家一生中的大部分时间是在山西度过的，他们不但熟悉那里的风俗习惯和人情事理，而且经常能接触到生活底层，他们能够在小说中自觉地将地域性与农民性有机地结合起来。同时，这些山西作家紧紧围绕农村的现实问题来进行创作，不仅以反映农村现实为目的，而且以对现实具有指导意义为目的。另外，在艺术上，他们始终坚持把农村读者作为主要的接受对象，追求小说的平民化、大众化，注重对古典小说、民间说书、地方戏曲等民间艺术形式的改造吸收，加强了小说情节的故事性和语言的通俗性。鉴于赵树理等作家在创作上的上述共通点，后来的评论界陆续有人用"山西作家群""山药蛋派"等称谓来命名他们。

柳青（1916—1978），20世纪50年代初来到陕西省长安县工作，随后便扎根在长安县皇甫村。在皇甫村的这段时间，柳青除了写有散文特写集《皇甫村三年》、中篇小说《狠透铁》和为数不多的短篇小说外，还完成了多卷本长篇小说《创业史》第一部，以及第二部的部分创作。《创业史》被认为是代表"十七年文学"最高创作水平的作品之一。小说《创业史》第一部发表后，赞誉之声接踵而来，当时的评论界从作品内容的广阔性和思想主题的深刻性出发给《创业史》以充分肯定。从历史的广阔性来讲，小说反映的不仅仅是20世纪50年代农民的"创业史"，也间接反映了旧中国农民历经几代的"创业史"。尤其对广大贫下中农而言，旧中国的"创业史"也就等于他们的"辛酸血泪史"。柳青非常注重在错综复杂的矛盾中塑造人物，小说中的梁生宝要面对的不仅仅是来自"三大能人"姚士杰、郭世富、郭振山的挑战，还有父亲梁三老汉的冷嘲热讽和部分村民的不理解。但在复杂困难的现实面前，梁生宝依然坚决拥护党的路线方针，积极投入农业合作化运动，以带领全村实现"共同富裕"为己任。在活跃借贷，买、分稻种，进山砍竹等一系列事件中，梁生宝成功地打败"三大能人"，赢得了父亲和村民的支持。梁生宝是一种新的社会制度条件下的英雄典型，当时的文学批评界几乎都把梁生宝形象的成功塑造，作为《创业史》取得的标志性成就之一。[①]

周立波（1908—1979），出生于湖南益阳。20世纪40年代后期，周立波完成了他文学生涯中最重要的作品之一《暴风骤雨》的创作。这部描写东北解放区土地改革的长篇小说和丁玲的《太阳照在桑干河上》一起获得了1951年的斯大林文学奖。1955年，周立波返回湖南老家，开始酝酿新的创作。1958年，他的长篇小说《山乡巨变》出版。《山乡巨变》并不是在全力阐释合作化运动发展的客观规律，而是把农业合作化视为推动农村风俗变迁的历史动因，着眼于农村世态人情在这一动因驱动下的转变，辅以优美的自然风光描绘和朴素的民间文化展示。这种生活的美感，既提升了小说的意境，也在一定的程度上冲淡了阶级斗争的严酷性和阶级矛盾的尖锐性。此外，周立波对这些老农身上积淀了几千年的土地私有观念也显得比较宽容，比较真实地传达了这些"中间人物"从"土改"得地到"入社"交地的心理挣扎。

浩然（1932—2008），1957年开始构思长篇小说《艳阳天》，1966年三卷本全部完成。《艳阳天》着力描写的是麦收前后京郊东山坞农业生产合作

---

① 高玉. 中国现当代文学史[M]. 杭州：浙江大学出版社，2013.

社围绕分红、闹粮、退社、残害小石头等事件进行的激烈斗争，成功地塑造了东山坞党支部书记萧长春的英雄形象及围绕在他周围的一大批坚持走社会主义道路的积极分子。通过对不同人物复杂内心世界的剖析，表明对农民进行社会主义教育具有长期性和艰巨性的特点。《艳阳天》人物众多，线索清晰，简洁流畅的"京味"语言更使小说带上了浓郁的地方色彩。但它的严重不足在于作者把一定范围内存在的阶级斗争扩大化和绝对化，造成文学对生活反映的失实，削弱了作品的思想深度。[①]

## 三、"十七年"短篇小说

孙犁是横跨现当代的著名作家。新中国成立后，孙犁笔耕不辍，涉及小说、散文、新诗、文艺理论等领域。"十七年"时期代表性作品主要有长篇小说《风云初记》，中篇小说《铁木前传》，短篇小说集《白洋淀纪事》等。

《白洋淀纪事》是一本小说和散文的合集，但读者有时很难在孙犁的作品中区别开这两类作品的不同题材。这正是他的一个创作特色，即不过多注重故事情节的铺叙和完整性，而侧重于对生活画面的描绘及人物性格的刻画。《正月》描绘了一位母亲和女儿商量终身大事的场面和对话，以朴素的语言和含蓄的描写表现了劳动人民可贵的品德。孙犁在以现实主义手法表现生活的基础上，往往运用一些浪漫主义的手法，使作品洋溢着浓郁的诗情画意，这是他创作的又一特色。

《山地回忆》是以第一人称回忆往背战斗生活中建立的"军民鱼水情"的故事。作品通过"织布"与"买布"，农村少女给子弟兵"送袜子"与为新中国"做国旗"等生活细节，反映了农民在新旧两个时代崇高的情操，通过诗一般的场面描写和强烈的抒情格调，歌颂了军民的鱼水深情，展示了时代发展的历史进程。孙犁小说的语言艺术也有较高的成就，他从民族语言中汲取有益的营养，形成了朴素、明快、洗练的特点。

---

① 顾圣皓. 二十世纪中国文学[M]. 郑州：河南人民出版社，1994.

李准（1928—　），原名木华梨，河南孟津人，蒙古族。自从1953年11月发表了成名作《不能走那条路》之后，便从事专业创作。1960年先后发表《李双双小传》和《耕耘记》，创作风格渐趋成熟。新时期以来，又发表了《芒果》《王结实》等短篇小说和长篇小说《黄河东流去》。除写小说外，李准还创作或改编有电影文学剧本《老兵新传》《李双双》《耕云播雨》《龙马精神》《牧马人》《高山下的花环》等。

　　20世纪40年代与西戎合作《吕梁英雄传》而成名的马烽，新中国成立后主要致力于反映农村生活的短篇小说创作，也是"山药蛋派"的代表之一。同李准一样，马烽也擅长描写农村中的新人新事，表现社会主义新农村的可喜变化。马烽还擅长描写落后农民的转变，在那些活灵活现的人物身上，体现了社会主义教育的巨大威力。其主要作品有短篇小说集《村仇》《太阳刚刚出山》《我的第一个上级》等。1959年发表的短篇小说《我的第一个上级》是马烽这一时期的代表作，标志着他小说创作的新发展。

　　茹志鹃（1925—1998），曾用笔名阿如、初旭，祖籍浙江杭州。1955年从南京军区转业到上海，在《文艺月报》做编辑。1960年起从事专业文学创作。曾任中国作协会员、中国作协上海分会理事、《上海文学》编委。茹志鹃以短篇小说见长，笔调清新，情节单纯，尤其是在细节的构思上细腻传神。她的许多作品如《百合花》《静静的产院》《如愿》等受到过茅盾、冰心等老一辈作家的好评。《百合花》是茹志鹃反映战争生活的作品中最优秀的代表。它以1946年人民解放战争为背景，深情地描写了前沿包扎所里的小通讯员与新媳妇两个人围绕着被子事件而展开的一段动人故事，着力刻画了通讯员、新媳妇这两个普通人形象，歌颂了革命队伍中人与人之间的美好情感，表现了军民团结一心的主题。

　　百合花在作品中有深刻寓意。作者以它命名作品，又曾三处提到新被子上的百合花，其韵味是深长的：百合花既是通讯员和新媳妇优美情感的映衬，又是革命战士与人民群众鱼水情深的一种美好象征。《百合花》中作者把那条百合花被子作为联系小通讯员与新媳妇情感的纽带，逐层揭开他们美好的内心世界。她的艺术风格就像是"一朵纯洁的百合花"，雅致清纯，韵味悠长。

　　在以描写革命历史斗争生活见长的作家中，除茹志鹃之外，还有峻青、

## 第四章 新中国"十七年"时期的文学创作探析

王愿坚。峻青善于在尖锐、剧烈的矛盾冲突中,在生死离别的关键时刻,充分地刻画人物的性格,使他们在严峻的斗争中放射出璀璨夺目的光辉。主要作品有短篇小说集《黎明的河边》《最后的报告》《海燕》等。《黎明的河边》是峻青的代表作。王愿坚在艺术风格上与峻青较为接近,但他不同于峻青的悲壮色彩,而是努力表现革命者的"人情美"和"人性美"。王愿坚的小说具有短而精的特色。他在描绘革命者的斗争生活和精神品质时,并不注重广度的描写,而着力于深度的开掘和刻画。在艺术构思方面,他总是很少考虑对事件始末和人物性格形成、发展过程的铺叙,而是全力捕捉人物性格或战斗生活中那些最为闪光的东西,甚至只摄取最能体现人物风貌的最动人、最光彩的瞬间情景。其主要代表作有《党费》《七根火柴》《粮食的故事》等。

王蒙1934年出生于北京。20世纪40年代末在北平读中学时,参加了中共组织的学生运动。50年代前期他在北京从事青年团工作。1956年以一篇"干预生活"的小说《组织部新来的年轻人》而引起轰动,也因此而在反右派运动中成为右派分子,被遣送京郊劳动改造。60年代初在北京师范大学任教。1963年,主动举家赴新疆工作。1978年调回北京,曾任《人民文学》主编、文化部部长等职务。主要作品集有《冬雨》《深的湖》等,长篇小说有《青春万岁》《活动变人形》、"季节系列"等,选集和文集有《王蒙小说报告文学选》《王蒙文集》(1-10卷)。[①]

《组织部新来的年轻人》是王蒙的成名作。作者通过青年党务工作者林震的观察和思考反映现代化建设中出现的问题,揭露出现代化建设中的主要障碍是思想僵化和官僚主义,属于大胆干预生活小说潮流中的杰作。

小说在对比中塑造了刘世吾、韩常新、林震三个主要人物,其中刘世吾的性格最复杂,塑造得也最为丰满。组织部第一副部长的刘世吾,有一定的革命经历,有能力,有经验,有魄力,但由于环境和条件的变化,他逐渐"疲倦了",丧失了革命热情,变得麻木不仁,听之任之,有着严重的官僚主义倾向。他一再说"就是那么回事",这句口头禅表现了他身上害有一种与时代格格不入的可怕的"冷漠症"。但作者并没有把这一人物简单化,更没

---

① 裴合作. 中国现当代文学[M]. 长春:吉林大学出版社,2009.

有将他写成概念化的"反面人物"。刘世吾是一个具有复杂的矛盾性格的人物，他有较强的工作能力，对下属干部情况也"了如指掌"，当读一本好小说时，他"梦想一种单纯的、美妙的、透明的生活"。但他的缺点"散布在咱们工作的成绩里边，就像灰尘散布在美好的空气中"。这一形象在当时的历史条件下，具有一定振聋发聩的作用。

除了王蒙之外，其他作家也从不同的角度揭露社会上的种种弊端。如耿简的《爬在旗杆上的人》、白危的《被围困的农庄主席》、李国文的《改选》、刘绍棠的《田野落霞》、李准的《灰色的帆蓬》、南丁的《科长》等都是影响一时的大胆"干预生活"的作品。

爱情是一个敏感的题材。通过对爱情的真实描绘，从人物的心灵深处展现出人们的道德情操，是引人深思的。在这方面，邓友梅的《在悬崖上》、陆文夫的《小巷深处》、宗璞的《红豆》等作品做出了可贵的探索。

## 第五节　现实题材戏剧和历史题材戏剧的创作

### 一、现实剧艺术的普遍下滑

这一时期，现实题材戏剧创作的艺术水平有所下滑，代表作者主要是老舍。老舍早年以小说著名，中年小说、杂文剧本兼有，自20世纪50年代以来，老舍以歌颂新社会为总主题，将主要精力投入话剧创作，17年间共创作14部话剧，包括《方珍珠》《龙须沟》《生日》《春华秋实》《青年突击队》《西望长安》《茶馆》《红大院》《女店员》《全家福》《宝船》《荷珠配》《神拳》以及《火车上的威风》。此外，还创作改编有《十五贯》等京剧，以及曲剧、歌舞剧、歌剧、儿童歌剧、话剧译作，被称为文艺界的"劳动模范"，但这些直接反映社会现实的作品，艺术水平并不平衡，大多因为离政治运动太近，影响了作品的艺术力量。1962年老舍曾沉痛地说："在我的最失败的

## 第四章 新中国"十七年"时期的文学创作探析

戏《青年突击队》里,我叫男女工人都说了不少话,可是似乎一共没有几句话是足以感动听众的。"在当时,这几乎是一个普遍的现象。

20世纪五六十年代,老舍以极高的热情投入创作。当他写的内容和他的生活感受契合时,其剧作就焕发出夺目的光彩。《龙须沟》,尤其是《茶馆》,被普遍认为是20世纪五六十年代话剧的杰作,也是京味话剧的代表作。在题材上,老舍的话剧多以北京的胡同、茶馆、大杂院等充满民俗风情的地点为具体场景,描写北京人的遭遇、命运和变化,以此反映整个中国的时代历史变迁。例如,《茶馆》第一幕,在热气蒸腾、人声鼎沸中,有人独坐,自斟自饮,有人摇头晃脑,拍板低唱,有人下棋,有人欣赏瓦罐里的蟋蟀,唐铁嘴拉着人算命,刘麻子贩卖人口,常四爷、松二爷遛完了鸟来此泡一碗自带的茶叶,悠闲自在,秦二爷趾高气扬,目中无人;打群架的在这里说和了事,卖儿卖女的苦不堪言;而掌柜的王利发周旋于各色人等之间,四方讨好,八面玲珑,以维持买卖。一幅在特定环境中的北京风俗画呈现在观众面前。浓郁的北京风情又是通过京味语言表现出来的。《茶馆》第三幕,王利发对明师傅等几位熟人说:"哥们儿,对不起啊,茶钱先付!"明师傅说:"没错儿,老哥哥!"王利发感叹:"哎!'茶钱先付',说着都烫嘴!"茶馆历来先喝茶后付钱,此时迫不得已,先收钱。"烫嘴"这北京方言活脱脱地表现了王利发在熟人面前既不好意思又不得不如此的尴尬状态。

《龙须沟》它将居住在沟边4户人家新中国成立前后的生活与精神面貌的变化与龙须沟的由臭变清相映照,反映了时代的变化,歌颂了中国共产党和人民政府。三幕话剧《茶馆》通过裕泰大茶馆在戊戌变法失败后的晚清末年、袁世凯死后军阀混战的民国初年、抗战胜利后混乱腐败的民国末年三个时期的变化,用冷眼观世界,将热问题冷处理,用客观冷峻的文笔深刻描绘中国近代社会五十年来的动荡变迁。[1]

---

[1] 胡星亮. 当代中外比较戏剧史论1949—2000[M]. 北京:人民出版社,2009.

## 二、历史题材戏剧的创作

自从新文学以来一直困扰历史剧作家的问题在高度一体化的当代文坛还是没有得到圆满解决。历史剧创作大讨论极大地促使作家通过文学作品来表达和阐述他们的观点,从而掀起了历史剧创作的热潮。①

### (一)郭沫若的《蔡文姬》

《蔡文姬》是郭沫若创作的五幕历史剧,发表于《收获》1959年第3期。郭沫若(1892—1978),原名郭开贞,字鼎堂,号尚武,四川乐山人,汉族。我国现代著名的文学家、诗人、剧作家、考古学家、思想家、古文字学家、历史学家、书法家。幼入私塾,1906年入嘉定高等学堂,1914年春赴日本留学,受过泰戈尔、歌德、莎士比亚等人的影响。《凤凰涅槃》《地球,我的母亲》《炉中煤》是其著名的诗作,代表诗集《女神》反映了"五四"新时代精神,开拓了一代新诗风。著有历史剧《王昭君》《屈原》《虎符》《孔雀胆》《高渐离》《武则天》等,其中《武则天》是历史翻案性质的话剧创作,在郭沫若笔下,武则天是一个有远大志向、知人善任而又充满人情味的开明君主。郭沫若从对现实政治问题的思考出发,从历史卷册中寻找适当的人物和事件作为表达的喷发口,这是郭沫若历史剧构思的共同特点,用他自己的话说就是"借古人的骸骨来,另行吹嘘些生命进去"。②

历史剧《蔡文姬》则以"文姬归汉"为题材,描写东汉著名学者蔡邕的女儿蔡文姬精于音律、书法超妙、才华横溢,因天下大乱,被迫入匈奴为左贤王妃,在胡十二年,生儿育女,后被曹操用重金赎回的故事(在国与家之间,文姬作出痛苦选择毅然决定归汉)。剧作一反文学史中曹操作为一代奸雄的形象,刻意描绘出了诗人曹操惜才爱才、知错就改的一面,同时又刻意渲染了曹操风趣幽默、威严而不乏温情的一面。以往评论家认为《蔡文姬》

---

① 高玉. 中国现当代文学史[M]. 杭州:浙江大学出版社,2013.
② 柯岩. 古今中外文学名篇拔萃(中国散文卷)[M]. 青岛:青岛出版社,2012.

## 第四章 新中国"十七年"时期的文学创作探析

是"替曹操翻案",看来不无道理。

全剧分五幕:第一幕和第二幕,写曹丞相派董祀和周近两个专使去匈奴接蔡文姬。第三幕,浓墨重彩写蔡文姬的感情世界。第四幕和第五幕,是正面刻画曹操的重场戏。剧本以文姬归汉为主题,为我们刻画了一位才华横溢的女性和一个为了著书大业而抛夫别子的母亲形象,将她的才、苦、悲融入剧作之中,让读者深切地感到在当时的历史条件下一位女性的不幸命运。剧本在刻画一个在国与家之间做出痛苦抉择的女性的同时,将历史中一代奸雄曹操的形象彻底颠覆,为我们展现了这个善用谋略、多才多艺、生性多疑、好用诈术的枭雄的另一面。如着力刻画他的知错就改,从善如流,如他在偏信了周近的谗言而几乎误杀董祀的情况下,听了文姬和侍琴、侍书的道白之后迅速作出了改正。同时还刻画了温情体贴的另一面。如在文姬归汉八年后,曹操将文姬的一对儿女领到文姬面前,说给她带来了最宝贵的礼物,旋即又非常知趣地叫走了自己的夫人,给文姬母子及董中郎留下了一个倾诉情感的私人空间。

在《蔡文姬》中,蔡文姬被塑造成一个美丽端庄、饱经忧患、情感丰富、深明大义、才华出众的爱国女性。汉末,她流落在兵荒马乱中,被南匈奴左贤王所救,并结为夫妇,生下一儿一女,家庭幸福美满,但她无时无刻不思念故土和父亲蔡邕。戏剧一开始就安排了曹操派董祀和周近以重金厚礼赎蔡文姬归汉,使文姬在去与留的抉择面前陷入剧烈的内心冲突中。归汉,是她在匈奴的12年中无法割舍的情结,然而一旦有了可能,她又必须抛夫离子。这两难的处境让她"肝肠搅碎",无法解脱。此后,剧作始终围绕亲情与爱国之情的激烈冲突,展示这个人物丰富而复杂的内心世界。归汉途中,她怀念女儿,忧心如焚,寝食难安。那长篇的独白和在父亲墓前的大段倾诉,淋漓尽致地表现了她面对激变时的精神状态。在董祀的劝导下,她的感情一步步变化。回汉以后,受"太平盛世"的感化和曹操的影响,心灵创伤痊愈,精神大振,秉承父业,施展才华。

与蔡文姬相比,作品中的曹操形象略显单薄。作者内心是极力赞赏和推崇这个具有雄才大略的历史时代新纪元的开拓者的,因此他充满浪漫激情,以昂扬的笔致改写这个人物,以此呼应时代精神特征。郭沫若把曹操塑造成一个具有雄才大略、远见卓识的政治家,一个胸襟坦荡、知错能改的贤明丞相,一个"雅性节俭,不好华丽"、诙谐风趣、博学多才的诗人。但是由于这个人物在剧中出现太晚,其文韬武略全靠别的人物叙述出来,且对其为人及时代的处理过分理想化,因而这个人物形象不及蔡文姬丰满感人。

(二)田汉的《关汉卿》

田汉(1898—1968),中国话剧运动的创始人和奠基者之一,1920年开始改编一些传统戏曲,留下了《获虎之夜》《名优之死》《南归》《芦沟桥》《最后的胜利》《秋声赋》《丽人行》《关汉卿》《文成公主》等著名话剧。他还是中华人民共和国国歌《义勇军进行曲》的词作者。

田汉在当代继续从事他的戏剧探索之旅,主要创作出了《关汉卿》《文成公主》《白蛇传》《西厢记》《谢瑶环》等历史题材作品,后面三部为戏曲,主要以改编为主。历史记载的关于关汉卿的资料少之又少。《关汉卿》却是田汉以严谨的态度创作出来的现实主义杰作。创作过程中,田汉另辟蹊径从关汉卿传世的十八种剧作和七十多首散曲中寻找有关他的性格和精神,推测他的生平和为人。田汉在阅读《不伏老》这首曲子时发现了能最好概括关汉卿性格的句子:"我却是个蒸不烂,煮不熟,捶不扁,炒不爆,响当当的一粒铜豌豆。"从而刻画出一位以"为民请命"的英雄气概向那个吃人的社会发出呐喊的知识分子,他以笔为武器,创作杂剧来揭露社会的贪污腐化、上层社会的虚伪凶残,对底层劳动人民抱着深深的同情和热爱。在全剧的结尾,田汉一再修改,最终将"蝶双飞"改为"蝶分飞",凸显了悲剧色彩,避免了俗套的"大团圆"结局,但从中也透射出作家的矛盾与无奈心理。

(三)曹禺《胆剑篇》

曹禺新中国后的主要作品有话剧《明朗的天》,历史剧《胆剑篇》、《王昭君》。历史剧《胆剑篇》面世于1961年夏天,恰逢中国国民经济遭遇了严重的困难,为了配合当时的现实,鼓舞人民自力更生,奋发图强,渡过难关,文艺界出现了大批取材于春秋战国时吴越之战和生发于"卧薪尝胆"故事的作品,据统计当时出现的此类剧目大概有70多部,以戏曲为盛。许多作

## 第四章 新中国"十七年"时期的文学创作探析

者的创作初衷是希望借用历史事件讽喻社会现状,但是在这些创作中存在很大的艺术偏差,作家们并没有真正领悟"古为今用"的意义,而是以古变今,为满足主题需要而任意歪曲历史真实,拔高人物意义,削弱了作品的历史价值。在这种背景下,曹禺等人合作的《胆剑篇》的出现具有扭转不良创作倾向的重大意义,目的是启示、教育、鼓励我国人民战胜当时严重的经济困难。作者摒弃了"春秋无义战"的传统观点,赞颂了越国君臣知耻而后勇、自强不息的精神。但剧作没有削历史之"足"以适现实需要之"履",而是设置一系列戏剧冲突,使剧情符合当时的历史环境。通过吴越两国强弱胜败的转化,提炼出"一时胜负在于力,千古胜负在于理"的哲理性主题。

曹禺《胆剑篇》塑造了一批个性鲜明的人物,剧中安排了一系列戏剧冲突,多方面揭示了勾践性格的矛盾性:刚烈,对吴王夫差的种种羞辱十分恼火;高高在上,对自己臣民的直言犯上耿耿于怀;浮躁任性,处于逆境时相当软弱,受辱三年,回国后,卧薪尝胆,实行十年生聚,十年教训,终于报仇复国的过程中。此外,在人物语言上,讲究分寸,既不能让古人跨越时代直接说现代人的话,又不能过于艰涩费解,而是成功地采用了文白结合、亦骈亦散的"报古"语言,表现出人物的胆识和气节,饱含激情的陈述出全剧的精神主旨,字字铿锵有力,句句掷地有声。[1]

---

[1] 刘勇,李春雨,杨志. 中国现当代文学[M]. 2版. 北京:中国人民大学出版社,2012.

# 第五章　20世纪80年代的文学创作探析

20世纪80年代前期，"十七年"时期中原有的刊物先后复刊。一些在前期沉默或被迫中断创作的作家们也逐渐恢复了创作，他们的创作显示出了文学"解冻"的重要特点，即对个体命运、情感创伤的关注与反思。与此同时，我国农村普遍实行的家庭联产承包责任制和城市改革步伐对中国文艺的发展产生了巨大的影响。我国从1981年陆续开展了关于塑造社会主义新人问题的讨论，人们就时代对"新人"的需求，什么是"新人"形象，如何处理"新人"形象，"新人"与时代、理想的关系，"新人"的审美价值等方面进行了广泛的探讨，争论的焦点是新人形象的"属性"问题。[1]这一讨论关注文学自身的建设，试图通过深化艺术实践，达到对传统现实主义的超越与革新。文学在发展中开始自觉地把西方20世纪以来的各种文学、思潮，作为革新文艺的主要参照。本章主要对这一时期的文学发展进行分析研究。

---

[1] 朱栋霖. 中国现代文学史1917—2012[M]. 2版. 北京：北京大学出版社，2014.

# 第一节　20世纪80年代的文化背景

## 一、文艺理论问题的讨论与争鸣

新中国成立以后的近30年，由于受到"左倾"思潮的干扰，文艺界在一些重要文艺理论问题上，存在着僵化的、庸俗的社会学和机械唯物论的"左倾"错误，严重地干扰和制约了文艺的健康发展。进入新时期，随着思想解放运动的深入开展、文学创作热潮的不断涌现，文艺界在文艺理论和文学批评方面也呈现出异常活跃热闹的局面，围绕一些重要的理论问题展开了一波又一波的热烈讨论与争鸣。

### （一）关于文学中人性、人道主义问题的讨论

关于文学中人性、人道主义问题的讨论是20世纪80年代前期规模最大、对文学产生深远影响的重大事件，它几乎贯穿于80年代前期文学的整个发展过程。人性与人道主义常常被连接起来指称有关人的学说和思潮。文学是描写人、表现人并作用于人的一种目的性活动，20世纪50年代中期，钱谷融提出了"文学是人学"的著名主张。

中国文学也历来富有人道主义传统和注重人性的表现。在20世纪的中国，人性、人道主义是文学创作的一个核心主题，特别是"五四"新文学运动之后，人性、人道主义更是成为文学创作的主流。但从20世纪50年代开始，人性、人道主义却在复杂的政治运动中多次遭受打击和批判，以致使人性、人道主义完全失去了生存的空间。1977年第10期《人民文学》发表何其芳的《毛泽东之歌》，首次引用毛泽东关于"各个阶级有各个阶级的美，

## 第五章 20世纪80年代的文学创作探析

各个阶级也有共同的美,"口之于味,有同嗜焉"的观点,激起文坛不小的波动。

著名美学家朱光潜在1979年第3期《文艺研究》发表《关于人性、人道主义、人情味和共同美的问题》,提出只有冲破"人性论""人道主义"的禁区,文艺才能踏上康庄大道。从1980年起,张洁的《爱,是不能忘记的》、张贤亮的《邢老汉和狗的故事》、靳凡的《公开的情书》、刘心武的《如意》、李英儒的《妙清》、张笑天的《离离原上草》、汪雷的《女俘》等小说作品相继发表,文艺界围绕人性、人道主义的讨论经久不息,一直持续到80年代中期。

讨论所涉及的主要问题有:(1)关于"人性"概念;(2)关于共同人性;(3)关于文学如何表现人性与阶级性的问题;(4)马克思主义和人道主义的关系;(5)新时期的文学潮流能否概括为"人道主义的潮流";等等。

对于文学作品中的人性、人道主义倾向,很多批评家都给予了肯定。

何西来在1980年第3期《红岩》上发表《人的重新发现——论新时期的文学思潮》一文,把人道主义主题的出现,概括为"人的重新发现",即"从神到人""爱的解放""把人当人",认为"人的重新发现,是新时期文学潮流头一个也是最重要的特点,它反映了文学变革的内容和发展趋势。人的重新发现,是说人的尊严、人的价值、人的权利、人性、人情、人道主义,在遭到长期的压制、摧残和践踏以后,在差不多已经从理论家的视野中和艺术家的创作中消失以后,又开始重新被提起、被发现,不仅逐渐活跃在艺术家的笔底,而且成为理论界探讨的重要课题"。[①]

钱谷融在1980年第3期《文艺研究》上发表《论"文学是人学"》一文的自我批判提纲,更全面地阐述了关于人性、人道主义的观点,主张"把人道主义作为世界观中对创作起决定作用的部分,作为评介文学作品的最基本的、最低的标准,作为区别各种创作方法的主要依据",认为文学离开人性,"不但很难引起人的兴趣,而且也是人所无法理解的","文学既以人为对象,

---

① 汤学智. 生命的环链 新时期文学流程透视1978—1999年[M]. 郑州:郑州大学出版社,2003.

既是以影响人、教育人为目的，就应该发扬人性、提高人性，就应该以合乎人道主义的精神为原则"。

汝信在1980年8月15日《人民日报》上发表《人道主义就是修正主义吗？》一文中认为，马克思主义"从诞生的第一天起，就把人的解放作为自己的最高目标"，就"贯穿着一种把人的价值放在第一位的人道主义精神"。

被人们称为"'人'的哲学家"的王若水，从1980年至1983年发表《人是马克思主义的出发点》《为人道主义辩护》等论著，认为"人是马克思主义的出发点"，历史上的人道主义"不仅起过反封建的作用，而且起过反资本主义的作用，因此，不能说人道主义只能是资产阶级的意识形态"。

俞建章在1981年第1期《文学评论》上发表《论当代文学创作中的人道主义潮流——对三年文学创作的回顾与思考》一文，认为20世纪70年代末80年代初，新时期文学中涌动着一股"人道主义的文学潮流"，这股潮流是20世纪中华民族社会主义的"文艺复兴"，并提出了"应当为人道主义正名"和"阶级性是人性的异化"等观点，认为"对于异化现象的揭示，使文艺创作对社会生活的反映深化了。人的主题开始具有理性的色彩"。

1983年3月16日，为纪念马克思逝世100周年，周扬在《人民日报》发表长篇文章《关于马克思主义的几个理论问题的探讨》，肯定人道主义在其发展过程中的历史功绩和提倡马克思主义人道主义的必要，并认为社会主义阶段仍然存在"异化"问题，指出"掌握马克思关于'异化'的思想，对于推动和指导当前的改革，具有重大意义"。①

刘再复在1986年9月10日《文汇报》上发表《新时期文学的主潮》，总结新时期文学走过的近10年道路，十分明确地提出了"人道主义的观念"，认为"新时期文学发展的过程，是社会主义人道主义的观念不断取代'以阶级斗争为纲'的观念的过程"，"整个新时期的文学都围绕着人的重新发现这个轴心而展开的。新时期文学作品的感人之处就在于它是以空前的热忱，呼唤着人性、人情和人道主义，呼唤着人的尊严和价值"。文章通过具体分析认为，最初的以刘心武《班主任》为代表的伤痕文学和报告文学，是对"文

---

① 李智. 当代中国学术与政治互动研究[M]. 南京：南京大学出版社，2014.

# 第五章 20世纪80年代的文学创作探析

革"那种非人道的悲剧的揭示；而后，是以谌容的《人到中年》、宗璞的《三生石》为代表的作品，更自觉地呼唤人的尊严和人的价值；进而，是将人道主义推向更深的层次，即深化了对人的理解，"把对人的关心和尊重推向每一个个体，每一个独特的情感世界、精神世界"。这场关于人性、人道主义的讨论，虽然后来演变成"清除精神污染"的内容之一，得到了政治上的批判与遏制，但通过这场大讨论，无疑促进了人们对"人"的问题的认识与思考，对人们弄清人性、人道主义以及马克思主义人道主义的内涵，从而将人性、人道主义的描写纳入文学创作的轨道有着重要的促进作用。也正是由于这场大讨论，使"文学是人学"的命题更加深入人心。[①]

（二）关于文学研究新方法论的讨论

20世纪80年代前期，文艺界的动态实质上都是政治动态的直接表现，文艺一直走在时代思想解放的前列，担负了哲学、社会学、政治学等其他人文学科的许多职责，产生了一次又一次的轰动效应。80年代中后期，虽然文学仍然和政治有着千丝万缕的联系，但在很大程度上表现出了泛文化性热潮，重大的文艺论争频繁发生。其中影响大、持续时间长的是关于文学方法论的讨论。

1985年3月《上海文学》杂志社、《文学评论》杂志社、厦门大学等单位在厦门联合召开文学评论方法讨论会，就国内过去文学评论的方法与理论等问题作了反思，对文学评论方法的变革等问题进行了讨论。这次会议引起了文学界对于文学研究方法的普遍关注与热衷，一时间形成了文学研究界的"方法热"，新的方法、新的名词术语层出不穷，那种社会学批评方法一家独尊的格局和结构被彻底打破。

从1984年开始，经过1985年一年的发展，流行于当代西方的各种批评方法迅速被大规模介绍进来，同时被批评家迅速运用到对新时期文学乃至对过去文学的批评实践中，原型批评、精神分析批评、文化分析、形式主义批

---

① 姚代亮. 当代中国文学[M]. 桂林：广西师范大学出版社，1993.

评、文体批评、接受美学批评、阐释学批评、结构主义、符号学、解构主义、现象学、表现主义、象征主义、系统论、控制论、信息论以及自然科学中的熵定律、测不准原理、模糊数学等，可谓蜂拥而至。于是，运用这些批评方法出现了一大批堪称经典的代表性论文，如林兴宅的《论阿Q的性格系统》《文学作品的审美层次与文学欣赏的心理过程》，刘再复的《论人物性格的二重组合原理》《论人物性格的模糊性与明确性》，黄海澄的《从控制论观点看美的客观性》，李希贤的《系统论对典型研究的适用性》，季红真的《文学批评中的系统方法与结构原则》、鲁枢元的《作家的艺术知觉与心理定势》《试论文学语言的心理机制》等。持续不断的新方法热潮，推进了新时期文学研究的发展，同时也引发了关于"文学主体性"和"文学向内转"的争鸣。[1] 刘再复的《论文学的主体性》力图改变长期以来占主流地位的文学观念，因本身具有鲜明的论争色彩，从而引发了一场更加激烈的论争，受到国内外各方面的关注，并在很大程度上促成了文艺理论研究的重心由客体向主体转变，也可以说促成了文学界关于"向内转"的讨论。关于文学"向内转"的讨论，是指关于"文学转向探索人物内心世界"的讨论。1986年鲁枢元在10月18日的《文艺报》上发表《论新时期文学的"向内转"》一文。文章在对过去10年的文学创作从总体上进行回顾时，认为新时期文学显现出一种自生自发、难以遏制的"向内转"的趋势，即作家们从以往较多地对人的外在行为和社会实践过程的关注，转而把艺术视角更多地投向人的内心世界的探索，以人的内心体验和感觉来折射外部世界。文章认为，文学"向内转"的观念已经成为新时期中国人审美意识中的一个重要因素，它受到世界现代文学的影响与诱发，是对于长期以来束缚作家手脚的机械创作理论的反拨，这是"新文学创世纪的开始"。[2]

鲁枢元的文章发表后，在文坛上引起热烈反响，许多评论家、作家纷纷参与讨论。多数人肯定了新时期文学的确存在"向内转"的情形，但把这种情形看做是新时期文学发展的"总体趋势"却值得商榷。一些人认为"向内

---

[1] 朱栋霖. 中国现代文学史1917—1997[M]. 北京：高等教育出版社，1999.
[2] 王铁仙. 新时期文学二十年[M]. 上海：上海教育出版社，2001.

转"文学过分注重于淡化背景、淡化思想、淡化性格,追求一种非现实化、非历史化和非社会化的创作道路,而忽视了诸如社会实践、时代精神、现实矛盾等文学外部因素的重要性。而另一些人则认为,文学"向内转"表现了人物的文化心理内容,这类作品常常直指民族现代化最根本的障碍,挖掘了其中沉积的奴性、惰性,显示了更高意义的写实主义,是文学对文化的选择,有着深刻的科学、哲学及社会政治背景。这场讨论一直持续到1991年左右。1997年,鲁枢元在《中州学刊》第5期发表《文学的内向性——我对"新时期文学'向内转'讨论"的反省》一文,对新时期文学界"向内转"的讨论做了一个总结。总体来看,关于文学"向内转"的讨论有着重要的积极意义,它加强了人们对于文学内部创作规律的注意,强调了文学对于人的精神世界的关注,突出了人们对于文学创作艺术性的思考。[①]

(三)关于"重写文学史"的讨论

20世纪80年代文艺观念的更新变革和研究讨论,不仅表现在文学创作和文学批评方面,还表现在文学史领域,这就是1988年陈思和、王晓明在《上海文论》第4期上开设"重写文学史"专栏及由此而引发的讨论。

早在80年代初期,一些评论家和文学史家就曾对过去的文学史,尤其是对中国现代文学史上的某些结论提出了质疑,在此已经涉及了修改与重写文学史的话题。

1983年,著名美学家朱光潜在《湘江文学》第1期发表的《关于沈从文同志的文学成就历史会重新评价》一文中说:"据我所接触到的世界文学情报,目前全世界得到公认的中国新文学家也只有从文和老舍。"在当时的社会条件下,这样的评价可谓语出惊人,已经隐含着对既定文学史框架不满的意味。

1983年第8期《文艺报》发表中国现代文学史家王瑶和唐驶的《既要开放,又要坚持原则》一文,认为"我们自己写的现代文学史缺点太多",重

---

[①] 李明军,姑丽娜尔·吾甫力. 中国现当代文学[M]. 西安:陕西师范大学出版社,2010.

新改写中国现代文学史"既要开放,又要坚持原则"。

1985年支克坚在《文学评论》第3期上撰文,呼吁"从新的思想高度研究中国现代文学史",引发了重新评说中国现当代文学作品的兴趣。

1985年,陈恩和在《复旦学报》第3期发表《新文学研究中的整体观》,提出"新文学研究整体观"的命题,认为"五四"以来的文学被政治性的标准"拦腰截断"为"现代"与"当代"两段,都不能构成完整的整体。他提出打破以1949年为界的人为的文学分期,把"五四"以来的新文学"看做一个开放型的整体,从宏观上把握其内在的精神和发展规律"。[①]

1985年第5期《文学评论》发表黄子平、陈平原、钱理群的《论"20世纪中国文学"》,提出"20世纪中国文学"的命题,认为提出"20世纪中国文学"这一概念,"并不单是把目前存在的近代文学、现代文学与当代文学这样的研究格局打通,也不只是研究领域的扩大,而是要把"'20世纪中国文学'作为一个不可分割的有机整体来把握"。文章初步论证了20世纪中国文学的整体特征,认为"20世纪中国文学"的总体文化背景是中国文学走向"世界文学",总的主题是"改造民族的灵魂",现代美感的基本核心是"悲凉"。

上述这些文章引起了文学界对中国现当代文学分期和学科格局的热烈讨论。讨论的意见虽然不太统一,但却使文学史研究的"整体观念"逐步形成,并首先带动了对学科格局的重新思考。

1988年,陈思和王晓明在《上海文论》第4期开设专栏,正式提出了"重写文学史"的口号。专栏的开设引起了广泛的反响,许多刊物也纷纷开设类似的专栏,发表类似"重写"性的文章,进行"重写文学史"的讨论与实践。如《文学评论》开设的《行进中的沉思》专栏,《中国现代文学研究丛刊》开设的《名著重读》新栏目,《文艺报》开设的《中国作家的历史道路和现状研究》专栏,《语文学习》开设的《名作重读》栏目等,都展开了对中国现当代文学史重新进行反思和审视的讨论。讨论中,产生了许多不同

---

[①] 温儒敏. 从学科史回顾八十年代的现代文学研究[J]. 北京大学学报(哲学社会科学版), 2004(05): 83-91.

## 第五章　20世纪80年代的文学创作探析

的意见。费成者认为，重写文学史很有必要，王瑶说："每个时代的文学史都应该达到自己时代的高度"；唐强认为"文学史可以有多种多样的写法，不应当也不必要定于一尊"；徐中玉强调"文学史从来都是在不断地被重写的"，"对中国现当代文学史进行重新审视和反思，不是标新立异，哗众取宠，从根本上说，这种研究是为了对历史负责，恢复历史的本来面目"。反对者则认为，重写文学史实在没有必要，重写文学史的目的是在否定革命文艺、颠覆以前文艺为政治服务的方针，要推倒一切重来。[①]

从1988年第4期至1989年第6期《上海文论》刊出"重写文学史"专辑到主持人宣布专栏结束，专栏持续一年半时间，共推出9期，发表了40余篇文章。专栏虽然结束了，但作为一种学术精神或学术理念，"重写文学史"的思想与争论并没有结束。1991年，远在海外的《今天》杂志从当年第3、4期开始至1996年，每期发表"重写文学史"的文章，1993年第4期，还推出了《重写文学史专辑》。1994年，北京师范大学王一川主编出版了共4卷8册的《20世纪中国文学大师文库》（海天出版社出版）。在这个《文库》的《小说卷》中，编者依次排出了鲁迅、沈从文、巴金、金庸、老舍、郁达夫、王蒙、张爱玲、贾平凹，把茅盾排除在了大师的行列之外，而代之以金庸，并把以前未能称为大师的沈从文、张爱玲等作家列入其中，于是引起了关于"重排文学大师"以及由此开展的关于金庸及其作品的讨论。1996年，北京大学出版社出版了谢冕、钱理群选编的《百年中国文学经典》，海天出版社出版了谢冕、孟繁华编选的《中国百年文学经典文库》，由此又引发了关于"百年文学经典"的论争。

总之，关于"重写文学史"的讨论，是20世纪80年代后期文学研究乃至思想文化界的一个重要事件。讨论促进了学术观点的百家争鸣，更新了研究者们的观念，为20世纪中国文学研究带来了新的思维和方法，也为进一步思考编写文学史的工作打下了良好的理论基础。

---

[①] 梁新俊. 关于"重写文学史"争鸣概述[J]. 复印报刊资料（文艺理论），1990（3）：77-80.

## 二、现代主义文学思潮的兴盛

20世纪70年末80年代初，随着社会、经济、文化的思想解放和改革开放，我国再次迎来了一个面向世界、面向未来、面向现代化、面向社会现实的时代，社会政治文化生活重新纳入了世界的总体进程，西方现代主义文化思潮和文艺思潮随之涌入国门，冲击着中国的思想界，也触动了整个文艺界。于是，整个文坛形成了译介、论争、创作现代派文学的热潮。

第一，从20世纪70年代末期起，一批西方现代派文学作品和理论研究著作陆续被翻译、评介。从1979年开始，袁可嘉、郑克鲁等编选了一套8册的《外国现代派作品选》，由上海文艺出版社在1980年至1985年出齐。这是新中国成立以来第一套现代派文学选集，它开启了20世纪80年代中国文坛引进西方现代主义文学的先河。

此外，《世界文学》、《外国文艺》、上海译文出版社的"20世纪外国文学丛书"和"外国文艺丛书"以及外国文学出版社的"当代外国文学丛书"，都翻译出版了大量西方现代派作品。这些西方各种文艺思潮的译介，冲击着人们固有的思维方式，极大地拓宽了人们的眼界，为文学艺术的发展提供了一个多元化的文化空间。

第二，几乎与大量译介西方现代派文学同步，关于现代派文学的争鸣也相继展开。最初的讨论是一些从事西方现代派文学研究的学者在专业范围内进行的：

1978年徐迟在《文艺报》第3期发表《文艺与"现代化"》。

1978年中国社会科学院外国文学研究所举行小型座谈会，讨论如何评价现代派文学。

1979年8月，全国美国文学研究会成立，会上关于现代派文学的评价问题成为焦点。[1]

---

[1] 陶东风，和磊. 中国新时期文学30年：1978—2008[M]. 北京：中国社会科学出版社，2008.

1980年,《外国文学研究》发起了关于西方现代派文学的讨论,这期间各种报刊发表了一批有关现代派文学的文章。

1982年《上海文学》第8期较为系统地刊登了冯骥才、李陀、刘心武等人对高行健的《现代小说技巧初探》一书的评价意见。

1982年《文艺报》第11期发表徐迟的《现代化与现代派》一文,提出与现代化建设相适应的"文学现代化"概念,由此正式引发了关于现代派问题的全面论争。通过这场讨论,我国现代主义文学思潮由文体、手法的革新深入文学观念的深层思考,扩大了现代主义在我国文艺界的影响。

第三,在文学创作方面,追随着社会文化环境和氛围的改变,一些具有现代派特征的朦胧诗、意识流小说、荒诞小说、探索戏剧等,开始在文坛出现。

## 第二节　艺术性散文、西部散文和女性作家散文的创作

20世纪70年代末,思想解放运动的开展和改革开放路线的确定,为中国文学的重新繁荣提供了极好的机遇。冰心、巴金、杨绛、萧乾、柯灵等老作家重返文坛后,都不约而同地致力于"五四"新文学传统的恢复。

### 一、艺术性散文的发展

随着文学观念的变革与艺术思维的更新,在以巴金为代表的老一辈作家、以余秋雨为代表的中年作家和以叶梦为代表的女性作家的努力下,散文题材领域和创作队伍不断扩大,艺术传达不仅继承了传统散文的诸多精髓,而且注重与世界文学的潮流接轨,新时期艺术性散文的创作呈现出欣欣向荣

的发展态势，在样式多样化与表现手法上体现出一种全方位的创新。

(一) 巴金的散文创作

1978年底，巴金在香港《大公报》开辟《随想录》专栏，从1978年开始到1986年结束，前后共写了150篇散文，这些散文每30篇被编为一辑，形成了《随想录》《探索集》《真话集》《病中集》和《无题集》5部散文集，并被合称为《随想录》。

《随想录》是新时期散文的重要收获，其价值主要在于作家具有震撼力的批判与自我批判的精神。在这部散文集中，巴金带着个人的深刻认识和痛苦经验，站在人民的立场上，对20世纪70年代出现的种种怪相进行了审视、分析、评判、探索。巴金曾说过《随想录》是"这一代作家留给后人的'遗嘱'"（《探索集·后记》）。《随想录》可以说是巴金用全部人生经验来倾心创作的，这里面蕴含着他强烈的社会责任感以及他对历史的反思。

其中，《一颗桃核的喜剧》借用一颗桃核的故事对早请示、晚汇报等行为进行了本质上的批判。在这篇文章中，巴金讲述了一个发生在俄国沙皇时代的故事。有一天，皇太子吃了一个桃子，把桃核扔在了窗台上。一个县陪审官发现了这个桃核，并把他送给了一位有名的太太，然后他又拿另外的五个桃核送给了其他的五位太太，壁挂让每一位太太都以为自己是"真"的得到了皇位继承人吃过的桃核，并因为能够借此表现对皇上的效忠而心满意足。巴金对"桃核喜剧"的事件进行了深刻的反思。

巴金还在《随想录》中对自己的行为进行了无情的、痛苦的、赤裸裸的剖析，反思了自己在近60年的文学创作道路和个人创作思想的变化，反思了自己在"十七年"时期的一些政治运动中"跟在别人后面丢石块"的"左"的思想行为以及"检查""思想汇报"的"机器人"经历。在《"豪言壮语"》中，他坦承自己是"歌德派"，写过很多"歌德式"的文章，形成了"上了瘾"的、"不可收拾"的创作定势，如今才大梦初醒。在《随想录》中，类似的思过类的散文占有相当大的比重，几乎在每篇文章里作者都在作自我解剖。他的这些散文，文字朴实，记述流畅，没有刻意经营雕琢的痕迹，与

# 第五章　20世纪80年代的文学创作探析

此同时，作品中出显露出来的真情和真诚也让人为之感叹。

巴金《随想录》中的散文不追求构思、不追求结构、不追究抒情写意，甚至连语言都是直白的，这种不拘一格的随意性使散文呈现了回归。需要指出的是，因为是随笔类的文章，在《随想录》的150篇作品中，存在着一些内容、材料、语言的重复现象，但这并不会降低《随想录》本身所具有的重要文学价值，其中所蕴含的深刻自省精神，对当时的人们甚至于今日的人们来说，有着非常重要的启示意义。

## （二）余秋雨的散文创作

余秋雨（1946— ），浙江余姚人，1968年于上海戏剧学院戏剧文学系毕业，之后留校任教，历任该院的院长、教授，有论著《戏剧理论史稿》《戏剧审美心理学》《艺术创造工程》等。同时，他从20世纪80年代起开始进行散文创作，先后发表了散文集《文化苦旅》《文化的碎片》《山居笔记》《霜冷长河》《千年一叹》《行者无疆》《晨出听雨》等。[1]

余秋雨的散文在创作上有着自己的独特特色，他重拾了"五四"时期的传统，以重建文明为己任，以重塑民族文化人格为着眼点，充满了对历史的深刻洞察，对现实的忧患，对未来的执着探索，"他以生命的体悟和对中外文化的比照，追寻着人性的本真，在他的散文作品中，欢愉、忧思、欣慰、苦恼都与历史、现实和未来紧密契合，从而具有了强烈的主体意识。这种主体意识以其丰富、高大和纯净的特质把当代散文推向了一个新的里程"[2]。

余秋雨的散文也有着鲜明的艺术特色，具体来说体现在四个方面。第一，他的散文通常格局恢宏、篇幅较大，彻底打破了以往散文的短小框架，给人一种大气派的感觉。同时，他的散文情理交融，长于议论，表现出了"大散文"的风范。第二，他的散文常用游记的形式来进行文化的思考，并

---

[1] 赵树勤，田中阳. 中国当代文学名家研究[M]. 长沙：中南大学出版社，2002.
[2] 冷成金. 论余秋雨散文的文化取向[J]. 中国人民大学学报，1995（3）：211–216.

且在这种思考中注入了强烈的理性精神。第三，他的散文摒弃了传统散文的借景抒情、托物言志等单一主题表达的程式，而是以自己深刻的思想及独特的思路穿透现实与历史，对某一物象或是景观进行多侧面、多角度的透视，从而将所描写对象的丰富而广阔的含义在一种多元开放的发散式中得到突出的显现，并大大增强了文章的议论色彩。第四，他的散文在结构安排上采用了戏剧的手法，不再囿于"形散神聚，起承转合"的陈规，而是将焦点聚集到某一景观上，然后对其进行时空的转换和调度，进而去展现一个时代的概观，充分发挥了散文文体的"多边缘性"特征。

### （三）叶梦的散文创作

叶梦（1950—　），湖南益阳人，原名熊梦云。1980年开始发表作品，著有散文集《小溪的梦》《湘西寻梦》《月亮·女人》《灵魂的劫数》《月亮·生命·创造》《风里的女人》《遍地巫风》《文艺湘军百家·叶梦卷》《乡土的背景》《超越平庸的双面人》《行走湖湘》，长篇小说《男孩丁丁》等。其中，散文集《小溪的梦》获首届湖南省儿童文学大奖，《男孩丁丁》获湖南省"五个一工程"奖，《羞女山》《创造系列》分获《青春》与《芙蓉》杂志社散文一等奖，另获1986年度湖南青年文学奖、中国首届当代女性文学创作奖。

叶梦早期的散文大多是一些山水游记，流露出某种因缺乏生活而不得不四处寻找素材的痕迹，有点"为赋新词强说愁"的味道。但是在这些散文中却能体现出作者的写作功力。1983年，叶梦发表了她的成名作《羞女山》。在这篇散文中，叶梦体现出了女性意识的觉醒。她不相信羞女山的传说，认为羞女山不可能是一个弱女子变的，它是人类始祖的象征。在这篇文章中，作者勾勒出了一个大写的女人，而羞女山就成为中国女子从男权文化的重压下直起腰身的一个象征。

在叶梦的散文中，女性意识是一个十分突出的主题，在散文集《月亮·女人》中，很多的作品都是以女性自我的生命本体为抒写对象的，"以极其细腻的艺术笔触大胆率真地展示女性自我在女性意识觉醒后的生命流程与心灵感受，托现出一个鲜活而又丰富的女性生命世界"。①

在散文风格方面，叶梦的散文既有温婉纤细的一面，也有刚毅雄健的一面，她的散文呈现出了其他女性作家少有的催人奋进的精神力量。叶梦的散文常会体现出她对独立自主的人格精神的追求，在她的笔下，"男人和女人不论在哪方面都是很平等的两性"。同时，叶梦也没有停止过对人生真谛的探索，在游记类的散文中，体现出了对"我是谁""我将踏向何方"这类问题的探索，并且会在作品中采用隐喻、象征等手法，写出一些常人不能说出的感觉，并将艺术笔触伸向自我情感世界的深层角落，细致入微地去展示出那些容易被人忽略的心灵世界。

## 二、西部散文

在寻根文学的小说热潮兴起之前，贾平凹、周涛等西部作家就在西部文学特别是西部散文的创作中取得了突出的成就。

贾平凹读初中时因受父亲牵连辍学。1972年入西北大学中文系学习，并开始文学创作，发表处女作《一双袜子》。1975年毕业后分配到陕西人民出版社任编辑，1978年发表成名作《满月儿》，1980年调《长安》任编辑，1983年起任陕西作协专业作家，并深入商州地区，写出"商州系列"的小说《小月前本》《鸡洼窝人家》《腊月·正月》《商州》《天狗》《浮躁》和散文《商州初录》《商州又录》和《商州三录》等。20世纪90年代以后曾因《废都》过多的性描写引起争议。

《商州初录》(《钟山》1983年第5期) 由14个独立的短章组成，从地理、风俗、风情入手，将强悍的民风、质朴的民情、阳刚的气质以及坚韧、古朴、保守落后结合在一起，以清新纯朴的笔调，表现了一个别具诗意的美好世界，既表现了商州传统对现代化变革的制约，也表现了现代化对商州文化的影响。也有人把"商州系列散文"看作是"商州系列小说"的一

---

① 张克明. 叶梦散文的艺术魅力[J]. 益阳师专学报，1996（3）：29-31.

部分。[①]

## 三、女性散文

（一）女性散文作家群的显现

在20世纪80年代，散文创作的探索始终不断，随着价值观念的变动及受到各种写作方式的影响，越来越多的作家不满足于以往陈旧的表达方式，在作品的主题及写作技巧方面都作了积极的探索。同时，随着理论界对散文概念及散文性质的探讨，散文的艺术性越来越强了，出现了大量特色鲜明的作家。其中，一批女性作者以群体的形式介入散文创作领域，格外引人注目，主要代表有陈慧瑛、韩小蕙、黄茵、李佩芝、李天芳、马丽华、斯妤、唐敏、王英琦、叶梦、苏叶等。

散文直接言说心灵情感的特征，更使我们得以通过女性散文清晰地辨别20世纪80年代文学的语境以及女性文学的特点，其在书写个体、语体创新等方面作出的成就，是不可忽视的。

（二）"人性"话语建构中的精神取向

20世纪80年代女性散文的主题紧切时代的脉动，由最初的诉说历史伤痛到反思，渐渐地呈现出对女性主体意识的张扬。时代所提供的高扬人性、呼唤人道、文化启蒙的文学语境，为女性散文在书写女性意识时提供了独特的场域。所以，相较于中华人民共和国成立以来忽视女性的性别特征，以及20世纪90年代以后极力彰显女性的身体体验等特征，80年代的女性散文在寻找女性自我、呼唤女性意识的主题上，体现出了"新女性"与"人性"相互交

---

[①] 李平. 中国现当代文学基础[M]. 2版. 北京：北京大学出版社，2014.

## 第五章　20世纪80年代的文学创作探析

错的局面。在社会角色的思考、个体经验的叙述上，将自己定位为女人、妻子、母亲、女儿等角色时，张扬的往往并不是作为个体的性别体验或强烈的欲望，而是背负着社会良知、人性等内涵的社会启蒙话语。在女性经历及经验的言说上，更侧重于社会人生的视角，而不是个体经验的内化性、私密性。比如，杨绛的《干校六记》（1981），张洁的《拣麦穗》《挖荠菜》《盯梢》等"大雁系列"散文（1980年前后），季红真的《古陵曲》（1980）等作品，充分体现了20世纪80年代初期女作家在创作中切合时代主题的精神取向。

　　杨绛1933年发表处女作《收脚印》，创作有散文《干校六记》《将饮茶》《杂忆与杂写》和长篇小说《洗澡》等，始终保持着边缘人的写作姿态，漠视功利，避免明显的政治倾向性。杨绛的《干校六记》（北京三联书店，1981）可称作"反思文学"的重要组成部分，作者通过《下放记别》《凿井记劳》《学圃记闲》《"小趋"记情》《冒险记幸》《误传记妄》六篇散文，记叙了自己于1970年7月至1972年3月在干校的一段生活，借助个人的经历，真实地反映了那个特殊年代中国知识分子的经历和命运。作品既没有着笔于时代中发生的事件，也没有喋喋不休于女性个体的身体体验，而是以一种平和的笔法，通过叙述身边的一些小事件，展示了荒谬年代种种非人道的现实，正可谓是"大背景""大故事"的点缀。《干校六记》避开了社会政治的人生观照，而以边缘人的达观诙谐，表现了作家在逆境中的洒脱镇定，体现出学者式的智慧风范。

　　也有一些作家对女性情感的展示更细腻些。比如，叶梦的《羞女山》（1983）是新时期较早地宣扬女性主体情绪的作品。叶梦在女性自我形象上的追求，无疑在当时的作品中是比较优秀的，而其精神自我上大写的人的印迹，正来自80年代整体的文化语境。[1]

---

[1] 高玉. 中国现当代文学史（下）[M]. 2版. 杭州：浙江大学出版社，2017.

(三)"自我"的艰难追寻

20世纪80年代,女性散文的出现意味着女性对生命自我、精神自我的追寻,而其话语意蕴中包含着的人的"大写性",又使张扬女性"自我"变得愈发艰难。最明显表现于,基于时代和自身表达的需要,80年代散文在女性"自我"的确立上,总有一股感伤的色彩。借用张洁在中篇小说《方舟》扉页上写着的题记:"你将格外的不幸,因为你是女人。"一方面,这与当时正处于创作高峰期的女作家,都经历过中国的饥荒期、上山下乡甚至"文化大革命"的艰苦岁月有关。另一方面,这也与女性在"自我"追寻中,要冲破重重社会规范和话语障碍有关。在漫长的数千年的中国历史上,女性一直是被封建主义制度所规约的对象,为女儿和妻子的身份所设的种种规范,一直将女性作为男性的附庸,这是女性没有"自我"的时代。而刚刚过去的数十年中,在以一种政治的形式为女性树立政治和社会地位的时候,却要求女性承担与男性一样的劳作和思想,要求女性穿几乎与男性一样的服饰,要求女性尽量消除女性的身体特征进行生活,这同样是一个以牺牲女性"自我"来成全女性地位的时代。因而,在这样的背景中,开始为女性"自我"发出声音的女性散文,看到了太多女性的悲惨和不幸。

也有一些作品,希望通过描述心目中理想的家园,来寻找女性安宁的生存空间,像李佩芝的许多作品就表现了这样的主题。比如,她在《我的那个世界》(1986)、《小屋》(1982)、《哦,我的小学校的中午》(1983)等作品,都显示出了作者对现实世界的逃遁,对"自我"王国的向往和经营。

## 第三节 诗歌的多元化呈现

20世纪80年代的诗歌是热烈而又多元的,堪称诗人的"黄金时代"。当"朦胧诗"方兴未艾之时,便有一批年轻的诗人喊着"北岛PASS"的口号,

# 第五章　20世纪80年代的文学创作探析

组建了一个又一个的诗歌社团，表白诗歌主张并自主创办发行一本本诗歌刊物。

## 一、艾青与"归来者"

1976年后，出现了一个被称为"新现实主义"的诗歌创作高潮，主要有贺敬之的《中国的十月》、李瑛的《一月的哀思》、李发模的《呼声》、雷抒雁的《小草在歌唱》、白桦的《阳光，谁也不能垄断》、流沙河的《就是那一只蟋蟀》、邵燕祥的《中国的汽车呼唤着高速公路》等，表现出强烈的社会意识，在当时产生了较大影响。[①]

这时的诗坛上主要活跃着两类诗人，一是在历次政治运动中被剥夺写作权利的"归来者"，二是在"文革"地下文学中顽强生长出来的"觉醒者"。在重返文坛的诗人中，既有20世纪30年代成名的艾青，也有40年代的七月诗人和九叶诗人，还有50年代走上诗坛的公刘、昌耀等，他们的作品大多表现出"新现实主义"的特点。

### （一）艾青的诗歌创作

艾青是"归来者"的代表，他于1957年被打成右派后，曾去东北森林伐木，去新疆古尔班通古特荒原开荒，共达21年之久。1978年4月30日在《文汇报》上发表了《红旗》一诗，宣告他重返诗坛。

艾青"归来"后，在短短几年中共写了二百多首诗，他"复出"后写的短诗《鱼化石》，可以说是诗人对自己被打成右派后一段时间的自述。在诗中，诗人虽然提示了"依然栩栩如生""却不能动弹"的现实与心理的困境，但诗人不相信会有这样的困境。他继续表达了"活着就要斗争，/在斗争中前进，/当死亡没有来临，/把能量发挥干净"的一贯信念。在这首诗中，诗

---

① 李平. 中国现当代文学基础[M]. 北京：北京大学出版社，2006.

人在动与静之间，在生与死之间，在生命的活泼跃动与命运的强大宰制之间，展开了广阔的时空，诗中的客观形象不仅具有辽远的历史感，而且也指向具体的中国当代史，指向众多中国人的当代命运。

艾青在"归来"以后还创作了一批宏观抒情诗[①]。《光的赞歌》《古罗马的大斗技场》等都是典型的宏观抒情诗。尤其是《光的赞歌》在艾青的晚年创作中，是艾青人生观、哲学观、美学观的诗的总结和表述；同时，这首诗也出现在中华民族伟大的历史转折时期，它以巨大的思想力量和强大的艺术感染力，又一次使艾青走在了时代的前列，呼唤着我们的人民奋然前行。随着生活的变化、时光的流逝和年岁的增长，这首诗也在不经意间，悄然完成了自延安时期开始的，艾青的诗风由浑厚沉郁向朴素明朗的变化。

## （二）公刘的诗歌创作

公刘（1927—2003），江西南昌人，原名刘仁勇、刘耿直，诗人、作家。1927年出生，1939年开始写诗。1946年半工半读于中正大学法学院，1948年赴香港参加革命工作。1949年参加中国人民解放军，随军赴大西南，当过见习编辑和文艺助理员。1954年加入中国作家协会，并出版了他的第一部诗集《边地短歌》。1955年发表了《佧佤山组诗》《西双版纳组诗》《西盟的早晨》三组诗，奠定了他作为西南边疆诗人的地位。他的早期作品表现革命乐观主义的精神，热烈直白，后期作品则风格沉郁，对历史和现实的感悟富有哲理，对发生在中华大地上的悲欢沉浮进行严峻的反思，意象深邃，感觉敏锐。

《刑场》和《哎，大森林》是公刘复出后的诗歌代表作。这两首诗都是为歌颂张志新烈士而作的。诗中炽热的情感、深入的思考、坦诚的襟怀和沉郁的色调，典型地体现了诗人复出后的风格特色。《刑场》一诗以诗人前往大洼凭吊张志新烈士的经过为线索，抒发了诗人的激愤和悼念之情。

---

[①] 所谓宏观抒情，是面对国家、民族、人类所作的抒情，是诗人从这些对象的历史与现实、时间与空间相交错的关系中感悟到一种规律性的东西，从而引起灵感。

如果在《刑场》一诗中"杨树"的意象明显地象征了死难的烈士,那么在《哎,大森林》里,作者的诗显然已经超越了这一具体历史事件,而上升到对民族命运的历史反思。全诗充满了对国家和民族的忧患意识和对历史与现实的批判精神。诗中大森林的意象具有复杂的内涵,包含着矛盾的思想和情感意向。它既有喧嚣的波浪,但又覆盖着沉默的止水;富有弹性的枝条和饱含养分的叶脉喻示着生命,但又会枯败;既哺育希望,又掩盖死亡……相互对立的意蕴品质和导向被统一在大森林的意象之中,使诗中所表达的心理和情感内容也发生了激烈的冲突。公刘通过对"大森林"意象的复杂内涵的揭示,在矛盾复杂的情感意向中表达了对那种抹杀记忆、淡忘历史教训的喧嚣的愤恨,以痛切的口吻对现实提出了严重的警告,即如果大森林不能吸引啄木鸟来清除病害,那么它就必然会遭到自然法则的严惩。

(三)昌耀的诗歌创作

昌耀1950年入伍,在文工团学曼陀铃和二胡。1953年在朝鲜战场上负伤后转入河北省荣军学校读书,1954年发表组诗《你为什么这般倔强》,1982年参与"新边塞诗"运动,是主要代表之一,有《昌耀抒情诗集》《命运之书》《昌耀的诗》等诗集。昌耀的西部诗歌可分为两类,一是以独特的自然和人文风貌来表达西部情结,带有强烈的乡土感、鲜明的时代感,如《鹰·雪·牧人》《荒甸》《筏子客》等;一是以西部的文化性格来展现生命感受,包含着作者对西部历史文化与精神状态的认知,如《划呀,划呀,父亲们!》《慈航》《凶年逸稿》等。

## 二、北岛与朦胧诗

在"归来的诗"活跃于诗坛的同时,一些被称为朦胧诗的现代主义作品更引起了人们的关注。北岛和芒克等人1978年12月创办的民间杂志《今天》,在思想解放运动中产生过巨大影响。

## （一）北岛的诗歌创作

北岛是朦胧诗最有代表性的诗人，态度最为激进，最具反叛意识，最能体现这一代青年从迷惘走向觉醒的精神状态和这个诗派所代表的现代主义倾向，因此最容易引起争议。[①]

北岛的诗歌创作开始于70年代初。1975年悼念遇罗克的《结局或开始》和描述1976年"四五运动"的《回答》《宣告》《履历》，表现出与众不同的先驱者的觉醒意识，富有哲理的思想深度和充满艺术魅力的人格力量，在同代人的心灵上产生过强烈的震撼。20世纪80年代以后，现实所激发的激愤情绪逐渐减退，加重了对历史的沉思和对人的内心世界的剖析，如《古寺》《红帆船》《触电》等，但仍然坚硬、冷峻，充满批判的精神。

## （二）顾城的诗歌创作

顾城12岁开始诗歌写作，《生命幻想曲》（1971）是少年顾城最好的习作，意象丰富而奇特，想象开阔，建构了梦幻般的诗意境界。1974年带着几盒昆虫标本和两册自编的诗集《无名的小花》和《白云集》回到北京，当过木工、搬运工、借调编辑等。

《一代人》（《星星》1980年第3期）是朦胧诗创作中最经典的名篇之一，以一组单纯的意象构成了对刚刚过去的"文革"岁月的隐喻，以及"一代人"历经黑暗后对光明的顽强的渴望与执着的追求，被誉为"童话诗人"。

## （三）江河、杨炼的诗歌创作

在朦胧诗人中，江河和杨炼最先体现出明显的"史诗"意识和寻根倾向。

江河1968年高中毕业后在北京一家工厂工作，1985年后从事专业写作。

---

[①] 张健. 新中国文学史[M]. 北京：北京师范大学出版社，2008.

# 第五章　20世纪80年代的文学创作探析

《纪念碑》（《诗刊》1980年第10期）和杨炼的《自白——给圆明园废墟》（1981），具有与北岛、舒婷、顾城等不同的特点，更注重对民族历史和心理的思考。

杨炼1973年高中毕业，1974年到北京郊区昌平县插队，这期间开始练习写诗。1977年考入中国广播艺术团创作室，并开始发表作品，1999年5月获意大利"FLAIANO国际诗歌奖"。

1985年后，江河和杨炼都发表了一批很有影响的组诗，如江河的《太阳和他的反光》，杨炼的《诺日朗》《半坡》《敦煌》《西藏》《人与火》等，以"寻根"的方式对东方意识与民族精神进行探寻，是"寻根文学"的重要收获。

## 三、女性诗歌的突起

"女性诗歌"也以中国现当代文学史上从未有过的规模和姿态呈现了出来。从1985年到1989年，《诗刊》《人民文学》《诗歌报》先后以大幅版面刊出翟永明、伊蕾、唐亚平、海男等人的作品。这批诗人及诗作的出现，进一步促动了20世纪80年代后期中国文坛上女性发出的对抗和消解男权意识话语的弥漫，私人化的经验在笔尖流淌，激情与神秘的意象在言语间交缠。

与20世纪80年代初期女性诗歌中表达的真善美、人的尊严、平等诸主题相比，这一浪潮中显示出的女性意识则展示出了一种非理性、反崇高、反优美的色彩。诗歌在主题意象上往往专注于表达女性个体对生活及自我身体的感性体验，执着地暴露个体生命之于生活和生存的困惑、不安与玄秘，甚至通过性的体验等私密性体验来张扬女性的知与感，将对女性生命个体的探索推向一种新的极致。翟永明的组诗《女人》（1986年）便是较早完成了展示鲜明的女性立场的作品，明确地展示了女性的自我世界：一个女人处处洋溢着身体的力量，奋不顾身地奔向自己追求的目标，在世界中颤抖而又坚决的生存。伊蕾的组诗《独身女人的卧室》（1987年），更大胆地展示了女性之于身体、之于性的感知和渴望，以此来呈现"女性"。其中《自画像》这首诗围绕着自画像来书写自我，用坚定而又重复的语气执着地表达着对自我的确认,包括点滴的爱恋情绪,通过身体的展示将作为女性的自我展现其最大能量。

这些女性诗歌中,诗人们特别钟情于"黑色""黑夜"等意象,在诗歌的标题上便可见一斑,如翟永明的《黑房间》(1986年),而唐亚平的长诗《黑色沙漠》(1986年)中的小诗都以黑色的意象为题,从《黑夜》《黑色沼泽》《黑色眼泪》,到《黑色犹豫》《黑色睡裙》等,她们借助于这样一种书写,以一种锐利的方式呈现女性内心深处的世界,在黑夜中探秘自我的心灵,解放着自我的情绪,寻找存在的真实感,这也代表了中国女性主义意识的表达进入了一个新的时期。

## 四、新生代诗

1985年前后,随着朦胧诗新锐势头的减退,一股新的诗歌潮流开始兴起,有更多的年轻诗人开始投入新的诗歌创作中。关于这些新崛起的诗人以及诗歌,有多种不同的称谓,比如"新生代""第三代诗""后朦胧诗""后现代主义诗歌""试验诗""先锋诗歌"等。"新生代"是一种争论较少的提法,一般认为是牛汉在文学刊物《中国》1986年第6期《编者的话》中首先提出来的。新生代诗人大多采取组织诗歌社团、发表宣言的"运动"方式开展,他们有着众多文学社团和流派,风格各异,主张众多。其中,诗歌创作成就最大的是韩东和海子。

(一)韩东的诗歌创作

韩东(1961— ),湖南人,出生于南京。大学时期开始发表诗歌作品,主要诗作有《山民》《有关大雁塔》《你见过大海》《温柔的部分》等。1982年毕业于山东大学哲学系。曾在西安、济南等地的大学任教。1984年调回南京大学任教。1985年和于坚、丁当等创办了民间刊物《他们》。1990年加入中国作家协会。1993年辞职,成为自由写作者。1998年和朱文等发起题为"断裂"的文学行为。2000年至2004年担任文学期刊《芙蓉》的编辑。著有诗集《爸爸在天上看我》。另有中短篇小说集《我们的身体》《我的柏拉图》《明亮的疤痕》，长篇小说《扎根》《我和你》等。

　　韩东的早期诗歌受到朦胧诗的影响，有过一些具有沉重历史感的作品。随着认识深入和创作水平的提高，韩东逐渐形成了自己的创作风格。韩东的诗歌用平淡而近乎冷漠的陈述语调，既能在厚重的文化底蕴中看到空洞与平淡，又能直接面对日常生活的琐屑与平庸，用一种漫不经心、冷静、客观的态度解构历史和生活，表达方式也十分简单，极少使用修饰性强烈的形容词。这从《有关大雁塔》一诗可以明显看出。这是一首反抗朦胧诗的标志性作品，在这首诗中，大雁塔作为历史以及种种文化内涵的象征被完全消解了，作者用完全漠视的语言表示对大雁塔所代表的文化冷淡。人们爬上大雁塔并不是凭吊古迹，而仅仅是作为一个显示自己的衬托，"做一次英雄"，这与历史文化无关。

　　韩东的诗歌创作也经常对平常人的平常生活进行抒写，并从中寻找体现出的温柔与感情，代表性的诗作是《我们的朋友》。这首诗描写了日常生活中最平常的一类人——朋友，既没有华丽的辞藻，也没有优美的意象，但却凸显出那种真诚、纤微的感受，也显示出诗人"诗到语言为止""也许还另有深意"的创作理念。同类型的诗歌还有《你的手》，这首诗依然用平淡的语调描述，采用的是"冷抒情"，将诗中爱情的感觉用一种不动声色的方式叙述出来。

　　（二）海子的诗歌创作

　　海子（1964—1989），安徽怀宁人，原名查海生。1983年毕业于北京大学法律系，后进入中国政法大学任教。在大学期间开始写诗。1989年3月在山海关卧轨自杀。其友人代为整理出版的有长诗《土地》、抒情短诗集《海子的诗》《海子诗全编》，另有《海子、骆一禾作品集》等。

　　虽然海子属于新生代的诗人，但是他并不属于任何社团流派，也表现出与众不同的创作倾向。海子具有旺盛的创作精力，在1984年至1989年短短几年中就创作了数量惊人的长诗、短诗、诗剧等。其中，最引人注目的是他的长诗创作，包括《河流》《传说》《但是水，水》以及《太阳七部书》。这些长诗有着深厚的文化背景、宏大的艺术结构、鲜活奇崛的语言,显示了诗人的浪漫主义情怀。

海子的诗歌几乎都是有着浪漫精神和瑰丽想象的抒情短诗,涉及的内容十分广泛,有对淳朴自然的热爱,有对幸福生活的渴望,有对爱情来临的幸福礼赞,有对故乡生活的眷恋,有对农家收获的深情眷恋,有对健康生命的由衷赞美等。其中,他最著名的抒情短诗是《面朝大海,春暖花开》,这首诗有着单纯而明净的风格,诗人以超越自我的生命关怀,创造了富有生命力的情境,他真诚地向世人祝福,同时又坚守着自己的空间和姿态,在一片宁静守望着幸福。

在海子的抒情短诗中还有很多突出的意象,其中运用最多的是"麦地"这一意象,比如"麦地/别人看见你/觉得你温暖,美丽"(《答复》);"这是绝望的麦子/请告诉四姐妹:这是绝望的麦子"(《四姐妹》);"看麦子时我睡在地里/月亮照我如照一口井"。麦地本身带有母性意味,带有富饶、祥和与博爱的性质,海子对麦地的钟情,象征着他对生命和本原的热爱。在《麦地》这首诗中,通过对麦地的描写表达了诗人对农事劳动的欢欣和激动,而生命和理想的崇高也显露无遗。诗人在看到麦子后,内心获得了前所未有的满足,以至于家乡的"风""云"都收翅"睡在我的双肩",这是诗人劳作中的一种奇妙感受,显示了诗人的宁静、从容、安详和不带丝毫杂念,其生命也因此获得提升。全诗风格清新,用词新鲜,语言朴素,在农家日常生活细节的抒写中融注了一种赤子的率真情怀。

## 第四节 小说的开放性发展

"80年代文学"概念既脱胎于"新时期文学"概念,又与其有着紧密联系,充满着重叠与交互。本书将20世纪80年代中期文化热的出现,以及1985年文学寻根的提出,视为是新时期以来文学新变和裂变的标志。至此,从

# 第五章　20世纪80年代的文学创作探析

"四人帮"被打倒以来至八九十年代转折期的文学分为前后两段。1985年作为分水岭，其后的文学我们称之为"80年代文学"，以示区别于自1976年10月开始的"新时期文学"。

## 一、反思文学

1979年后，一批作家力图通过艺术概括深刻地揭示出"左倾"错误和现代迷信给党和人民造成的巨大损失和严重恶果，从不同方面总结党的优良传统受到破坏的历史教训。人们习惯于把这类小说称之为反思小说。人们一般把茹志鹃的《剪辑错了的故事》作为反思小说兴起的标志性作品。接着反思小说迅速席卷整个中国文坛，出现了大量优秀的作品，如王蒙的《布礼》《蝴蝶》、鲁彦周的《天云山传奇》、张贤亮《绿化树》《男人的一半是女人》、谌容的《人到中年》、张弦的《记忆》《被爱情遗忘的角落》、高晓声的《李顺大造屋》、李国文的《月食》《冬天里的春天》、张一弓的《犯人李铜钟的故事》《张铁匠的罗曼史》、古华的《芙蓉镇》、戴厚英的《人啊，人！》等。限于篇幅，这里主要对茹志鹃、王蒙、谌容、古华的反思小说创作进行分析。

（一）茹志鹃的小说创作

茹志鹃（1925—1998），浙江杭州人，幼年父母双亡，只能跟着祖母勉强过活。11岁以后才陆续在一些教会学校、补习学校念书。初中毕业后，茹志娟参加了新四军，先在苏中公学读书，后一直在部队文工团工作。中华人民共和国成立后，茹志娟转业到上海，从事编辑工作。1998年，茹志娟去世，终年73岁。

茹志鹃是反思小说最早的写作者，她的反思小说侧重于对极左思潮的泛滥给党和人民带来的灾难进行揭示，代表性的作品是《剪辑错了的故事》。《剪辑错了的故事》通过对老甘和老寿故事的讲述，揭露了1958年"大跃进"的"左倾"冒进错误造给党和人民带来巨大的灾难。小说中，老甘是党的干部，老寿则是党所依靠的基本群众。在戎马生涯中，老甘认为只有真心实意地与群众打成一片，依靠群众才能生存，因而他把老寿的家当做自己的家，毫不见外。当他从老寿家接到他们省下的四袋干粮时，自然知道留下其中的两袋，悄悄挂在门闩上，作为打仗人"安家的粮"。当老寿为了支援淮海战役，解决柴草问题，而决心砍掉刚从地主手里分来的七棵心爱的枣树时，老甘出言相劝。但随着时间的推移，"大跃进"开始了，此时的老甘已经成了不顾群众死活，"变着法儿让领导听着开心、看着高兴"的"甘书记"，也忘记了当年被他称为"革命的衣食父母"的人。他似乎一下骑到了人民的头上，发号施令，下令按亩产一万六千斤的虚假产量提高征购，只顾自己邀功，不顾群众死活，半点也听不进老寿的劝告。他还下令砍掉梨子即将成熟的梨园，改种小麦，连老寿要求的再等二十天的期限也不给，甚至把老寿作为绊脚的"石头"搬掉了，撤了他生产队队委的职，戴上"典型的、自己跳出来的右倾机会主义分子"的帽子，给予留党察看两年的处分。这种变化不只是老甘的职务上的变化，更重要的是包含了让老寿们感到痛心的思想感情上的变化。

　　这篇小说以正反对比的手法，将历史与现实对照了起来，再现了"大跃进"中领导干部脱离群众的过程，质疑了所谓国家政策执行人兼人民利益代言人老甘们在这场浩劫中所发挥的作用。但是，小说中的反思是隐晦的，作品末尾的附笔里"互诉衷肠"几个字已经暗示出反省的性质，不过作品并没有直接展开写。

　　（二）王蒙的小说创作

　　王蒙（1934—　），河北南皮人，1957年被错划为"右派"，1979年回到北京，任中国作协北京分会副主席、副秘书长和分党组成员。自20世纪70年代末复出文坛以来，王蒙以其深邃的历史感和敏锐的现实感、多样的风格演变和大胆的艺术探索引人瞩目，其有关历史记忆和反思的作品有《最宝贵的》《悠悠寸草心》《布礼》《春之声》《海的梦》《蝴蝶》《杂色》《相见时难》到关于现实印象的《夜的眼》《深的湖》《说客盈门》《风筝飘带》《莫须有事件》《风息浪止》等。

## 第五章　20世纪80年代的文学创作探析

发表于《十月》1982年第2期的《相见时难》讲述的是一次具有特殊历史意义的会面。这次会面发生在三十多年前离开祖国而在20世纪80年代中国改革开放环境下回归的蓝佩玉与始终坚守革命信念在共和国曲折历史中遭受磨难的翁式含之间。在特殊的"历史空间中",当初的"逃兵"成为贵宾,坚守者则饱受磨难。在实用主义、历史虚无主义和市侩习气的对比下,翁式含信念的坚贞与情感的真挚凸显出来,然而曾经交汇的人生轨迹经过几十年背道而驰,其间的微妙与复杂令他深思,他感到了在新时代新背景下反思历史总结历史的紧迫与艰难,相见之难就在此处。小说时空构架阔大,现实感强,有着更丰富的内涵和耐人咀嚼的人生哲理。

20世纪80年代后期,王蒙的长篇小说《活动变人形》,再度证明他不愧为写长篇小说的高手。这篇小说以前所未有的高度和新颖视角,描述了在20世纪中国,一个大学教师的命运遭际。它从中西文化冲撞与融合的角度,把握和审视他父辈一代中国知识分子的命运。这篇小说给当代中国"寻根文学"提供了宝贵的启示。而后,王蒙还有长篇小说"季节"系列。现已出版《恋爱的季节》《失态的季节》和《踌躇的季节》三部。在写小说之余,王蒙还展开了他文学生活的另外一面——中国古典文学研究。他的《红楼梦》评论专著《红楼启示录》和研究李商隐诗歌的论文,其鲜活的创见获得了学术界的高度评价和大众的赞叹。有评论家喝彩道:看来王蒙浑身是电,他触到哪一个领域,哪里就会放出火花来。

（三）谌容的小说创作

谌容（1936—　），谌容幼年曾在成都、北京、重庆等地读书,1951年初中未毕业到西南工人出版社门市部当店员,业余自学,1954年考入北京俄语学院,1957年被分配到中央广播事业局任翻译和编辑。1963年任中学俄语教师,后因病离职。谌容关注改革现实的作品主要有两类,一是对知识分子命运的忧虑,如《人到中年》《真真假假》等;二是对人们现实心态的剖析,如《减去十岁》《献上一束夜来香》《懒得离婚》等。进入20世纪90年代又有长篇小说《梦中的河》等作品问世。

《人到中年》(《收获》1980年第10期)描写了中年眼科大夫陆文婷因工

作、家庭负担过重，病累交加，濒临死亡，终被挽回生命的故事，客观而真实地展现了一代知识分子的艰难人生和生存困境，正与20世纪80年代初人们呼唤文化知识的时代精神和民族社会心理产生共鸣。这篇小说还成功地塑造了"马列主义老太太"秦波的艺术形象，为当代文学增添了一个典型的中国式贵夫人与官僚主义者。主人公陆文婷是眼科大夫，在大学毕业后就被分配到了医院当住院医生，后与研究冶金的傅家杰结婚，并育有一对儿女。她始终承受着繁忙的家务、照顾一对儿女以及紧张的生活和工作节奏带来的重压，但是，只要面对病人的眼睛，她无论多么疲劳、紧张都会忘记，终因连续在一个上午做三个手术的超负荷工作而心脏病突发，濒临死亡的边缘。躺在医院病床上的陆文婷，时而清醒，时而昏迷，脑中不连贯的闪现着过去和现在发生的事情：童年和母亲的相依为命、大学单调而忙碌的生活、甜蜜的爱情、丈夫和一对儿女、好友姜亚芬夫妇的出国晚宴、焦副部长的夫人秦波的令人难堪的目光……经过一个多月的治疗，陆文婷终于逃脱了死神，在丈夫傅家杰的搀扶下迎着寒风和朝阳走出了医院。

　　作者以严肃的现实主义态度和真诚的责任感对知识分子的生存状态进行反思，提示出一个带有普遍性的社会问题——中年知识分子问题，发出了尊重知识、尊重人才、关爱中年知识分子的吁请。而小说将抢救陆文婷作为全篇的构架，渲染了一种危迫感，突现了抢救中年知识分子刻不容缓的主题。小说成功地塑造了陆文婷这位无私奉献、谦抑克己的中年知识分子形象。她迷醉于事业，具有强烈的事业心和报国热忱，将自己的专业与祖国的医学事业发展联系在一起，志存高远；她具有高尚的医德和高超的医术，对每一位患者都不分贵贱一视同仁，悉心治疗，使他们重见光明；她具有高度的社会责任感，为事业牺牲了家庭和个人的利益，即使是在生命垂危之际，她仍在牵挂着自己的病人，而且职业角色未能压倒其天赋的母性、妻性，她对孩子和丈夫深怀歉疚之情，却唯独忘了关心自己。在某种程度上，小说也喻示了中国当代知识女性的现实困境。陆文婷这一形象涵括了一代中年知识分子的共同遭遇，具有深刻的思想价值和社会意义。

　　这部小说的谋篇布局也独具一格，作品将陆文婷病危时恍惚中的意识活动与抢救陆文婷过程中的现实活动穿插并行，运用时序颠倒、空间跳跃的意识流手法，将传统的情节结构与意识流的心理结构有机统一，既有利于容纳

# 第五章　20世纪80年代的文学创作探析

高密度的社会信息，又有利于挖掘人物心灵深处的情愫，从而使小说在谋篇布局上形散神聚。小说中的裴多菲的爱情诗也营造了浓厚的抒情气氛，使全篇犹如东方女性温柔的叹息，显得怨而不怒，哀而不伤。[1]

（四）古华的小说创作

古华（1942—　），原名罗鸿玉，湖南嘉禾人。1961年农业学校肄业，在郴州地区农业科学研究所当了14年农工。1962年发表处女作《杏妹》，此后，一直坚持业余创作。1979年至1982年，连续发表了长篇小说《芙蓉镇》，中篇小说《金叶木莲》《姐姐寨》《浮屠岭》以及短篇小说《爬满青藤的木屋》。其中《芙蓉镇》获首届茅盾文学奖，《爬满青藤的木屋》获得全国优秀短篇小说奖。古华现为中国作家协会湖南分会专业作家。

《芙蓉镇》是古华的代表作，也是新时期文学的重要收获，赢得了很高的赞誉。《芙蓉镇》（《当代》1981年第1期）"贯政治风云于风俗民情图画，借人命民运演乡镇生活变迁"，以20世纪50年代后的社会生活为背景，描写了芙蓉镇20年的变迁，对中国当代社会进行了较为深刻的历史反思。《芙蓉镇》在艺术上的第一个特色是顺叙的线型结构；其次，浓郁的乡土气息和鲜明的地方色彩。作品中连绵的群山，湿滑的溪流，葱郁的芙蓉树，瓦檐上的串串红辣椒，山乡人家嫁女时"喜歌堂"的歌舞，不时飘荡在山野间的古老的民歌，把读者带进了湖南山区、五岭腹地的情境之中。《芙蓉镇》堪称一曲"严峻的乡村牧歌"。

## 二、寻根文学

20世纪80年代中期的中国文坛处于一种开放的状态，思想观念更迭活跃，作家们像海绵似的吸收来自世界各地的文学资源，并渴望着将中

---

[1] 金汉. 中国当代文学发展史[M]. 上海：上海文艺出版社，2002.

国文学的发展推向新的方向,"寻根文学"潮流就在这样的语境中酝酿而出。

在寻找文化之根的叙事冲动中,作家们常常通过充满遥远时空感的营造,通过一些充满象征意味的人物和事件,去力图展示某一种可感知的文化。因为在一种虚构的文化时空以及具有象征性的人物形象书写中,作品更容易通过打破现实时空结构的方式去构造一种特殊的文化形态,并且通过象征的意味去体现对这种文化形态的寻找。然而,有的时候这一文化本身也是暧昧不明、难以捉摸的,甚至一度陷于对边远地区的文化书写中。一方面,或许源自于作家创作时,对讲故事的兴趣高过了对"文化之根"的内涵的探寻,但另一方面也说明了"寻根文学"作家们所寻找的文化之"根"本身的不稳定性,以及对文化之"根"的理论立场的不确定性。

(一)韩少功的小说创作

韩少功(1953——),湖南长沙人,1974年开始发表作品,他是"寻根文学"的主将,他提出"寻根"的口号,并以自己的创作实践了这一主张。代表作品有《爸爸爸》《女女女》等。

《爸爸爸》讲述的是丑陋不堪的"老根"丙崽的故事。丙崽是一个既简单又复杂的形象,说他简单,是因为他一生下来就是一个傻子式的人,一个永远长不大的穿开裆裤的小老头。但他身上似乎包含着某种神秘的东西,因为他屡次历经劫难,却又屡次逃脱。在鸡头寨人与鸡尾寨人打仗之时,丙崽却被鸡头寨人奉为神灵,称为丙仙,加以顶礼膜拜。鸡头寨人要杀丙崽祭谷神,天却响起炸雷,丙崽躲过一劫。后来鸡头寨人被鸡尾寨人打败,寨中的老弱病残都服用了很毒的草药雀芋自尽了,但喝了双倍分量毒药的丙崽却又奇迹般地活了下来。小说以一种象征、寓言的方式,通过描写一个原始部落鸡头寨的历史变迁,展示了一种封闭、凝滞、愚昧落后的民族文化形态。丙崽是一个永远长不大、却也死不了的白痴。这个形象显然具有极强的民族象征味道,他一方面表明了民族的愚昧、落后,透着没落陈腐的生存气息,代表着民族的劣根性和这劣根的顽固性,也体现了作者的文化批判与启蒙精神。在另一方面,丙崽这一形象又体现了一种民族的顽强生命力。《爸爸爸》

# 第五章　20世纪80年代的文学创作探析

解剖了古老、封闭、近乎原始状态的文化惰性，明显地表现了对传统文化持否定批判的态度。同时，小说也关注了巫楚文化，以寓言、象征等艺术手段，重新复活了楚文化中光怪陆离、神秘瑰奇的神话意味，使文本涂抹上浪漫神秘的色彩，给人留下了无穷的回味与思考。[1]

创作于1985年的《女女女》是《爸爸爸》的姐妹篇，讲述了叙述者"我"和三个女人之间的故事。传统文化与城市文明的摩擦碰撞在《女女女》中得到了很好的体现。在《女女女》里，你丝毫看不出两代人之间的温情，有的只是赤裸裸的冷漠，没有人性，没有人情。这与幺姑对养女从照顾吃喝的基本生活需求，到节俭克己的品德教育，以及对婚姻恋爱的干预形成了鲜明的对比。这种对立的差距感无形地体现出城市与乡村的文化对比。

（二）贾平凹的小说创作

贾平凹（1952—　），陕西商洛人，原名贾平娃，1975年毕业于西北大学中文系，一直保持着旺盛的创作活力。著有小说集《贾平凹获奖中篇小说集》《贾平凹自选集》等，长篇小说《商州》《白夜》《高兴》《情劫》等，中短篇小说《兵娃》《姐妹本纪》《早晨的歌》《腊月·正月》《小月前本》《天狗》等，散文集《平凹文论集》《学着活》等。

贾平凹的寻根小说创作着眼于商州地区，通过对商州的地理、风情、历史、习俗、普通百姓的生活方式和文化特色的描绘和表现，试图考察、体验和分析中国农村的历史发展、社会变革与生活变化，尤其是情感、情绪和心理结构的变化。代表性作品是《商州初录》和《腊月·正月》。

《商州初录》由一段"引言"和《黑龙口》《莽岭一条沟》《桃冲》《一对情人》《石头沟里的一位复退军人》《龙驹寨》《摸鱼捉鳖的人》《刘家兄弟》《小白菜》《一对恩爱夫妻》《棣花》《屠夫刘川海》《白浪街》《镇柞的山》等14个相对独立的短章组成，以富有诗意的语句描述了商州的美丽。作品的情

---

[1] 陶东风，和磊. 中国新时期文学30年：1978—2008[M]. 北京：中国社会科学出版社，2008.

节发展和变化都被以传统的方式赋予意义和加以解释，回避了尖锐的矛盾冲突，因而平息了应有的跌宕感，所有的故事均被安全地定位于宁静和谐的格局之中。这正是因为作家对于自己的"文化之根"，对于商州这块土地怀有着特殊的亲近之情，才使得他在一种多情、诗化的描述中，自觉过滤掉了那些可能同时存在的愚昧、丑陋、恶的成分，更加突现出了商州文化中的风情和人情之美。

《腊月·正月》讲述了退休教师韩玄子和创业先锋王才的故事。韩玄子熟读"四书""五经"，满腹"前朝后代之典故和正史野史之趣闻"，俨然商山"五皓"，他有知识、有名望、有家庭经济实力，有着平均主义的小农思想造成的狭隘与偏执，在面对农村变革时，他的心态极其复杂，寂寞、怅惘、嫉恨、无可奈何又死不认输。但出身贫寒、地位卑微的普通乡民王才顺应时代发展的潮流，积极参与经济变革，不畏艰难却一步步走上创业道路。这挑战了"重农抑商"这一千古信条，使得韩玄子地位降低、面子失落，于是他愤愤不平，想方设法算计王才，竭力阻遏王才的发展，而最终使得自己陷入四面楚歌。小说对韩玄子在竞争中迅速败北的结局安排，充分显示出经济变革对农村社会的人际关系，对农民观念意识、习惯带来的重大变动。韩玄子这个现代乡儒形象的典型意义，就在于揭示民族文化心理中的落后、保守因素在现代意识的冲击下所不能不产生的衍变。

总之，贾平凹的寻根小说有着浓郁的地域文化色彩，并以全方位的视角剖析了整个人文环境的变迁给新的心理世界带来的巨大变化。

（三）王安忆的小说创作

王安忆（1954—　），1976年发表散文处女作《向前进》。1978年调上海中国福利会《儿童时代》任编辑，1980年发表成名作《雨，沙沙沙》，80年代曾以"三恋"《小城之恋》《荒山之恋》《锦绣谷之恋》和《小鲍庄》等爱情与文化寻根的创作闻名于文坛。进入90年代，她的创作发生了一次大的转化，接连创作出《纪实与虚构》《叔叔的故事》《长恨歌》《香港的情与爱》等描写上海大都市现实与历史的作品。

王安忆《小鲍庄》的引子以"一场七天七夜的雨"将故事拉向一个充满

遥远感的时空中，体现了一种文化定格的意味。随后，在这个空间中，作者通过多个故事并行的结构方式，营造出生活于小鲍庄里人们的各种形态，并指向封闭的、仁义文化意味的传达。捞渣这一形象具有仁义的象征意味，小说赋予他的出生和行为寓言般的色彩。小说也传达了那样一个独特空间的封闭和压抑。比如，鲍彦山家收了逃荒的孩子小翠当童养媳，既免不了让她干重活，更免不了逼着人家成亲。

## 三、先锋小说

"先锋小说"主要指的是马原、洪峰、莫言、残雪、余华、苏童、格非、叶兆言、孙甘露、北村、叶曙明等人在20世纪80年代中后期创作的小说。其中有些作家的创作较早一些，特别是残雪和莫言，他们产生影响力的时间也比较早。作为一股文学潮流，1987年无疑是"先锋小说"摆出强大阵容集体亮相的年代。这一年里《人民文学》的第1—2期合刊上，集体推出了孙甘露的《我是少年酒坛子》、北村的《谐报》、叶曙明的《环食·空城》等作品。《收获》的第5、6期则集体推出了苏童的《一九三四年的逃亡》、余华的《四月三日事件》《一九八六年》，孙甘露的《信使之函》，格非的《迷舟》等作品。这些作品以鲜明的话语意识和形式实验掀起了一股热潮，"先锋小说"也因这批年轻作家的出场而成为20世纪80年代文学史上不容忽视的文学现象。

（一）马原的小说创作

马原（1953—　），辽宁锦州人。20世纪70年代曾经到农村插队，也当过钳工。改革开放以后，马原考入了辽宁大学中文系，毕业后到西藏担任记者、编辑。1989年被调回辽宁，专心从事文学创作。2000年后，一直在同济大学任中文系教授。其作品主要有《夏娃——可是……可是》《冈底斯的诱惑》《拉萨河女神》《喜马拉雅古歌》《西海的无帆船》《虚构》《大师》等。

马原是先锋小说的领头人，他的"叙述圈套"开创了中国小说界"以形式为内容"的风气，影响了一大批年轻作者。马原的叙述惯技之一是弄假成真，马原本人常常出现在自己创作的小说中，他不仅是故事的叙述人，同时也是亲历者，以回忆或自叙的形式讲述着自己亲历的事件，这样就"把过于认真的读者带入一个难辨真伪的圈套"，而且也把自己也逼入了一个圈套之中，像埃舍尔的魔画。而且，马原不仅把自己写进小说，他的朋友们、熟人等也经常在小说中出现，不仅为他提供故事，同时也活在马原为他们所讲述的故事中。这些特点形成了马原独特的"叙述圈套"。

马原的先锋小说代表作《夏娃——可是……可是》意在通过实验来说明，一个讲得好的故事即使是编造的也会被读者认为是真实的。在小说里，女主人公史小君听了男朋友讲述他自己在一次大地震中如何救助了一位美丽姑娘，之后这位姑娘不知为何被打死的故事。马原在小说中运用了双重叙述结构，并说明正是双重叙述结构使得读者将编造的故事信以为真。作者通过"我"（史小君）来叙述另一个"我"（史小君的男友）所叙述的故事；运用了"元小说"的叙述手法，使叙述文本中出现了"高于"叙述话语的另一套话语，对叙述话语予以评说，而叙述者也因此扮演了多个角色：既是叙述者，又是作品中的人物，还是作品中的故事的作者，三位一体，因此有了一定的自我相关性，也使得所编造的故事就有了部分事实依据，有意无意中在一定程度上增强了故事的可信度。同时，马原利用了"自反性"叙述，即叙述者对于小说所采用的一系列手法、惯例、程式等成规具有清醒的意识，并且不时告知读者："我在写""是我写的""我正在叙述"，以此说明作品的虚构性，这在一定程度上夸示了作品所描绘的真实与叙述技巧之间的矛盾。在小说中，故事真实性的客观标准就被消解了，不再存在所谓的"客观上"是否真实的问题，取而代之的是主观上是否相信的问题。

另一篇代表作《冈底斯的诱惑》叙述了几个不相干的故事：剽悍的藏族神猎手穷布和陆高、姚亮探寻野人的踪迹的故事；陆高和姚亮设法观看"天葬"未果的故事以及顿珠、顿月兄弟俩和尼姆的"婚姻"故事。这几个故事没有什么关联，它们单独成立又串连在一起。故事的线索也不很明确，往往突如其来，倏然而去。小说中的叙述者和小说的人物是各自独立的，叙述者常常跳出故事来提醒人们，他是在讲一个虚构的、过去的事。小说从头到尾没有一个统一的人称，一直在不停地转换人称。这种把作者、叙述者以及人物交揉循回的扑朔迷离的叙述方式，打破了读者阅读时的惯性与期待，造成间离效果，拉大了读者和故事世界的距离，淡化故事的真实性，从而使读者的经验世界同故事的观念世界保持平行，对作品内容作出清醒、理性的判断。

马原的小说给人们留下了深刻印象，他在小说中的那一句句诸如"我就是那个叫马原的汉人，我写小说"，"我得说下面的结尾是杜撰的"的话，打破了人们在小说中寻找故事情节的连续性和现实感的阅读体验，不断地在人们试图寻找故事情节的发展方向时，告诉人们这只是一种虚构。与马原同时代的其他"先锋小说家"，如洪峰、余华、苏童、格非、叶兆言等，也在小说叙述中频频使用这种叙述手法，故意暴露叙述者的叙述动机、意图、故事情节的虚构性（或叙述者的刻意为之）等。

从文学史的意义而言，"先锋小说"对叙述方式变革的执着，对语言表述方式的改变让我们看到了中国小说"文本"的变革。一定意义上，其形式上的变革使中国小说叙事策略走向了一个高度，并开始真正关注小说的艺术性的问题。但是，其形式变革也包含着追求技术创新的躁进、作家价值建构的游移，以及对生活感悟力度的缺乏。并且很快在大众需求的温情中，淡化了对人性和生活的叙事的尖锐感。

更重要的是，这不仅是20世纪80年代"先锋作家"的问题，而是我们当下整个文学创作的问题。我们无法要求一代先锋作家永远"先锋"下去，但是，每一代作家中依然需要"先锋"。所以，我们思考80年代"先锋小说"的艺术形式，与其说是为其创作本身而思考，不如说是为其之后所有作家的创作而思考。

（二）刘索拉的小说创作

刘索拉（1935—　），原籍陕西，生于北京。她的处女作《你别无选择》在先锋小说的发展中，无疑是一篇具有开创性的作品，1985年该作品荣获全国优秀中篇小说奖，刘索拉也因此跻身于新时期杰出作家行列，获得较高的赞誉。除此之外，她还创作了《蓝天绿海》、《寻找歌王》等作品。

《你别无选择》描写了音乐学院一群青年学生闹剧般的生活，展示了他们深深的孤独感，无所事事空虚无聊，压抑和扭曲、迷茫和骚动的心态，难以遏制的创造激情和执著追求,传达出一种时代的特定情绪,一种年轻人躁动而积极的追求,一种渴望不断创造的激情。

先锋派小说作家明显受到20世纪初西方存在主义、表现主义以及美国20世纪50年代"跨掉的一代"等现代主义文艺思潮的影响,他们的小说也体现出对个性的强烈追求,对西方文明以及文化的推崇,试图以嘲弄调侃的笔调对现存正统的各种社会秩序和规范提出挑战,进行颠覆。刘索拉的小说就是对当代人复杂心态和精神的观照,其作品一反20世纪70年代以来以象征、隐喻、寓言、抒情的风格表达崇高与悲剧美的传统,转向追求以反讽、荒诞、幽默风格来表现平随琐碎的生活图景,体现出当代先锋小说对庄严的启蒙主义主题的淡化和消解。小说《你别无选择》以散乱无章的情节、骚动的人物心态、快速的节奏、"黑色幽默"式的调侃性语言、音乐流动式的结构,展现了青年学生在刻板郁闷的环境中形成的孤独、压抑、痛苦、昂奋的复杂情绪,首次传达出当代中国人对于"存在"的荒诞感。刘索拉这部作品对现存世界正统规范的反叛和颠覆,给读者带来难以忘怀的震惊。[①]

### (三)莫言的小说创作

莫言(1955— ),山东高密人,原名管谟业。幼年在家乡小学读书,后因"文革"辍学劳动多年,18岁时到县棉油厂干临时工。1976年8月参加解放军,来到渤海边上,站岗之余依旧喂猪、种菜。1979年秋调至解放军总参谋部,历任保密员、政治教员、宣传干事。1981年开始小说创作,1984年秋入解放军艺术学院文学系学习。1985年发表中篇小说《透明的红萝卜》,引起文坛注意。1986年发表中篇小说《红高粱》,反响强烈。2006年出版第一部章回小说《生死疲劳》,并获得福冈亚洲文化大奖,2008年这部作品获得首届美国纽曼华语文学奖。2009年出版长篇小说《蛙》,作品于2011年获得第八届茅盾文学奖。2012年,莫言因其"用虚幻现实主义将民间故事、历史和现代融为一体"获得诺贝尔文学奖。

---

① 刘勇,李春雨,杨志,等. 中国现当代文学[M]. 北京:中国人民大学出版社,2015.

《透明的红萝卜》讲述的是小黑孩偷红萝卜充饥被批斗的故事。小黑孩是个孤儿，从小受到后母的虐待，总是吃不饱。12岁的他去运河工地干活，饥饿难耐，去菜地里拔了一根红萝卜充饥，却被看田人当场抓住，送到工地，工地为此开了一场可怕的批斗大会，上百人围着这个12岁的孩子高呼口号，欲除之而后快。小黑孩无奈钻进麻地里像鱼一样游走了。小说以饥饿为主题，笔墨集中于小黑孩的不幸身世和悲惨命运以及孩子本身的聪慧、机敏和自尊要强。

《红高粱》以虚拟家族回忆的形式描写了"我"爷爷余占鳌组织的民间武装，以及发生在高密东北乡这个乡野世界中的各种野性故事。小说的情节由两条故事线索交织而成：一条是"我爷爷"余占鳌和"我奶奶"戴凤莲在抗日战争前的爱情故事；另一条是"我爷爷"余占鳌率领民间抗日武装伏击日本人汽车队的起因和过程。而小说在展开这两条线索时借鉴了美国作家福克纳和拉美作家马尔克斯的意识流小说的时空表现手法和魔幻现实主义小说的情节结构方式。小说中以"我"这样一个晚辈的身份来叙述前辈的经历几乎完全打破了传统的时空顺序和情节逻辑，形成了一个开放的艺术视角，将整个故事讲述得非常散漫自由，也相应形成了莫言天马行空式的随意的、感觉化的叙述方式和叙述态度。小说中运用了违背常规的比喻与通感等修辞手法，在语言层面上形成了一种瑰丽神奇的特点。

总之，莫言的小说形成了个人化的神话世界与语象世界，他使先锋小说带有了奇异的感觉，他擅长把儿童性感觉镶嵌在小说中，尤其在叙述进入惊心动魄的时刻，他的感觉方式的独特性，对现代汉语进行了引人注目的扭曲与违反，形成了一种独特的个人文体。

## 四、伤痕文学

（一）刘心武的小说创作

1977年11月，刘心武的短篇小说《班主任》在《人民文学》发表，打破文坛的僵滞局面，给沉寂、封闭的文坛冲开了一个突破口。小说大胆、真实地将"文化大革命"所造成的"心灵灾难"毫无隐晦地表现出来，先声夺人，振聋发聩。接着，卢新华的《伤痕》再次震动文坛，以该作品命名的新时期第一个小说创作潮流"伤痕小说"从此拉开帷幕。

刘心武1942年生于四川成都。1977年11月短篇小说《班主任》发表后在社会上引起强烈反响，刘心武因此而蜚声文坛。此后，他陆续发表了《没工夫哎息》《我爱每一篇绿叶》《醒来吧，弟弟》等短篇小说和《如意》《立体交叉桥》等中篇小说以及长篇小说《钟鼓楼》等。刘心武文学创作的最突出特点是社会性强，具有强烈的社会责任感和使命感。[①]他的成名作《班主任》塑造了谢惠敏和宋宝琦这两个心灵被严重戕害和扭曲的中学生形象，并发出了振聋发聩的"救救孩子"的焦灼呐喊，从而引起了社会的注目。《班主任》之后，刘心武继续关注时代社会问题，20世纪80年代后，他开始关注有着深厚文化底蕴的北京市民生活，先后创作出《如意》《立体交叉桥》等中篇小说，产生了广泛影响。[②]

（二）周克芹的小说创作

周克芹（1937—1991），也是"伤痕小说"的代表作家之一，出版有长篇小说《许茂和他的女儿们》《秋之感》，短篇小说集《石家兄妹》《周克芹短篇小说选》，中篇小说《橘香，橘香》等。长篇小说《许茂和他的女儿们》中许茂的遭遇有着深刻的社会内容，这个形象具有典型意义和认识价值。作品通过对他的命运的揭示和对他心灵的剖析，控诉了那个扭曲和改变人性的动乱年代，体现出周克芹对一系列历史是非，特别是农业政策、农民问题的思考。许茂思想倒退的过程正是十年动乱历史逆转的投影，他的生活命运正是对历史是非最公正的评论。小说采用了"家庭记事"的结构形式，以四姑娘许秀云的婚姻波折为主要线索，交织了许茂、金东水、郑百如之间的矛盾

---

① 党秀臣，习曼君. 中国现当代文学[M]. 北京：高等教育出版社，1994.
② 裴合作. 中国现当代文学[M]. 长春：吉林大学出版社，2009.

冲突，设置了波澜起伏的情节，通过一个家庭的命运概括了亿万农民的遭遇，以一个村庄的变化反映了整个时代的风貌。①

## 五、改革文学

中共十一届三中全会之后，党内确定了改革开放的政治路线，在全国范围内开始了经济和政治改革。改革开放这一具有重大历史意义的大事要求我们在反思历史的同时又能超越之，与改革的现实紧密地联系在一起，要求作家们以充满激情的笔触和冷静的理性眼光去关注改革，抒写改革和思考改革，去做改革开放的"书记"。顺应历史的发展要求，改革小说便应运而生，并一时成为文坛主角。自1979年夏蒋子龙的短篇小说《乔厂长上任记》的脱颖而出，改革小说开始了它的发轫期。至1981年底张洁的长篇小说《沉重的翅膀》问世，改革小说进入了第二阶段，剖示了改革进程的繁难与艰辛，透射出政治经济体制改革所带来的社会结构的整体变化。改革文学主要还有柯云路的《三千万》《新星》、张洁的《沉重的翅膀》、李国文的《花园街五号》、苏叔阳的《故土》、张贤亮的《男人的风格》、矫健的《老人仓》、王润滋的《鲁班的子孙》、贾平凹的《鸡窝洼的人家》、张锲的《改革者》、焦祖尧的《跋涉者》等。在这些作品中，作家们不但正面描写了改革的艰辛与困境，而且力图表现改革给文化生活各方面带来的变化，包括思想观念、伦理道德、民族心理等方面的变化。改革小说的代表人物有蒋子龙、高晓声、路遥等，这里对他们的改革小说创作进行分析。

（一）蒋子龙的小说创作

蒋子龙是改革文学的先驱和开拓者。蒋子龙1958年从天津第四十中学毕业后，考入天津重型机器厂技工学校，1960年毕业后在厂里当锻工，同年入

---

① 党秀臣，习曼君. 中国现当代文学[M]. 北京：高等教育出版社，1994.

伍，在海军航海保证部当制图兵，并开始文学创作，1962年开始发表杂文和通讯等。1965年复员回厂后，发表有小说《新站长》《三个起重工》。1976年在《人民文学》复刊后的第1期上发表的《机电局长的一天》曾引起较大反响。

《侨厂长上任记》（《人民文学》1979年第7期）讲述了以新任厂长乔光朴为代表的改革派战胜以冀申为代表的保守派，救活一个大型国营工厂的故事。乔光朴是作者着力塑造的一个具有开拓精神的改革家形象，寄托着人们期待具备理想人格力量的救世英雄的美好愿望。作品一发表就在社会上产生了强烈反响，被看作是"改革文学"的发端。

此后，他又写出了《开拓者》《狼酒》《一个工厂秘书的日记》《赤橙黄绿青蓝紫》《锅碗瓢盆交响曲》以及长篇小说《蛇神》等反映改革的作品，思想和艺术都有了一定的丰富和发展。

（二）高晓声的小说创作

高晓声（1928—1999），江苏武进人。受古典名著熏陶，从小酷爱文学。1948年考入上海法学院经济系，1949年入苏南新闻专科学校学习，次年毕业。1954年发表处女作短篇小说《解约》，以新的婚姻法为背景，在文坛上引起注意，并开始生成自己的写作风格。1957年6月发表了把宣言具体化的探索小说《不幸》。1979年后他以寓庄于谐的格调，简练幽默的文笔，连续写了反映农民生活和命运的短篇小说《李顺大造屋》《"漏斗户"主》《陈奂生上城》《陈奂生出国》《钱包》等，在新时期的文苑中独树一帜。1999年因患肺性脑病在无锡逝世，享年71岁。

高晓声的改革小说多取材于苏南农村生活，以严峻的现实主义笔触，揭示政治、经济变革对普通农民命运的深刻影响，其"陈奂生系列"小说便是高晓声改革小说的主要代表，其中最有名的当属《陈奂生上城》（《人民文学》1980年第2期）。小说写出了摆脱了饥饿的困扰之后的陈奂生的精神状态。陈奂生是一个勤劳、憨实、质朴的农民，小说讲述了他进城卖油绳、买帽子、住招待所的经历以及他在这一系列经历中的心理变化，写出了背负历史重荷的农民在跨入社会历史变革门槛时的精神状态。作者从中国历史文化角度来思考中国农村和农民命运的发展及其原因,提出了农民在解决了物质需求之后,如何满足他们的精神追求的问题,并由此引发出对中国国民性的改造问题,在精神上与"五四"文学传统相衔接,最能体现高晓声小说的特点。《战术》《种田大户》和《陈奂生出国》则展现了农村的新形态,一部分人开始从土地中分离出来,而另一部分农民仍在土地上耕作,它似乎在预示着中国农村经济发展的一种历史趋向。

(三)路遥的小说创作

路遥(1949—1992),陕西清涧人,少时就喜爱中国现代文学和俄罗斯文学,并开始练习写作诗歌和散文,1966年县立中学毕业,1969年末返回故乡当小学教师。1973年进入延安大学中文系学习,开始尝试文学创作,艺术上深受陕西作家柳青的《创业史》影响。1976年毕业分配到陕西省文学创作研究室,后任《陕西文艺》(现恢复原名《延河》)编辑。1992年去世。代表作有《人生》《平凡的世界》,中短篇小说集《当代纪事》《姐姐的爱情》《路遥小说选》等。

《人生》(《收获》1982年第2期)以乡村与县城为生活背景,描写了高加林的奋斗历程。作品一问世,就围绕着高加林的人生道路和奋斗方式引起争议。《人生》在一个爱情故事的框架里,凝集了丰富的人生内容和社会生活变动的信息。小说讲述的是农村青年高加林的人生经历。小说成功地塑造了高加林这个颇具新意和深度的人物形象。高加林有文化,富于理想,勇于进取,同时又爱虚荣,有较强的个人主义,是一个正在成长而又缺乏正确指导思想的青年。他执着追求能够实现自我价值和获得人们认同价值的生活和工作环境,他与刘巧珍的分手标志着他与土地和它象征着的传统乡村生活的决裂,他在坎坷不平的人生道路上终于迈出了重要的一步,但这一步虽然合理却似乎不尽合情,特别是它对巧珍所带来的伤害更令人遗憾。他自己也难免内疚和不安,但自我谴责背后是一种痛苦的灵魂搏斗后的自我肯定。最终他把来自内心的自我谴责和来自外部的道德责难全部否定。高加林是一个颇具新意和深度的人物形象,他那由社会和性格的综合作用而形成的命运际遇,折射了丰富斑驳的社会生活内容。借助这一人物形象,小说触及了城乡交叉地带的社会的、道德的、心理的各种矛盾，实现了作者"力求真实和本质地反映出作品所涉及的那部分生活内容的"的目的。

1986年发表的长篇小说《平凡的世界》获第三届茅盾文学奖。小说以孙少安为代表的兴办乡镇企业和以孙少平为代表的民工进城这两条线索中展开叙述的画轴，全景式地反映了中国当代城乡生活的长篇小说，系统而又翔实地记述了中国1975年至1985年近十年间城乡社会生活变迁的历史，并通过复杂的矛盾冲突，刻画了社会各阶层普通人的形象。小说也发掘出了"城乡交叉地带"的年轻人身上的复杂性格。孙少平和高加林一样，也是在城市化进程中，凭借青年人的热情和才能去追求和建设自己的生活理想，但由于一定的自身麻木性和社会局限性而未能真正走向城市，实现自我进一步的人生理想。田晓霞、吴月琴、吴亚玲这样具有现代女性意识的女学生、女知青，在她们身上也能发掘出很多传统的美德和追求。孙少平与田晓霞的爱情理想结构也是城乡交叉的"结合型"，实质上在潜意识里却表露出城乡的差别与互渗。

## 第五节　现实主义戏剧的发展

20世纪80年代初期，中国戏剧荒芜凋零，百废待兴。中共十一届三中全会以后，改革开放的思潮迅速蔓延到文学艺术领域，从而使20世纪80年代的戏剧呈现出了一些新的特点。戏剧舞台上，一大批触及并突破20世纪30年代以来令众多剧作家望而生畏的政治禁区和思想禁区的剧目被搬上了舞台。这些戏剧有的是大胆反叛传统、进行戏剧艺术的创新探索实验戏剧，有的是以反映普通人的遭遇和命运，发掘人丰富而复杂的心灵世界的新现实主义戏剧，它们共同展现了20世纪80年代戏剧复苏、徘徊、探索的发展历程。

进入20世纪80年代后，现实主义戏剧向"五四"以来的传统精神和审美特征回归，即在戏剧中描写"真实生活"中的人，展现普通人的遭遇和命

## 第五章　20世纪80年代的文学创作探析

运，发掘平凡人丰富而复杂的内心世界。此后，随着改革开放的日益深入，东西方戏剧文化在频繁的交流中，相互影响借鉴，中国传统戏剧家们将传统现实主义原则、西方现代美学与东方戏剧精华合而为一，使传统现实主义迅速与国外现实主义接轨，将传统现实主义推向了新现实主义。新现实主义戏剧应真实地反映社会本质，即写实；认为现实生活中的人多种多样，因而人的内心所思所想也就多种多样；认为戏剧应该具有开放性，20世纪80年代的新现实主义戏剧往往追求在日常生活中折射历史的沧桑和社会的变迁。

随着生活的急速发展和思想解放运动的深入，剧作家的目光开始由历史转向现实，《假如我是真的》《报春花》《权与法》《未来在召唤》《救救她》等一批具有强烈的现实批判精神的社会问题剧出现于剧坛，戏剧现代意识的觉醒和作家主体精神的高扬，使中国戏剧的现代化进程终于得以重续。

《于无声处》在新启蒙时代是一出具有标志性的话剧，它引起的社会轰动效应至今仍让人难以忘怀。作为一出现实主义话剧，《于无声处》对社会现实反映的深刻性是毋庸置疑的。《于无声处》在现实主义的原则下又体现着理想主义的色彩，譬如在表现何是非与何为、何芸的矛盾时，真理的力量是否能够冲破亲情、他们的矛盾是否表现为势如水火的政治斗争，都颇让人怀疑。如果说这种叙事可以存在，那么《于无声处》在艺术上显然没有完全摆脱革命现实主义的叙事模式。

《陈毅市长》既是在书写历史，又是在表达理想，也是在赞颂知识分子。剧作塑造的"陈毅市长"既是理想中的领袖人物，也是陈毅本人的人格体现。在戏剧艺术上，《陈毅市长》采用了不以中心事件而以主要人物陈毅贯穿始终，每场戏自成一体，展示众多的事件和冲突；但场与场之间仍有一定联系的开放式结构方式使全剧不乏整体感，从而塑造了较为丰满的陈毅形象。《陈毅市长》可以说是文学作品表现革命领袖的佳作。

# 第六章　20世纪90年代以来的文学创作探析

20世纪90年代以来，中国社会进入一个新的历史时期，与之相对应，中国文学也进入一个新的历史时期。从20世纪80年代末到90年代初，世界局势发生了急剧的变动，东欧剧变、苏联解体，结束了战后东西方世界两大阵营长期对峙的冷战局面，世界开始进入一个以和平和发展为主题的新时代。面对世界格局的风云变幻，中国共产党坚持走中国特色的社会主义道路，不失时机地把建设社会主义市场经济的目标，提到了进一步深化和扩大改革开放的议事日程上来。"社会主义市场经济"使中国全面进入现代化的物质实践层面，一个世纪以来中国曲折的现代化进程，终于从呼唤思想解放、人的主体性等思想层面进入到政治、法律、科技等具体操作层面，中国文化、价值理念也随之进入到一个复杂的转型期。

## 第一节　20世纪90年代以来的文化背景

### 一、从文化热到经济热

如果说20世纪80年代是文化热，90年代以后中国社会可以概括为经济热。这种热源的转变，从根本上影响着中国90年代以后的文化（文学）走向。最重要的是，这种转变的意义绝不仅仅相对于80年代，而是有其更久远的历史意义。"文化"和"经济"——从这两个关键词就可以看出：80年代一般被认为是一个充满青春激情、理想与追求、纯真朴素，较少人心博弈的"文化人时代"；而90年代则似乎是一个追逐利益、淡化理想和精神追求、欲望浓重、道德与人生价值混乱的"经济人时代"，当中国这艘破旧的巨轮经过近百年的修复后，它终于在90年代重新调整航向，满载着一个民族创造富强的梦想乘风破浪，开拓世界。当一个民族国家的重心由之前的政治意识形态转向以经济建设为中心时，建立于经济基础之上的上层建筑自然也会发生一系列的变化。这就为20世纪90年代文学的转型和独特内涵提供了其他年代无法比拟的历史背景。

具体来说，在散文方面，受到市场经济的影响，各类新形式、新媒体、新风格的散文创作发展势头迅猛。这些散文在内容上紧紧抓住当今读者的阅读需求，从心理到人际再到消费，全都给予关注，在艺术形式上出现了新的富有创造力和时代感的语言。同时，一批中青年杂文作家的创作对于针砭时弊、批判社会等方面起到了一些作用。

在诗歌方面，诗坛上存在所谓"知识分子写作"与"民间写作"的论争。其中虽有争夺话语权的成分，但它确实反映了20世纪90年代以来诗人们在艺术观念和艺术主张上的分歧，一定程度上反映了精英写作与世俗化写作这两种诗歌创作历来具有的运动形态，它们互相矛盾，互相作用，互相渗透补充，并非绝对对立。

在小说方面，新写实小说和新历史小说在之前的基础上，都有了全新的突破和发展，具有了全新的艺术实践和审美情趣。同时，新生代小说和女性小说成为热点。新生代小说家曾因为他们的"边缘化""欲望化""个人化"的叙事策略和言语方式而引起反响，并被称作是"五四"以来文学传统"断裂"的表现，体现出与20世纪80年代文学"一刀两断"的文化姿态。而随着女性地位的提高，女性作家在文坛上也日益活跃，她们的创作成为世人更加深入了解女性内心世界的一个窗口。

在戏剧方面，出现了具有新现实主义特点的戏剧，以普通人的生活为主，内容世俗化。这一时期，名剧改编也是当下的一股热潮，如《日出》《原野》等都曾改动后搬上了舞台。大师们的经典剧目被创新、改编，在20

# 第六章　20世纪90年代以来的文学创作探析

世纪90年代以来的戏剧领域占有很重要的地位。

总的来说，20世纪90年代多元化的发展面貌与当代中国的社会性质和时代变化密切相关。首先，由高度集中的计划经济向社会主义市场经济体制的转换给中国带来了一场历史性的大变革，尤其带来人们价值观的转变和不同文化、思想的并立交锋，集中表现为绝对主流的话语不复存在，而代之以多种话语的对峙、冲撞乃至消解。在思想的碰撞中形成新的包容的多向思维空间，而多向发展的经济、文化领域的剧变又以巨大的能量辐射到文学的领地，它要求文学改变以往视角单一、齐声共语的状态，以多种话语形式和思维向度反映多姿多彩的当代生活。其次，从全球的大环境看，这一时期的世界格局由原来的两极向多极化发展，社会主义阵营和资本主义阵营由对抗走向对话，东方与西方在经济、文化等多方面出现合作的趋势，和平与发展成为时代的主旋律。90年代的重大事件都表现出多极格局的时代色彩，而这种世界格局的变化对中国社会的政治、经济、文化乃至文学都会产生深刻的影响。因此，在80年代文学格局经历了由单一、封闭向多元、开放转变的过渡历程后，90年代文学全方位的多元化、争鸣性局面已经基本形成，各种文学思潮自由生长，互相促进，从根本上说，这是当今时代社会和价值体系变化在文学层面的必然反映。

## 二、文学的开始与拐点

如果我们只是从文学史中那些高度概括的语句，或者今天的媒体描述来看，20世纪90年代似乎和其他年代一样在人们的期待中平静地开始了。1993年可以算作整个90年代文学的拐点。1992年邓小平"南方讲话"奠定了中国发展的基本方向，在文学领域也出现了许多重要的转型现象。张志忠在《1993：世纪末的喧哗》一书中对90年代文学的许多重要现象进行了精要的论述，比如王朔现象、女性文学、"陕军"东征、留学生—打工文学、文化激进主义与保守主义的思考，"顾城之死"与《废都》的比较、人文精神讨论及文坛争论等。朱向前《1993：卷入市场以后的文学流变》从王朔在上一年的大红大紫现象中总结了市场对于文学的强大引导作用，认为全面走向市场的中国当代社会将急速改变中国传统文学生态环境和价值取向。简言之，文学作品的商品属性将得到前所未有的正视与强调。[①]

多数文学生产将渐渐从政治辐射下走出，意识形态的色彩将随着文学卷入市场而淡化，取而代之的则是商业气息愈加浑厚，作家、个人、市场、社会将会在双向选择中导致文学的分化。20世纪90年代文学受到了市场经济和意识形态的双重挤压，出现了新的变化和风貌，百年中国文学正站在新的转折点上。这种转折产生的强大"扭力"，让包括作家在内的中国知识分子在精神深处强烈地感受到了某种历史的错位与困惑。

## 第二节　散文的多元化发展

### 一、散文热潮与新散文运动

散文的繁荣，总是伴随着思想的繁荣而产生的。在"五四"时期，散文曾有过超过小说和诗歌的辉煌，1985年后，随着人们生活的丰富与思想的活跃，再一次出现了散文的热潮。有人甚至将20世纪90年代称为散文的年代。"散文"的自由和无形，为散文的创新提供了想象的空间。同时，快节奏的现代生活，致使读者的阅读选择更偏向于相对轻松自由的散文。不但不少诗人和小说家在90年代专事散文写作，而且原来被职业作家大包大揽的局面被彻底打破，一些非职业写手写出了堪与职业作家相媲美的优秀散文，散文仿佛一夜之间成了人们的新宠。在原有的杂文、游记、小品和叙事散文、抒情散文的基础上，又衍生出生活小散文、文化大散文，以及学者散文、文人散

---

[①] 高玉. 中国现当代文学史[M]. 杭州：浙江大学出版社，2013.

文、小女人散文等新品种。[①]

创刊于1979年的《读书》杂志,以其浓厚的学术气息在20世纪80年代中后期渐渐成为人们关注的对象。除了学术文章外,还包括一些学者的海外游记、书话等,逐渐形成了学者散文和思想随笔的一个源头。

20世纪80年代末,余秋雨《文化苦旅》在《收获》杂志上的连载,引发了一个文化散文的热潮。1998年,《大家》杂志设置《新散文》栏目,《作家》《花城》等也相继开设《新散文专栏》,连续推出张锐锋的《马车的子》《皱纹》《飞箭》《别人的宫殿》《祖先的深度》《幽火》《河流》《月亮》,以及于坚的《棕皮手记》,周晓枫的《收藏》等散文作品,许多评论家纷纷对"新散文"予以肯定,许多报刊相继发表评论文章,在散文界掀起了一场"新散文运动"。这些作品有两个突出的特征,一是长篇巨制,动辄洋洋几十万言;二是打破了小说与散文的界限,以虚构性瓦解散文的"真实性"原则。"新散文运动"旨在突破传统散文模式,以从内容到形式的前卫探索区别于旧散文的美学新特征。

## 二、文人散文与文化散文

在20世纪90年代的散文热潮中,文人散文占有重要的地位。

汪曾祺一直是个边缘作家。1992年,在出版了第一部散文集《蒲桥集》后,连续出版了《葡萄月令》等五本散文集。其散文与他的散文化的小说颇为接近,记人事、写风景、谈文化、述掌故,兼及草木虫鱼、瓜果食物,时作小考证,以雅致的情趣展示文人的审美化生存,延续着明清散文和"京派"散文的闲适传统和美学特点,被称为20世纪最后一个"士大夫"。

张承志继1989年的散文集《绿风土》后,一连推出《荒芜英雄路》《清洁的精神》《无援的思想》等,记录了作家的生存状态和思想历程,似乎成了职业散文家。陈村的《意淫的哀伤》等幽默机智的随笔也到处可见,甚至

---

[①] 李平,陈林群. 廿世纪中国文学通证[M]. 上海:上海三联书店,2004.

比他的小说更出色。韩少功的《性而上的迷失》显示出其他作家少有的学者风采。诗人欧阳江河收在诗学随笔集《站在虚构这边》中的《纸手铐：一部没有拍摄的影片和它的四十三个变奏》，表现出诗歌、小说、戏剧和电影的种种特点，水乳交融，叙述并不宏大，文本也不如那些新散文长，内在的韵味却相当丰厚绵长，是作者诗学理念的一次散文实践，属于真正具有革命性的散文之列，可称得上是真正的大散文。此外，重要作品还有冰心的《我的家在哪里》、张洁的《世上最爱我的那个人去了》、周涛的《游牧长城》、张抗抗的《牡丹的拒绝》，以及王蒙关于《红楼梦》和李商隐的系列散文《红楼启示录》《风格散记》等。王安忆、余华、莫言、李锐、刘震云、张炜等作家都有可喜的收获，其中成就最为突出的是史铁生和王小波。

史铁生1967年毕业于清华大学附中初中，1969年去陕西延安插队，1972年因双腿瘫痪回北京。1974年到北京北新桥街道工厂工作，1979年发表小说处女作《法学教授及其夫人》。1981年病情加重，回家养病。1983年加入中国作协。主要作品有《我的遥远的清平湾》《礼拜日》《舞台效果》《命若琴弦》等中短篇集和《务虚笔记》等长篇，在对知青生活的回忆和对残疾人命运的描写中，呈现出平淡质朴而意蕴深沉的散文化倾向。

王小波1989年出版第一部小说集《唐人秘传故事》，1992年成为自由撰稿人，先后出版有《王二风流史》《时代三部曲》（包括《黄金时代》《白银时代》和《青铜时代》）等小说，以及《思维的乐趣》《我的精神家园》和《沉默的大多数——王小波杂文随笔全编》等散文集。

在这时期的散文热潮中，还出现了一批非职业的散文作者。张中行长期从事编辑工作，以"杂家"著称。20世纪80年代开始，把回忆30年代以前北京大学旧人旧事的60余篇闲话，结集为《负暄琐话》，后又有《负暄续话》和《负暄三话》，像"出土文物"般在述说"逝者如斯"的文化乡愁中重构人生和历史；成为文化散文的重要作家之翻译家王佐良的《一次动情的旅行》系列文章，以显著的人文色彩区别于一般的山水游记；海外学者董鼎山的《名作家与酒量》《海明威的立体造型》等，在介绍品评海外作家的同时，洋溢着学者的学识和学养。此外，还有周国平的《迷者的悟》、刘锡诚的《走出四合院》、陈平原的《学者的人间情怀》等。

在文化散文创作中，影响最大的是余秋雨。

## 第六章　20世纪90年代以来的文学创作探析

余秋雨幼年在家乡读小学，后到上海读中学，从上海戏剧学院毕业后留校任教，后任教授、院长。1962年开始发表作品，著有《戏剧理论史稿》《戏剧审美心理学》等。先后于1988年和1993年在《收获》上以专栏的形式刊出的《文化苦旅》《山居笔记》引起轰动和争议，又出版有散文集《霜冷长河》、散文选集《秋雨散文》《文明的碎片》（后因盗版猖獗而拆版停印）等。

《遥远的绝响》是一篇追怀魏晋文人风度以及讨论其与时代、政治关系的散文。作者一开始就把魏晋时代描写成英雄时代消失后的"一个无序和黑暗的后英雄时期"，在这样的时代里，专制与乱世像两个轮子载着国家狂奔在悬崖峭壁上，文人是这辆车上唯一头脑清醒的乘客，但他们稍稍有所动作，就立刻被两个轮子轧得粉碎。所以当一代文豪嵇康被杀后，他的朋友阮籍、向秀等不得不向司马氏的政权屈服，有的郁闷而死，有的忍辱而活，风流云散。

余秋雨散文是以"重温和反思"开始其"文化苦旅"的，"借山水风物与历史精魂默默对话，寻找自己在辽阔的时间和空间中的生命坐标"，在自然山水中进行人文山水的勘探，将人、历史和自然浑沌地交融在一起。余秋雨散文文笔通俗浅显，满足了现代都市人对雅致文化的精神需求，以至引发了一个盗版狂潮，这成为20世纪90年代的一个重要文化现象。

### 三、市场化时代的散文创作

20世纪90年代，随着市场经济体制在我国的起步，中国经济和社会的发展都进入了一个历史性的转型阶段。随着90年代中期"文化散文"再一次市场化，一批新生代散文家又进行了新的散文试验。市场化下的散文创作，正是在这种两极走向下曲折前进的。

史铁生的《我与地坛》是市场经济时代最个人化的生命探索，这缘于作家特殊的生命机遇：在他的生命刚刚成年，在改革开放让整个国家展现生命活力的时候，他却丧失了行走的能力，成为了社会彻底的边缘人。只有边缘人才会如此执着地检视生命、体味生命。"地坛"与"我"在精神上具有一致性——都是一个废弃的存在,因此在地坛,"我"能够更直观地感受到生命的奥秘。《我与地坛》是作者对于生命存在的思考:我要不要死;我为什么活;我干嘛要写作。这些问题在平常人看来都是不存在的问题——只有在生命边缘线上徘徊的人才会作如此的思考。散文对这些问题并没有进行哲学的追问,而是从中发掘出"生"的勇气和动力,当死亡长时间近距离地靠近一个人,它便失去了恐惧的意义,它反而成为人对于生之渴望的动力。

这种边缘生存的体验对于一个正常人来说,无疑是一种震撼。

《我与地坛》是一篇介于散文和小说之间的文体,有人将之视为散文,有人将之视为小说,这正说明了它在艺术上的创新性。在这篇作品中,"我"的情感历程是主要的书写对象,这也是散文最典型的文体特征,然而"我"既是作品的叙述者,又常常是被作品叙述的对象,这使得作品呈现出小说文体虚构的特征;而且在作品中,作家叙述的很多场景既像是现实的描写,又像是作家的虚构,这些因素都极大地推进了散文艺术的发展。

《我与地坛》中的生命是一个被边缘化的存在,但他对生命内涵探索和追问的深刻性却超越了常人。这说明,文学的市场化导致了快餐文化的盛行,但艺术散文在边缘化中依旧执着地发展,边缘也给予散文艺术走向更加纯粹的机会。

## 第三节 精英写作与世俗化写作的并立

贯穿20世纪90年代诗歌界的一个主要话题是"知识分子写作"与"民间写作"之争。欧阳江河的《89后国内诗歌写作——本土气质、中年特征与知识分子身份》,闵正道、沙光主编的《中国诗选》,王家新的《"理想主义"与知识分子精神》等文章先后表述了知识分子写作的某些观念。这引起了一些被遗漏的诗人的强烈不满,开始发出批评之声,指出1998年3月北京作协等召开的"后新诗潮研讨会"是"仅以'知识分子写作群体'作为'后新诗

# 第六章　20世纪90年代以来的文学创作探析

潮诗歌的指认'"，而"排除了'他们''非非'以及其他坚持民间写作立场的诗歌成就"，是对诗歌历史真相的严重遮蔽与歪曲。为了呈现历史真相，"民间写作"的诗人开始行动。1998年，小海、杨克编选的《他们——10年诗选》，同年，于坚、韩东、杨克等在广州策划《1998中国新诗年鉴》，确定下民间写作的策略。同年，于坚在中国作协于江苏张家港召开的"全国新诗座谈会"上发言，抨击"可耻的殖民化'知识分子写作'"。

## 一、"知识分子写作"的诗歌

"知识分子写作"的诗人继承了海子、骆一禾等人的诗歌精神，在诗歌创作道路上坚持推进艺术的探索，走精英化的道路，主要代表诗人有欧阳江河、王家新和西川等。

## （一）欧阳江河的诗歌

欧阳江河（1956—　），原名江河，出生于四川泸州。他从1979年开始发表诗歌作品，1983年至1984年间的长诗《悬棺》显示了他的诗歌才华和诗歌写作上的雄心，但它的庞杂、晦涩也引起了不少的争议。20世纪90年代以后，欧阳江河由于在美国的生活工作经历和文化体验，以及他对时事、政治、全球化语境中的文化现象的诗歌主题的关注，他的诗歌中处理的事实、经验有了一种"公共"的性质，如《1991年夏天，谈话记录》《咖啡馆》《感恩节》《那么，威尼斯呢？》和《时装店》等。

欧阳江河早期的诗歌充满了智慧和玄学的趣味，进入20世纪90年代后，他的诗歌加强了现实的及物性，更加注重对时代的思考。

欧阳江河的诗歌创作"既是一种知识分子写作，又不同于以往的和当下的各种类型的知识分子写作。同时，其写作是建立在中西两种文化基础之上的一种极具个人色彩和特点的写作，它实现的是两种文化中某种精华的统一与融合，而不是对西方文化流于表面的模仿和抄袭，是站在中西文化平等对话的立场上，真正用世界文化平等的眼光所从事的写作，是掌握了世界先进技术与文化观念等因素而对本民族文化进行研究、开掘和再创造的写作，是一种自信而不盲目且不自大的写作"。例如《1991年夏天，谈话记录》，在这些诗句中，就表达了中美两种现实和两种文化的对等交流，而诗人由成都出发到纽约的路上始终都会碰到的邮差，就是对这两种文化对话的见证。[①]

总之，欧阳江河的诗歌语言稠密而又澄澈，舒展自如。他的诗歌技法繁复，运用惊人的修辞能力，在多种异质性语言中进行切割、焊接和转换，制造诡辩式的张力，将汉语可能的工艺品质发挥到了炫目的极致。

### （二）王家新的诗歌

王家新（1957— ），出生于湖北丹江口。王家新在20世纪90年代发表了《瓦雷金诺叙事曲》《帕斯捷尔纳克》等作品。命运时代、灵魂、承担是他的诗的情感、观念支架，他将自己的文学目标定位在对时代、历史的反思与批判的基点上。他在诗中形成一种来自内心的沉重、隐痛的讲述基调，并通常以他与心仪作家的沟通、对话来展开，例如，《帕斯捷尔纳克》一诗中对个人与时代的关系进行了深刻的揭示，同时，诗人也从他崇拜的大师身上找到了某种与时代对抗的勇气。

王家新的诗歌创作也追求一种生命与造化的同体合一，如《访》展现了一个澄澈、万物混沌一体、人与自然交感的境界，并在人与世界的相遇中对宇宙本身的和谐进行了呈现。

王家新在诗歌创作中主要借用西方或苏俄的思想资源，以个人的姿态切入时代进行发言，进行一种向先驱诗人"还愿"式的写作，如《卡夫卡》这既是卡夫卡构筑的词语世界，又分明是对人的存在境遇的展现。

---

[①] 王万森，熊忠武. 新时期文学[M]. 3版. 北京：高等教育出版社，2014.

## （三）西川的诗歌

西川（1963— ），原名刘军，出生于江苏省徐州市。西川翻译过庞德、博尔赫斯等人的作品，也写过诗论和随笔。他写诗始于大学时代，20世纪80年代作品带有古典主义的特征，1989年后给他的精神和写作带来深刻的影响，认为自此之后，"语言的大门必须打开"，诗应是"人道的诗歌、容留的诗歌、不洁的诗歌，是偏离诗歌的诗歌"。进入90年代以后，西川的写作更开阔、更深厚，诗歌中涉及的材料也更为广泛芜杂，他将目光朝向历史与宇宙更深远处，用哲学的眼光来思考问题，通过想象性的体验来构建他的诗性世界。前期的"语言炼金术"对他的益处于此得以显现，他能从容地将各种抒情、叙事、戏剧等因素综合而使之熔于一炉又不至于混乱，显示出过人的综合能力。《厄运》和《致敬》等都能打破诗歌旧有建构方式而成为典型的综合创作文本。

西川的诗歌呈现着奇幻的意象组合，不仅如此，他试图以对理想世界的诗意化或想象化来建立一个诗歌的乌托邦，以诗性对抗庸俗，如《虚构的家谱》开头就以梦和幻想构建了一个时间的奇特意象，在诗歌的那种幻想中，时间被凝固为具体可感的意象，化身为世间存在的对应物，以此来隐喻历史和人生的流变。[①]

到了90年代，西川的诗越来越具有人在追求精神价值中解构的自觉，如长诗《远游》，就充分显示出形而上的贵族化诗歌精神。这一时期，在西川新的诗学探索中，他大举引入异质、反讽、诡谬、荒诞、矛盾、散文化等因素，使他的诗歌由早期的理性抒情为主的风格转向更加晦涩的以叙事性为主的风格。如《厄运》，诗中对各类身份不明的"他"的日常生活进行叙述，揭示被神秘命运操纵的个人生活失败史。

---

① 付衍清，FU Yan-qing. 聚沙成塔的乌托邦——从西川看"知识分子写作"的极境与绝境[J]. 楚雄师范学院学报，2007，22（4）：14-20.

## 二、"民间写作"的诗歌

20世纪90年代,"民间写作"的诗歌也很有影响,他们坚持民间立场,倡导平民意识,以激进的姿态跟抒情言志的诗歌传统决裂,以直白的口语抒写当下的日常生活经验,具有世俗化的特点。"民间写作"的代表诗人有于坚和伊沙等。

### (一)于坚的诗歌

于坚(1954— ),出生于昆明。于坚1970年至1980年在工厂当工人,1973年开始新诗创作,1979年开始发表作品,1984年毕业于云南大学中文系,同年冬在南京与韩东、丁当等创办民间刊物《他们》。主要作品有《尚义街六号》、长诗《0档案》和诗集《诗60首》(1989)、《对一只乌鸦的命名》(1993)、《一枚穿过天空的钉子》(1999)、《于坚的诗》(2000)以及诗论集《棕皮手记》《人间笔记》等。于坚的诗歌表现了普通人平淡无奇的生活,反意象、反修辞和口语化是其语言实验的重要特征。《尚义街六号》(《诗刊》1986年第1期)用调侃的语调对普通人的平庸生活进行逼真描写,因表现出"超语义的美"而被看作是"生命意识的觉醒"的代表作;而通过语言意识和生命意识的变异体现出来的诗歌审美意识的变异,正是第三代诗歌最根本也是最显著的特点。从这个意义上来说,后朦胧可以看作是朦胧诗的发展,而第三代才是朦胧诗的真正变异。

### (二)伊沙的诗歌

伊沙(1966— ),原名吴文健,出生于成都。代表诗歌有《饿死诗人》《车过黄河》《梅花:一首失败的抒情诗》和《诺贝尔奖:永恒的答谢辞》等。

伊沙善于抓住生活中的某一细节进行渲染,机智而幽默、尖锐而深刻地解构着传统文化和诗歌。伊沙的解构兴趣几乎遍及所有领域,《饿死诗人》是伊沙的代表作,诗人将情感寄托在自我宣泄中,用犀利的诗歌语言揭示出中国诗坛存在的问题。

## 第四节  派别林立的小说创作

### 一、"新写实小说"

作为一股创作潮流,"新写实小说"文学史地位的确立得利于当时文学批评力量的推动。其中,1988年10月《钟山》杂志与《文学评论》杂志联合召开的"现实主义与先锋派文学"讨论会起了很大的作用。在此次会议上,批评家们将"新写实小说"作为重要的文学现象提出来,并且,《钟山》杂志从1989年第3期开始专门开辟了"新写实小说大联展"专栏,推动"新写实小说"创作潮流。在大多数"新写实小说"的作品中,日常生活作为关键词汇位于重要位置,而且这些日常生活大多是庸常人生中围绕在我们身边的琐事:吃饭、睡觉、经济拮据、住房拥挤、恋爱、结婚、怀孕、生子、上班、下班,夫妻间的争争吵吵、婆媳间的矛盾、同事间的勾心斗角、丈夫的移情别恋、妻子的不依不饶、生活的平淡无奇或活着的点滴乐趣等。比如,池莉的《烦恼人生》写了一个人一天的生活。[1]

如果说以上作品更多地反映了庸常人生中生存的无奈及温情的话,那么像刘恒的《狗日的粮食》(1986)、《伏羲伏羲》(1988)等作品则将叙事的主题指向人类日常生存最基本的"食"与"性",并且拥有了某种文化批判的意味。《伏羲伏羲》则指向人对性的依存,充分展示了性压抑时代人的欲望

---

[1] 高玉. 中国现当代文学史[M]. 2版. 杭州:浙江大学出版社,2017.

扭曲和无所适从。"新写实小说"借助客观化的描述,摒除了以往书写现实题材作品中常有的那种高高在上或者是全知全能的叙述姿态,不再以启蒙、超越、劝诫、拯救、批判的叙述姿态来关怀现实,而对生活作了现象学式的还原,这种还原的背后体现的正是作者们对日常生活的关注和对芸芸众生的忙碌人生的关怀。

(一)刘震云的小说

刘震云(1958— ),1982年开始创作,1987年先后在《人民文学》上发表了《塔铺》《新兵连》《单位》《官场》《一地鸡毛》《官人》《温故一九四二》等描写城市社会的"单位系列"和干部生活的"官场系列"的作品,引起社会强烈反响。

短篇小说《塔铺》是刘震云的前期代表作。小说描写了1978年高考制度恢复后农村的一个复习班的情形,从中表现了当时的世态人情。小说语言朴实简洁,不乏幽默,故事性强,具有可读性。整篇小说由一些小事连缀而成,起伏跌宕,娓娓道来,不紧不慢,将那一段生活、那一群人物展现在了读者的面前。《官人》围绕官位和权力的争斗愈演愈烈,8个局领导为了官位和权力,拉帮结派,尔虞我诈,大搞窝里斗,甚至不惜采用卑鄙无耻的小人行径。

《一地鸡毛》是刘震云新写实小说的代表作。他在这部作品中以非常冷峻而又略带讽刺的笔触,写出了极其平庸琐碎的当代日常生活景况。"一地鸡毛"这个标题揭示出作者所理解的生存本相:生活就是种种无聊小事的任意集合,它以无休无止的纠缠使每个现实中的人都挣脱不得,并以巨大的销蚀性磨损掉他们个性中的一切棱角,使他们在昏昏若睡的状态中丧失了精神上的自觉。作家以不动声色的平静口吻叙述小林遭遇的林林总总,这叙述看来如同现实生活本身,把创作主体的感受与判断几乎完全排挤干净,只是按照日常经验逻辑,依次呈现出各种琐碎事件。小说在凡俗化叙事之外,还隐含着一种尖锐的讽刺精神。这种讽刺精神的存在其实还是由文本内含的知识分子人文传统所支配的,它是"来自一个有社会责任感的知识分子对自己所赖以安身立命的人生原则的绝望",在根本上是社会人生的大悲哀。尽管

## 第六章　20世纪90年代以来的文学创作探析

《一地鸡毛》的叙写是这样的低调和平淡，但绝望的情绪还是曲折地传达出来，由此也就意味着这篇小说对于知识分子立场艰难的保持，它活生生地勾画出人对现实无可抗争的处境，揭示出这处境的荒谬，这便体现出了通常认为新写实小说所缺失的现实批判立场。

（二）池莉的小说

池莉（1957—　），湖北仙桃人，主要作品有《烦恼人生》《不谈爱情》《太阳出世》《热也好冷也好活着就好》《你是一条河》《来来往往》《小姐你早》等。池莉的新写实小说特别关注底层的小人物，关注他们的烦恼和艰难，并通过自己对生活的参悟，不动声色地再现他们生存的世俗性、卑微性、琐碎性和庸常性的原生状态，展现他们日常生活中的无奈。

《烦恼人生》是池莉的代表作，它以细致的笔触描绘了工人印家厚无比"烦恼"的一天。从早晨的孩子起床，到孩子入托，又到车间的工作，与女徒弟的微妙情感，再到奖金的发放，对初恋情人的思念，老丈人的生日，房屋的搬迁等琐事全部纠缠在一起，令他烦恼不已。作品展示了一位普通工人沉重灰色的日常生活，非常细致真实。发表后引起了许多读者的深深共鸣。印家厚作为当时许多普通工人的缩影，成了当代文坛一个鲜明生动的人物形象。

《不谈爱情》与《太阳出世》同样揭示了小人物的生存困境。《不谈爱情》叙写了青年医生庄建非恋爱、结婚、婚后出现爱情危机及最后修复的过程，令人扼腕叹息；《太阳出世》叙写的是一对青年夫妇生育孩子的曲折、艰难。这两个故事中的主人公都经历了从青年到中年、从单身汉到为人父母的过程，这个过程给了读者这样的启示：随着年龄的增长，角色的转换，人们无形中就会走进早已织就的一张生活的大网，这张大网中充满了人生的烦恼，但人们无法逃避它，只有在它的怀抱中左突右冲，直至精疲力竭，结束生命。

总之，池莉在作品中塑造了各式各样个性鲜明的人物，构成了一幅生动的人物画廊，读者可以从不同的人物身上观照他们的人生，关照他们的心灵，从而理解生活的真谛。池莉的作品保持了生活的原汁原味，散发着生动活泼的气息。她笔下的丰厚、智慧、多彩、沉重的人生，真正表现了中国人作为每一个个体的本真状态。她的这种"敬畏个体生命"的创作理念，使她通过自己的作品成了读者的知心朋友。

（三）方方的小说

方方（1955—　），1989年调湖北省作家协会，曾任《今日名流》杂志社社长兼总编。出版有作品集《大篷车上》《十八岁进行曲》《江那一岸》《一唱三叹》《行云流水》等，长篇小说《乌泥湖年谱》等。影响较大的作品是以《风景》《黑洞》《落日》等为代表的市民题材小说和以《定数》《行云流水》《祖父在父亲心中》《无处遁逃》等为代表的知识分子题材小说。其中，《风景》获全国第五届优秀中篇小说奖。

《风景》是方方新写实小说的代表作，小说以平静的写实笔法勾勒出一幅底层百姓穷困生活的"风景"。这部小说在对人的生存状态的还原上具有一种令人震撼的探索精神。首先，小说用死者的视角进行叙述，使作品本身的视角无限扩展。小说中的叙事主人公"我"，是一个出生16天就夭折的婴儿，而小说所有的故事情节都是通过"我"这个死者的眼光来展开的。其次，小说对"丑"的本质的极力挖掘，形成了审美上的"丑"学，使"丑"作为一种美学范畴，并在文艺中得到深刻广泛的表现。再次，对市民题材的深入挖掘，城市市民本身有着深厚的内涵，可一直挖掘得不够。最后，小说对生与死的执着挖掘，成了一个"恒久"的话题。小说至少传达了十来处死亡的信息，在作家的笔下，"死"变得极其自然和平实，充满了生活的气息，就像吃饭睡觉一样，它的到来是如此的自然和无法抗拒。

总之，方方的小说创作往往在一种两难境地中挣扎：在对理想信念的恪守中，又表现出一种对现实的无可奈何；沉溺在"无言无奈的痛苦"中，又竭力跃出泥淖，表达自己对理想的守望。

## 二、新历史小说

1986年，莫言的《红高粱》发表以及张炜的《古船》等相继出现，标志着新历史小说的诞生。新历史小说是对历史的一种重构，从思维方式到叙

# 第六章　20世纪90年代以来的文学创作探析

述语言都超越了传统的历史小说。20世纪90年代，新历史小说得到了迅速发展，产生了刘霞云的《故乡天下黄花》（1991）、《故乡相处流传》（1993）、《故乡面和花朵》（1999），苏童的《我的帝王生涯》（1991），李锐的《旧址》（1992），李晓的《民谣》（1992），陈忠实的《白鹿原》（1993），张炜的《柏慧》（1994）和《家族》（1995），王安忆的《长恨歌》（1995），以及叶兆言的"夜泊秦淮系列"等优秀作品。

## （一）苏童的小说

苏童（1963—　），原名童忠贵，江苏苏州人。他从1983年起开始发表文学作品，主要有中短篇小说（集）《1934年的逃亡》《妻妾成群》《伤心的舞蹈》《妇女乐园》《红粉》和《祭奠红马》等，长篇小说《米》《我的帝王生涯》《武则天》《紫檀木球》《城北地带》《蛇为什么会飞》《河岸》和《碧奴》等。其中，中篇小说《妻妾成群》被张艺谋改编成了电影《大红灯笼高高挂》，蜚声海内外。

《妻妾成群》《红粉》和《我的帝王生涯》等是苏童新历史小说的代表作。《妻妾成群》以强烈的悲剧韵味叙述了旧时代一个腐败的封建大家庭内部妻妾之间的斗争，展示了封建时代妇女们的悲惨命运。小说基本上整个是以颂莲的单一视点来进行叙事的，苏童得以施展他那种非常精微、细腻的文字魅力。他非常善于对女性身心的微妙感受进行捕捉，将深邃的人性力量融入到对生存景象的透视中，并在人物的心理和活动中设置种种精确传神又富有神秘性的多义隐喻。这些内容使得小说具有了超越客观层面的主体精神向度，并通过巧妙地编入颂莲的内心世界而丰富了她作为知识女性区别于其他人物的性格特征。由此也体现出颂莲的命运遭际实际上是"由现代文化的价值取向与没落垂死的传统文化世界的冲突所致，颂莲之所以会主动退出这种非人道的人际模式，主要也是因为她不肯完全放弃自己，不肯把她的精神理念彻底泯灭掉，将自己融入到那个朽灭的世界中；相反的，她在任何事情上都听从于她的内心，竭力守持着她的理性与信念"，最终，她"成了陈家花园里的一叶孤零零的浮萍，犹如局外人似的兀自感伤着，怀疑着，直到她所持守的自我的精神世界在尖利的生存压力下突然崩溃"。

《我的帝王生涯》是一部有关"沦落与救赎"的小说。小说虚拟了一个濒临灭亡的燮国以及一位为命运所驱使的燮国末代皇帝端白,并展现了端白在燮国最后的岁月里的心灵历史。这部小说有着鲜明的寓言色彩,"咒语"是这部小说最为突出的故事要素和结构要素,也是支配整部小说的笼罩性存在。另外,这部小说也有着两个非常明显的象征性语言符号,即《论语》和"棕绳"。在小说的结尾,端白带这两样东西实际上是别有用意的,《论语》是贯穿整部小说的语言道具,从其内容上看体现了一种特殊的生存方式,旨在"治国平天下";从小说的进程看是佐证了端白变幻的命运。而"棕绳"作为走索王必不可少的器具,很显然也是获得自由必不可少的要素,从而象征了一种庶民生活。

总之,苏童的新历史小说创作,使历史的真实让位于情感的真实和人性的真实,并借助历史情境表达自己对生命、对世界的看法。

(二)陈忠实的小说

陈忠实1962年毕业于西安第34中学,曾在本村小学和毛西公社农业中学任教,1965年开始发表散文,1969年任公社副书记,1973年后开始发表小说。后任西安市灞桥区文化馆副馆长、文化局副局长等职。20世纪80年代后调西安市作协从事专业创作。

《白鹿原》(人民文学出版社,1993)以关中地区白鹿原上白鹿村白、鹿两个家族的斗争及其历史为基本视点,描绘出从清末到新中国建立半个多世纪的历史变迁。它的特异而深刻之处,在于将历史作为一种背景,而将笔墨的重心放在了最具中国传统文化特点的家族、宗法观念这一特殊视点上,写出了中国家族的历史。白鹿两姓,本同为一宗祖,后来发生了分化,成为两个家族,几十年间,以白嘉轩与鹿子霖为代表的两个家族之间的争斗,具有深刻的文化意义和深远的历史意味,打上了中国政治斗争的特殊烙印。

《白鹿原》的问世,标志着中国当代现实主义文学创作一个新的超越。它是吸取20世纪80年代文学创作的经验和对西方现代文学借鉴的结果。它以凝重的笔法叙述了中国近现代半个世纪沉重而深厚的历史,给人以心灵的震撼。可以说这是新时期以来最有中国历史文化意蕴、最得中国历史文化真谛的少数作品之一。

（三）张炜的小说

张炜1986年发表成名作《古船》（《当代》1986年第5期），20世纪90年代又连续推出了《九月寓言》《柏慧》、《家族》等长篇。其中，《古船》深受马尔克斯《百年孤独》等作品的影响，在现实主义的基础上吸取了魔幻、象征等艺术营养。作品以隋、赵、李三个家族的矛盾与斗争为基本框架。其不仅开拓了小说的题材和思想内涵深度，同时也表现在对家族这一中国特殊文化形态的苦难历史和对于人类生存及其精神文化历程。作者以民间与知识分子的立场和艺术视角，来审视和建构中国几十年的历史。

## 三、新生代小说

新生代小说又称"晚生代小说"或"60年代出生的作家群"小说，由于"新生代"最初指的是一个作家群，且是从作家的年龄这一角度作为区分的特点，因而新生代作家创作的作品就是"新生代小说"。新生代小说解构崇高、亵渎神圣、沉潜世俗，反感文学的政治化、群体化，躲避文学的崇高与责任，追求个人化的写作理想，即以个人化的姿态、以自身的生活与心态为模本进行写作，对现代社会中人们的种种心理心态进行细致真切的描绘，展示年轻一代的人生与追求、情感与心态。在新生代小说中，欲望描写充斥其中，突出了主人公们对欲望的恣意追逐和那种为达目的而不顾一切的自私与执着，并在对欲望的描述和张扬中突出了现代人内心的孤独和痛苦，真切地描述现代人的精神困境和虚无。新生代小说的代表作家有毕飞宇、朱文、何顿、韩东、李冯、邱华栋、刁斗、刘继明等人。

（一）何顿的小说

何顿（1958—　），原名何斌，湖南郴州人。他从1985年起开始发表作品，1989年在《芙蓉》上刊登中篇小说《古镇》引起文坛的注意，后陆续在《收获》《钟山》《十月》《花城》《大家》《小说界》《人民文学》《上海文学》和《北京文学》等刊物上发表了长、中、短篇小说两百余万字。目前已出版《我们像葵花》《就这么回事》《荒原上的阳光》《喜马拉雅山》《眺望人生》《荒芜之旅》《清清的河水蓝蓝的天》《湖南骡子》等长篇小说，《生活无罪》《太阳很好》《只要你过得比我好》等中短篇小说集。

何顿被评论界视为"新生代"的代表作家之一，代表性作品是《我们像葵花》和《就这么回事》。《我们像葵花》描写的是人们如何在实用主义膨胀的现实环境中告别了理想，告别了精神、文化，而将挣钱、享乐看成是人生唯一目的的故事。小说正是通过对冯建军新的人生理想的表现，反映了当下社会金钱主宰许多方面的现实。《就这么回事》展现了一种性格与命运相混淆、既不崇高也不滑稽的世俗风景，展现了金钱玩弄下的人物交换、物物交换。小说中透视着一种典型暴发户式生存逻辑和那种粗鄙的物质至上、金钱至上的新幸福观。为了契合小说世俗化主题，作家运用了普通市民的原生态语言，口语体、平民化、粗俗、赤裸、简朴，表现出浓烈的生活味道，使小说有了一种十分逼真的生活味和地方风味。

## （二）毕飞宇的小说

毕飞宇（1964—　），江苏兴化人，作品有《青衣》《平原》《慌乱的指头》《推拿》《雨天的棉花糖》《枸杞子》《生活边缘》《玉米》等。

毕飞宇的小说"高举欲望的旗帜，书写现代都市青年人的人生形态，着力展示在欲望的张扬中，现代人内心的孤独和痛苦，真切地描述现代人的精神困境和虚无"；他的小说"有着对历史、人生感性经验的关注，还有着更高更远地对形而上问题的关怀、对生存本质的探究"，"所呈现的总体风格是感性与理性、抽象与具体、形而上与形而下、真实与梦幻的高度和谐与交融"。在这里我们分析他的《青衣》和《雨天的棉花糖》。

《青衣》讲述了主人公筱燕秋悲剧性的一生。在二十年前，筱燕秋是心高气傲的著名青衣，因《嫦娥》一戏而大红大紫，后因向师傅李雪芬脸上泼了一杯"妒忌"的开水，自此便被剥夺了登台演出的机会。但在二十年后，她由于烟花厂老板的"垂青",再次得到了登台演出的机会。这次的机会对她来说既是一次拯救,也是困扰她二十年的心理情结的释放。为此,她拼命减肥、与老板睡觉、不要命地做人流,甚至主动把A角让给徒弟春来,为了只是抓住这来之不易的机会。可是,她毕竟已经老了,就如她在二十年前没能胜过自己的师傅李雪芬一样,二十年后的她对自己徒弟春来的"妒忌"仍然只能是一个悲剧性的轮回。在筱燕秋的身上,作家将时代的、性格的、人性的、命运的因素融合在一起,对人生的悲剧感和悲剧性进行了多层面、立体的揭示。

《雨天的棉花糖》是毕飞宇的代表作品,也是一部在叙述感觉上、形式上、内涵上都结合得非常完美的小说。小说以第一人称叙事视角,生动而深刻地描绘了现代都市青年人被现实环境逼向绝境的孤寂内心的苦痛感受。主人公红豆考大学失利,就去参了军。他参加了对越自卫反击战,不久即传来了他在战场中战死的噩耗。作为"烈士"在战场上牺牲的红豆,令家人尤其是参加过抗美援朝的父亲感到骄傲和自傲。然而实际上,红豆并没有战死,而是在战场上被捕,后来又被释放了。当他再次在人们面前出现时,大家都大吃了一惊。他受到了世人的冷眼,认为他不是叛徒就是汉奸。甚至他的家人也认为他让家人丢尽了颜面。后来,红豆和高中同学曹美琴相恋了,但红豆因无法摆脱战争的阴影而有了性无能的病,最后被曹美琴无情抛弃,他作为男人的最后尊严也被剥夺殆尽。处在这样一种难以摆脱的罪孽感之中的红豆,精神逐渐崩溃,他选择了自杀,自杀未遂后被送进了疯人院,在内心深深的自责与苦痛中绝望死去。作家通过对主人红豆遭遇的描写,突出了主人公的孤寂心态,展现了现代人的精神困境。

## 四、女性小说

20世纪90年代以来,中国知识女性的社会地位得到了前所未有的提高,越来越多的女性作家加入小说创作的大军中,使女性话语成为文坛最鲜亮的声音之一。这一时期代表性的女性作家有王安忆、铁凝、陈染和林白等,她们的创作风格多姿多彩、迥然各异,但都以自己的创作赋予了90年代的小说创作以新异的品格。

（一）陈染的小说

陈染（1962—　），1982年考入北京师范大学分校中文系，同时开始在《诗刊》《人民文学》上发表诗歌，并自印诗集。1985年转向小说创作，同年加入北京作协。1986年毕业后留校任教。1989年出版第一部小说集《纸片儿》，1990年移居澳大利亚，因不适旋即回国，1991年调作家出版社任编辑。主要作品有《嘴唇里的阳光》《无处告别》《与往事干杯》和长篇小说《私人生活》等。

《无处告别》通过对主人公黛二小姐与母亲、情人及同性朋友之间关系的剖析，暗示了知识女性生存的困境及其强烈的孤独感，以及知识女性在当下社会变革中所遭遇的无法克服的无奈和迷茫，以致"无处告别"的悲凉情怀。黛二小姐是一个有着自传色彩的人物，她那看似颓废的思考中实际上处处洋溢着高贵的、智慧的、洞察一切的启蒙光芒。她似乎能看透人性的种种邪恶和愚蠢，同时悲悯、鄙视那些为了生存而庸俗和堕落的芸芸众生。虽然她对伙伴们的世俗行为优势会感到深恶痛绝，但她又不得不为了生存需要做出妥协。为此，她感到沮丧，甚至迁怒他人。应该说，黛二小姐的性格是病态的，有着极端的洁癖，又是为了维护自己的形象与尊严而不断地把自己激励成冰心玉洁、不食人间烟火的孤独者。黛二小姐的父亲去世后，她和母亲都丧失了男性庇护，但两人的关系不但没有女性世界里的相濡以沫，反而充满了情感敲诈的疲惫、相互的厌倦以及没完没了的争吵，令人窒息却无法逃离。作家通过这样的描写，深刻揭示了女性自身的传统文化积淀与社会中的软弱性格，同时也表明了作家对人生处境与血缘批判、家庭批判和社会批判所持有的惊醒态度。

（二）铁凝的小说

铁凝（1957—　），祖籍河北赵县，出生于北京。父亲是一位美术工作者，母亲是一位声乐教师。铁凝1970年进入中学，并开始发表作品。主要作

## 第六章　20世纪90年代以来的文学创作探析

品有长篇小说《玫瑰门》《无雨之城》《河之女》《大浴女》等，中短篇小说集《夜路》《没有纽扣的红衬衫》《哦，香雪》等。其中，创作于20世纪90年代之后的最有代表性的作品是《玫瑰门》。

《玫瑰门》叙写的是北京一个胡同的一群普通人的人生悲喜剧。女主人公司猗纹出身官宦之家，她接受过正统的传统文化教育，也受到过现代文明的熏染。18岁那年，她爱上了一个叫作华致远的革命者，但遭到了父母的反对，可她还是一意孤行地将自己少女的初贞献给了所爱的男生，但男生最终还是走了，"把司猗纹留在了那个啮咬了她一生也没有挣脱出来的世界"。20岁时，在母亲临终前的请求下，她嫁给了大学毕业生庄绍俭。从此，"司猗纹在爱情上的反抗画上了一个句号"。高大挺拔的庄绍俭和那场中西合璧的婚礼契合了司猗纹的虚荣心，也唤醒了她内心深处的传统道德感。她开始因为自己曾经的不洁而懊悔，开始认同和服从主流文化，但也正是这一点使得她必须忍受婚后的屈辱。她忍受着庄绍俭在新婚之夜对她肆无忌惮的强暴和侮辱，忍受着他在外面的寻花问柳，可这换来的却是更大的人身侮辱。后来，庄家逐渐衰落，司猗纹全心全意为庄家操心，表现出了出色的经营才能。她渐渐地取得了心理优势，开始像丈夫过去纠缠她一样的回报他。40岁时，司猗纹染上了性病，但她用一种毒药治愈了这一疾病，"在毒水中泡过的司猗纹如同浸润着毒汁的罂粟花在庄家盛开着"。从此，她不再矫揉造作、循规蹈矩地对待自己，甚至用肉体引诱了满口虚仁假义的公公。新中国解放初期，司猗纹加入到了新社会，她渴望通过"劳动"这一途径站出来，但终未实现。"文化大革命"时期，她的政治热情畸形地膨胀，既不断思考着如何避免被整又处心积虑地整人害人，成了一个形同鬼蜮的人物。进入新时期以后，已是70多岁的司猗纹变得更加敏感而无聊，她甚至会跟踪出去约会的苏眉和宋竹西，借以满足自己变态的心理。

这部小说的特异之处在于，它对女性生命的深刻洞察、理性反省，以及在此基础之上对女性生命的真实开掘、剖析和展示。"玫瑰门"实际上是"生命之门"和"女性之门"，作家正是借助几代女人的命运以及她们反抗、逃离及其失败之后的挣扎，揭示了女性之于自身性别观念的一次升华：丑的也许恰是最美的部分，因为它真实。就像铁凝所说，"我是把女性丑陋的一面展示给人看，唯其丑，才更美"。

总之，铁凝的女性主义小说通过描写生活中的普通人和普通事，对女性意识、女性生存、女性性角色等问题进行探讨和揭示，她堪称中国当代最著名的女性作家之一。

## 第五节 新现实主义戏剧的出现

20世纪90年代以后，话剧创作再度低迷，整体上处于不景气状态。相对而言，小剧场话剧仍在苦苦支撑，出现了一批以"工作室"或"创作室"为特点的剧社，如林兆华的"戏剧工作室"，牟森的"戏剧工作车间"和"蛙"剧社，以及孟京辉以中央戏剧学院在校本科生、研究生和毕业生为主要成员的"穿帮"剧社，以郑铮等北京一些专业话剧院团的编剧、导演和演员为主要成员的"火狐狸剧社"等。这时期的小剧场话剧主要表现出两种倾向，一是先锋性《哈姆雷特》《零档案》《思凡》等作品，以把玩习见、颠覆"崇高"为共同特点；二是世俗化，1993年在北京举行的"93中国小剧场戏剧展"上，《留守女士》《尼姑思凡》《情感操练》《泥巴人》等受到好评的小剧场话剧，与这时期的大文化趋势相一致，都表现出通俗化的倾向。

孟京辉导演的《思凡》将中国传统戏曲《双下山》与薄伽丘《十日谈》里的两段故事组合在一起，以瓦解性道德禁忌为目的，追求一种反讽的效果，是一部以游戏为包装却具有思想批判锋芒的先锋戏剧。《我爱×××》由孟京辉、黄金罡、王小力、史航共同编剧，全剧罗列一连串"我爱×××"，组合成剧本内容，纵情张扬个体生命的自由选择和意志。[①]

此后，孟京辉又陆续推出了《坏话一条街》《一个无政府主义者的意外死亡》《恋爱的犀牛》等一系列小剧场话剧。其中，《一个无政府主义者的意

---

① 李平，陈林群. 20世纪中国文学[M]. 上海：上海三联书店，2004.

外死亡》1998年连演30场，观众人数达3600多人，《恋爱的犀牛》1999年在夏天最炎热的日子里演出40场，场场爆满。

小剧场话剧逐渐为观众接受，开始走出市场困境，孟京辉也因此成为话剧领域最具创新意识的代表。①

---

① 李平. 中国现当代文学基础[M]. 2版. 北京：北京大学出版社，2014.

# 参考文献

[1] 陈坚. 现当代文学评论[M]. 杭州：浙江大学出版社，2017.

[2] 陈思广. 中国现当代文学研究鉴识[M]. 西安：陕西师范大学出版总社，2018.

[3] 褚树荣. 杨树倒影 中国现当代作家作品专题研讨[M]. 上海：上海教育出版社，2018.

[4] 党秀臣. 中国现当代文学[M]. 北京：高等教育出版社，1994.

[5] 丁帆，刘俊. 中国现当代文学研究导引[M]. 南京：南京大学出版社，2006.

[6] 杜春海. 中国现当代文学[M]. 成都：西南交通大学出版社，2016.

[7] 高芳艳，沈恒娟，朱吉亮. 当代文学思潮与创作模式研究[M]. 北京：中国戏剧出版社，2012.

[8] 高玉. 中国现当代文学史[M]. 2版. 杭州：浙江大学出版社，2017.

[9] 竺建新. 多维文化视域下的现当代作家研究[M]. 杭州：浙江大学出版社，2017.

[10] 高玉. 中国现当代文学史[M]. 杭州：浙江大学出版社，2013.

[11] 高玉. 中国现当代文学史教程[M]. 上海：上海人民出版社，2018.

[12] 古大勇. 文本细读与现象阐释 中国现当代文学专题研究[M]. 北京：现代教育出版社，2012.

[13] 陈思和. 中国现当代文学名篇十五讲[M]. 北京：北京大学出版社，2013.

[14] 郭冰茹. 中国当代文学研究读本[M]. 广州：中山大学出版社，2017.

# 参考文献

[15] 何佳，姚晓民，赵芝华. 中国当代文学史[M]. 延吉：延边大学出版社，2018.

[16] 教材编写委员会. 中国现当代文学[M]. 北京：开明出版社，1998.

[17] 李春雨. 文人传统与新文学作家[M]. 广州：广东高等教育出版社，2018.

[18] 李怡，干天泉. 中国现当代文学[M]. 重庆：重庆大学出版社，2010.

[19] 李宗刚. 中国当代文学史论[M]. 济南：山东人民出版社，2014.

[20] 林凌. 中国现当代文学概观[M]. 福州：海风出版社，2001.

[21] 卢惠余等. 中国现当代文学研究论集（现代文学分册）[M]. 北京：大众文艺出版社，2006.

[22] 孟繁华. 中国当代文学史论[M]. 北京：人民文学出版社，2018.

[23] 唐克龙. 中国现当代文学动物叙事研究[M]. 天津：南开大学出版社，2010.

[24] 田景丰. 文学欣赏与文学创作[M]. 南宁：广西民族出版社，2002.

[25] 王春林. 文化人格与当代文学人物形象[M]. 广州：广东高等教育出版社，2018.

[26] 王娟. 中国现当代文学散论[M]. 北京：现代教育出版社，2013.

[27] 王兆胜. 天道与人道  中国新文学创作与研究反思[M]. 开封：河南大学出版社，2018.

[28] 吴秀明. 中国当代文学史料丛书（通俗文学史料卷）[M]. 杭州：浙江大学出版社，2017.

[29] 吴重阳；钟进文. 中国少数民族现当代文学研究[M]. 北京：中央民族大学出版社，2013.

[30] 谢昭新，张宝明. 中国现当代文学论集[M]. 合肥：安徽人民出版社，2006.

[31] 易晖. 当代文学管窥[M]. 北京：文化艺术出版社，2014.

[32] 於可训. 中国当代文学概论[M]. 武汉：武汉大学出版社，2016.

[33] 余琪. 我国当代文学创作模式研究[M]. 西安：西安交通大学出版社，2019.

[34] 张明明. 歌词创作与中国现当代文化运作[M]. 哈尔滨：黑龙江大学

出版社，2017.

[35] 张冉冉. 文学思潮 探索中国现当代文学[M]. 长春：吉林出版集团股份有限公司，2018.

[36] 张学正，刘慧贞. 中国现当代文学论集 作家·思潮[M]. 天津：天津人民出版社，2011.

[37] 赵昌伦. 中国现当代作家作品论[M]. 上海：复旦大学出版社，2018.

[38] 赵娟，渠佳敏，梁雯. 时代背景下的中国现当代文学创作研究[M]. 北京：中国原子能出版社，2019.